古典文獻研究輯刊

十一編

潘美月・杜潔祥 主編

第 19 冊

古文字資料庫建構研究
——以《上海博物館藏戰國楚竹書(一)》爲例

羅 凡 晸 著

國家圖書館出版品預行編目資料

古文字資料庫建構研究——以《上海博物館藏戰國楚竹書
（一）》為例／羅凡晸 著—初版—台北縣永和市：花木蘭文
化出版社，2010〔民99〕
目 6+268 面；19×26 公分
（古典文獻研究輯刊 十一編：第 19 冊）
ISBN：978-986-254-302-3（精裝）
1. 古文字學　2. 簡牘文字　3. 資料庫設計
802.291029　　　　　　　　　　　　　　　99016388

ISBN - 978-986-2543-02-3

9 789862 543023

古典文獻研究輯刊
十一編　第十九冊　　　　　　　ISBN：978-986-254-302-3

古文字資料庫建構研究
——以《上海博物館藏戰國楚竹書（一）》爲例

作　　者　羅凡晸
主　　編　潘美月　杜潔祥
總 編 輯　杜潔祥
企劃出版　北京大學文化資源研究中心
出　　版　花木蘭文化出版社
發 行 所　花木蘭文化出版社
發 行 人　高小娟
聯絡地址　台北縣永和市中正路五九五號七樓之三
　　　　　電話：02-2923-1455／傳眞：02-2923-1452
網　　址　http://www.huamulan.tw 信箱 sut81518@ms59.hinet.net
印　　刷　普羅文化出版廣告事業
初　　版　2010 年 9 月
定　　價　十一編 20 冊（精裝）新台幣 31,000 元

古文字資料庫建構研究
——以《上海博物館藏戰國楚竹書(一)》爲例

羅凡晸　著

作者簡介

羅凡晸，民國六十二年出生，國立臺灣師範大學國文學系博士，現任國立臺灣師範大學國文學系助理教授，曾任國立臺北大學中國文學系助理教授。著作有《郭店楚簡異體字研究》（碩士論文）、《古文字資料庫建構研究——以《上海博物館藏戰國楚竹書（一）》為例》（博士論文），以及〈楚字典資料庫的建構模式初探〉、〈段玉裁《說文解字注》數位內容之設計與建置〉、〈〈桃花源記〉的延伸詮釋〉、大一國文中的「語文智慧」——淺析《干祿字書・序》文字、文學、書法三度空間的線上教學〉等單篇論文，主要學術專長為中文資料庫及電腦教學、應用文字學、戰國楚文字等。

提　要

　　本論文〔註1〕旨在透過科際整合的方式，結合知識管理、圖書館學、資料科技等概念與技術，以《上海博物館藏戰國楚竹書（一）》作為基本材料，進行古文字資料庫的實際建構。

　　論文共分為五章：第一章「緒論」裡，主要針對本論文的研究動機、研究方法及相關的名詞解釋作一個概括性論述；第二章「古文字資料庫建構的先備理論」裡，則分別對「知識管理」、「Metadata 與 Dublin Core」、「XML、物件導向與資料庫系統」等進行理論的介紹，透過這個章節說明，讓古文字資料庫的建構有所依據而不至於流於空談；第三章「古文字資料庫的建構」裡，則分別從「古文字資料庫知識管理系統架構分析」、「古文字資料庫知識管理系統之建立」、「古文字資料庫知識管理系統成果展示」等面向，成功地結合相關理論與技術，實際建立一套《上博楚竹書（一）知識管理系統》；第四章「《上博楚竹書》（一）文字考釋」裡，則透過十三個字例的考釋過程說明，實際運用本系統進行古文字「偏旁分析法」的考釋，並藉以說明「偏旁分析法」的功能性與侷限性；第五章「結論」裡，則總結本論文的研究成果、研究價值與未來展望。

　　〔註1〕本文完稿於 2003 年 10 月，時至今日，關於《上博楚竹書》（一）的文字考釋成果十分豐碩；由於此書為筆者博士論文，為求著作原貌，除少數錯別字予以修訂之外，其他部分均維持不變，特此說明。

目次

凡 例
第一章 緒 論 ………………………………………… 1
第一節 研究動機 …………………………………… 1
第二節 研究方法與目的 …………………………… 3
第三節 名詞解釋 …………………………………… 4
第二章 古文字資料庫建構的先備理論 ……………… 7
第一節 知識管理簡介 ……………………………… 7
第二節 Metadata 與 Dublin Core ………………… 19
第三節 XML、物件導向與資料庫系統 …………… 28
第三章 古文字資料庫的建構 ………………………… 55
第一節 古文字資料庫知識管理系統架構分析 …… 56
第二節 古文字資料庫知識管理系統之建立 ……… 69
第三節 古文字資料庫知識管理系統成果展示 …… 87
第四章 《上博楚竹書》（一）文字考釋 ………… 115
第一節 文字考釋舉隅 …………………………… 116
第二節 論「偏旁分析法」的文字考釋問題 …… 222
第五章 結 論 …………………………………… 227
第一節 本文研究成果總結 ……………………… 227
第二節 研究價值與展望 ………………………… 230
附錄一 上博簡相關期刊論文資料 ……………… 233
附錄二 《上博楚竹書》（一）相關研究文字考釋
一覽表 …………………………………… 257

凡　例

一、筆者親炙的師長，行文中尊稱爲「師」，其他學者一律不加任何敬稱。

二、關於《上博楚竹書》（一）的圖版編號，本文在行文的過程當中，使用方式如下：

（01-01-01）

首列原簡圖版字形，在後面的括號中則爲「簡號」，共有三個代碼：第一個代碼標示竹書的篇名代碼，第二個代碼標示所屬竹書的簡次，第三個代碼標示所屬竹書簡次上的單字順序。篇名代碼如下所示：

01	〈孔子詩論〉
02	〈緇衣〉
03	〈性情論〉

因此本例的「簡號」爲「01-01-01」，代表的意義是：「」這個圖版爲〈孔子詩論〉第一簡第一字。

三、第四章考釋文字過程當中所引用的古文字形體，依照古文字學界的使用慣例標示之。

第一章　緒　論

第一節　研究動機

在今日知識爆炸的時代，如何有效進行知識管理的課題已然成為大家關注的焦點。「知識管理」的概念以往主要是在企業界中普遍的被討論著，實際上將這種觀念運用於學術上則尚處於持續發展的階段。就人文學科而言，如「殷周金文暨青銅器資料庫」〔註1〕、「中華電子佛典線上藏經閣」〔註2〕等建置，則或為「知識管理」的實際成果展現。至於「數位典藏國家型科技計畫」〔註3〕則廣泛開啟了這個研究窗口，建立了良好的架構。隨伴著網際網路的普遍，如何進行各個學科資料的整合與再利用，則是學者們努力的一個方向。

以古文字學界而言，諸如缺字問題、字形問題等尚未能在網際網路當中有效的被予以解決，因而造成古文字相關知識的不易分享，如此殊為可惜。職是之故，本文欲透過知識管理、圖書館學、資訊科技、古文字學等學科相互整合，以期能在古文字學的研究園地做一次嘗試性的開發，讓這門學術能夠在有效的知識管理體系當中，開創一番新天地與新視野。

一、以知識管理作為古文字資料庫建構的基礎

知識管理概念在二十一世紀當中，或已廣泛運用於不同的學科範疇。在古文字學界裡，如中央研究院歷史語言研究所金文工作室所建立的「殷周金

〔註1〕　「殷周金文暨青銅器資料庫」（http://db1.sinica.edu.tw/~textdb/bronzePage/）。
〔註2〕　「中華電子佛典線上藏經閣」（http://ccbs.ntu.edu.tw/cbeta/result/search.htm）。
〔註3〕　「數位典藏國家型科技計畫」（http://www.ndap.org.tw/）。

文暨青銅器資料庫」，經過幾年的辛勤耕耘，許多學者的用心投入，成就是有目共睹的，或可視爲知識管理的一個成功範例。

隨著古文字材料的相繼公布，尤其是楚簡材料，如 1998 年 5 月公布的《郭店楚墓竹簡》以及 2001 年 11 月公布的《上海博物館藏戰國楚竹書（一）》（以下簡稱爲《上博楚竹書》（一））〔註4〕等，均造成學術界的極大震撼，一經公布，隨之而來的便是一篇接著一篇令人激賞的學者相關研究成果，如何將這些資料進行收集及整理分類，使其成爲學者的知識寶庫，這也是古文字學界中知識管理的一個重要課題。

二、以圖書館學的成就作爲古文字資料庫建構的借鏡

圖書館的發展可謂一日千里，從過去以典藏圖書爲主的文獻型圖書館，到現在大力推廣的數位典藏型圖書館，其背後的意義，便是資料庫型態的一種轉變。在資訊科技尚未普及化之前，學者面對浩如煙海的圖書典籍，需要將有限的時間和精力花費在艱苦而又繁瑣的翻檢工作中，才能找到想要的資料；當資訊科技逐漸成熟，借重現代化技術來整理圖書典籍，不僅事半功倍，並且能夠讓學者利用圖書館所建置的各種資料庫進行相關查詢與研究。因此現在的圖書館界，對於其所珍藏的圖書典籍在面對資訊科技的衝擊下，也在不斷尋求自動化與數位化，以提供更有效的服務。目前有不少數位圖書館計畫，將其館藏珍貴的圖書典籍轉化爲數位化館藏，並提供遠程檢索與即時服務，大大地豐富了網路資源。

在古文字學界，也逐漸重視到圖書館學對於古文字資料庫的建置有著事半功倍的成效。例如前文所提到的殷周金文暨青銅器資料庫，便是「數位典藏國家型科技計畫」中的一個重要成就。〔註5〕因此如何利用今日資訊時代相關的圖書館學知識與功能來強化古文字學的資料庫建構，則是本文所欲探究的重點之一。

三、以資訊科技幫助古文字資料庫建構的完成

工欲善其事，必先利其器。要建構一個有效的古文字資料庫，除了要有

〔註4〕 馬承源主編：《上海博物館藏戰國楚竹書（一）》，上海：上海古籍出版社，2001
年 11 月第 1 版。
〔註5〕 「數位典藏國家型科技計畫」（http://www.ndap.org.tw/）。

理論架構其骨，當然還要有適用的工具來實際推行，資訊科技便是古文字資料庫建構的有力工具。本文於此擬透過 HTML、ASP、XML、物件導向等技術結合網頁資料庫的應用，來嘗試建構一個古文字資料庫，並以《上博楚竹書》（一）作爲資料的主要來源。

四、透過科際整合達到知識的再創造

古文字資料庫的建構成功與否，除了資料庫本身的資料必須具有一定的可信度與再利用性之外，最主要的便是這個資料庫究竟能夠提供什麼資訊給使用者。因此在設計資料庫之初，必須要有完善的事前規劃與設計，在此本文擬透過對於知識管理的概念作爲輔助整個資料庫在建構時的基本方針，當運用適當的資訊科技完成資料庫之後，資料庫必須能提供學者在研究時的基本材料，就《上博楚竹書》（一）資料庫而言，圖版的提供當然是必備的資訊，此外，就文字考釋的部分而言，如能有相關研究成果可提供給使用者，則可以節省爲了搜尋資訊所花費的精力與時間，因此相關考釋一覽表亦有其存在的價值與意義。本文亦在這個基礎之上進行文字考釋的工作，發現確有其實際的功能，同時也可證明如能善用本資料庫，則能進行知識的再創造。

第二節　研究方法與目的

一、研究方法

本文主要分成兩個範疇進行研究，第一是古文字資料庫的建構部分，第二是文字考釋部分。在古文字資料庫的建構部分當中，首重科際整合，透過學科間的相互支援，以作爲建構資料庫的基礎；其次蒐集相關資料，分析文獻，以探討知識管理、圖書館學、資訊科技等對於古文字資料庫建構的影響，並找出其中可行的具體解決方案。

在文字考釋部分當中，所使用的研究方法則以偏旁分析法爲主，一個文字的實體存在，乃是基於字形的線條展現，在線條的詰詘變化之中則包含著許多未知的變數，這些未知的變數所展現出來的文字現象，則是戰國時代文字的眾多異形。因此，本文透過偏旁分析法的使用，嘗試將偏旁分析法進一步的深化，並試探其可達成的文字考釋成效與其侷限性。最後，配合著其他

考釋文字方法的輔助，以求得到一個合理的考釋成果。

二、研究目的

在確立研究方法後，本文擬達到的目的包括下列幾項：

（一）建立古文字資料庫建構流程

在資訊科技的發展過程中，古文字學界對於利用資訊科技作為研究工具的情形已有所涉獵，然而可惜的是，就古文字資料庫建構方面，仍有開發的空間。職是之故，本文擬透過古文字資料庫的建構，確立以個人為資料庫的建構者，並能有效的將個人所建構的資料庫以知識管理的理論架構做一次知識的分享。

（二）建立楚簡資料庫——以《上博楚竹書》（一）為例

本文擬透過《上博楚竹書》（一）資料庫的建立，以實際的例子作為古文字資料庫建構說明。在古文字資料庫建構的過程中，由於學科的個別性，與其他學科相較之下，在資料庫的建構方面或有不同之處，而這個部分正也是本文所欲建構與突破的地方。

（三）透過《上博楚竹書》（一）資料庫進行文字考釋

《上博楚竹書》（一）資料庫建構的完成，主要的目的當然是進行知識的再利用，因此，資料庫的內容，便與利用的情形有著密不可分的關係。本文在資料庫的建構過程中，擬先行建構期刊書目資料檔、釋文檔、原簡檔、考釋檔等，以利相關的文字考釋工作。

第三節　名詞解釋

茲將本文所涉及的重要名詞解釋如下：

一、《上博楚竹書》（一）

《上博楚竹書》（一）乃本文對於馬承源所主編的《上海博物館藏戰國楚竹書（一）》一書之簡稱，此書由上海古籍出版社在 2001 年 11 月出版發行，其中收錄〈孔子詩論〉、〈緇衣〉、〈性情論〉等三篇出土文獻。就〈孔子詩論〉一篇的內容來看，未見於傳世文獻；〈緇衣〉一篇則與《郭店楚墓竹簡·緇衣》、

今本《禮記‧緇衣》或同或異，〈性情論〉則與《郭店楚墓竹簡‧性自命出》
或同或異。

二、知識管理

知識管理（Knowledge Management；簡稱 KM），吳清山以為「知識管理是
一種知識收集、整理、分析、分享和創造的處理過程，使原有的知識不斷的修
正和持續產生新的知識，而且能將這些新知識加以保存和累積，使其有效的轉
化為有系統、制度化的知識，這種知識不斷的產生、累積和創新的循環，可以
幫助組織採取有效的決定和行動策略，進而能夠增加組織資產、擴增組織財富、
提升組織智慧和達成組織目標。」〔註 6〕洪原新則以為知識管理可說是「為了
達成組織目標而對知識的產生、傳播與運用加以管理的程序與機制。」〔註 7〕
李志強則以為知識管理是「在適當的時間，將正確的資訊傳遞至適合的人員，
以協助這些人員共享並實踐這些資訊，以達到增強組織效益的目的。」〔註 8〕

三、Metadata

Metadata 是敘述一個資源屬性的資料，通常稱為「Data about data」或是
「Data describes other data」〔註 9〕、「Additional information that is necessary for
data to be useful」〔註 10〕等。陳雪華則提到：「Metadata 可翻譯為資料描述格
式、詮譯資料、超資料或元資料，它是對藏品資料屬性的一組描述，目的在
促進資料系統中對資料之檢索、管理與分析。Metadata 在傳統圖書館中即以目
錄卡片或線上公用目錄中的機讀編目格式的形式，扮演了資料找尋工具的重

〔註 6〕 吳清山：〈知識管理與學校效能〉，《台北市立師範學院學報》第 32 期，2001
年 11 月。
〔註 7〕 洪原新，〈知識管理〉，《商業電子化策略》，台北：經濟部商業司，2001 年，
頁 198。
〔註 8〕 李志強：〈淺談電子佛典與知識管理〉，（http://www.gaya.org.tw/journal/m30/
30-main2.htm）；另見於《佛教圖書館館訊》第三十期，2002 年 6 月。
〔註 9〕 陳雪華：〈網路資源組織與 metadata 之發展〉，《圖書館學刊》12 期（1997 年
12 月），頁 21。轉引自 Terry Kuny, Terry.Kuny@exist.com " Metadata : What is
It ? "2 Dec.1996, <DIGLIB@INFOSERV.NLC-BNC.CA>（24 April. 1997）
〔註 10〕 陳雪華：〈網路資源組織與 metadata 之發展〉，頁 21。轉引自 Terry Kuny,
Terry.Kuny@exist.com " Second IEEE Metadata Conference"2 Dec.1996,
<DIGLIB@INFOSERV.NLC-BNC.CA>（2 Dec. 1996）

要角色。Metadata 具有傳統之『著錄』功能，目的在使資料的管理維護者及使用者，可透過 Metadata 了解並辨識資料，進而去利用和管理資料。」〔註11〕至於 Metadata 所提供的功能包括：1.定位（location）：如何知道所需資源的儲存位置所在；2.探索（discovery）：如何找到所需的資源；3.文件記錄（documentation）：描述並記錄文件的性質與內涵；4.評估（evaluation）：協助使用者判斷資源對其之價值；5.選擇（selection）：幫助使用者決定是否取用該資源。〔註12〕

四、Dublin Core

　　Dublin Core（都柏林核心集；簡稱 DC）是近年來最受矚目的 Metadata 之一，它是1995年3月由 OCLC（Online Computer Library Center）與 NCSA（National Center for Supercomputing Applications）所聯合贊助的研討會，經過五十二位來自圖書館、電腦和網路領域的學者專家，共同研討下的產物，目的是希望建立一套描述網路上電子文件特色的方法，來協助資訊檢索。Dublin Core 最大的特色就是建立了一組跨領域、具有國際一致性的元素集（Element Set）。〔註13〕

五、XML（eXtensible Markup Language）

　　XML 一般譯爲可擴展性標示語言，是 W3C 在1996年底所提出的一項標準，它是從 SGML 衍生出來的簡化格式，也是一種 Meta-language，可以用來定義任何一種新的標示語言。XML 的制定是爲了補足 HTML 的不完美，使得在全球資訊網上能夠進行傳輸及處理各類複雜的文件，它把 SGML 中較複雜以及較不常使用的部份去除，讓使用者可以很容易地定義屬於自己的文件型態，程式設計師也能在更短的時間內撰寫出便於處理文件的程式。〔註14〕

〔註11〕陳雪華：〈史料數位化與 Metadata〉，臺灣古文書數位化研討會暨成果發表會（會議資料），台北：國立臺灣大學等，1998年，頁55～56。

〔註12〕鄭恆雄：〈古籍的分類法和主題詞〉，古籍聯合目錄資料庫合作建置研討會（會議資料），台北：國家圖書館，2001年，頁27。轉引自 Dublin Core（Dublin Metadata Core Element Set）（http://www.oclc.org:5046/conferences/metadata/dublin-core-report.html）

〔註13〕吳政叡：〈都柏林核心集與元資料系統〉，台北：漢美，1998年，頁55。

〔註14〕梁中平、徐千惠：〈取 SGML 之長，補 HTML 之短──新一代標示語言 XML〉，1997年11月，「CALS Web Site」（http://www.cals.org.tw/files/cals1-4.htm ）。

第二章　古文字資料庫建構的先備理論

　　一個資料庫建構的成功與否，在於先備知識的條件是否完備。在今日學科交流情形已日益密切的狀況之下，資料庫建構的理論與工具所在多有。然而，要選用適當的工具與方法，才能將所欲建構的資料庫的功能發揮到應有的水準。就古文字資料庫的建構情形而言，有其資料的個別性與獨特性，因此，在這一章中，本文將分別探討知識管理、Metadata、Dublin Core、XML、物件導向等與古文字資料庫建構的關係，以求其先備理論的完善。

第一節　知識管理簡介

　　一九六〇年代，西方管理學大師彼得‧杜拉克（Peter F.Drucker）曾經預言知識管理的時代即將來臨。〔註1〕其後，伴隨著資訊科技的長足進步，現在的電腦技術已經能夠快速且大量的處理數位化資訊，同時再加上網際網路的蓬勃發展，資訊的傳遞及交流，已然成為現代人必須正視的問題。

　　「吾生也有涯，而知也無涯」，在資訊爆炸的今日，大量資訊出現在我們的周圍，然而每個人的時間卻是有限的，因此如何利用有限的時間來吸收並取得需要的資訊，並且內化成個人的知識庫，同時再將個人的知識庫進一步擴展成為一個「知識的有機體」，而與他人進行分享與交流，使得知識能以不同於以往的形式再一次的被利用，如此推移遞嬗著。其中，「知識管理」便是不可不去面對的一個管理學的方法論。

〔註1〕　尤克強：《知識管理與創新》，台北：天下文化，2001 年，頁 2。

一、知識管理的基本概念

「知識管理」的應用並非現代學者才有的專利，前代學者實際上已經廣泛運用「知識管理」技術來進行學術的分析、研究與探討，舉凡各種專書、筆記、雜記等，均是學者分享其研究成果的一個方式，都是知識管理的範疇。本文在此對於前代學者「知識管理」的運用，將其歸類爲「傳統的知識管理」範疇；而現代學者對於「知識管理」的看法與認知，本文則納入「現代的知識管理」範疇。由於日前學科整合愈來愈密切，在這種趨勢之下，「現代的知識管理」概念已然成爲各個學科之間的顯學。讓今日學者們再次注意到「知識管理」的重要性的，或由企業管理界開始發難。以下，本文則針對「現代的知識管理」概念加以分析與討論。

（一）「知識」的界說

在探討「知識管理」之前，我們首先面臨的問題，便是對於「知識」一詞重新的認知。一九九九年，比爾・蓋茲（Bill Gates）在《數位神經系統》一書中指出：「未來的競爭是知識結合網路的競爭。」這種對於「知識」的看法，充分表現出時代性的意義。下面本文將針對「知識管理」的定義、重要元素、具體內涵等加以界說。

1.「知識」的定義

對於「知識」一詞，自古以來中外學者各有其不同的解釋。一九九〇年代以後，首先由企業管理界發難的「知識管理」概念漸漸被廣泛關注與應用之後，現代學者則基於實際運用的不同，或站在企業管理的立場，或站在資訊管理的立場等，對於「知識」一詞有其不同的定義。〔註2〕

例如：劉常勇在分析資訊、技術、知識三者的差別，以爲：「一般而言，資訊是知識的輸入端，技術是知識的產出端，但資訊與技術的定義與內容較明確清楚，而知識是需要經由客觀分析與主觀認知形成，且與人相關，相對比較難系統化與明確的淬取。」〔註3〕可見其透過對於資訊、技術與知識三者的相互比對來探討「知識」的概念。

〔註2〕 洪銘揚、詹慧純等人曾將學者對於「知識」一詞的定義作過歸納，可參看。（洪銘揚：《營建工程知識管理系統架構之探討》，國立臺灣科技大學營建工程系碩士論文，2001年，頁2-3～2-9。詹慧純：《結構化校園學習系統平台模式建構——以知識管理爲基》，南華大學資訊管理研究所碩士論文，2002年5月，頁12～15。）

〔註3〕 http://www.cme.org.tw/know/

　　吳行健則將知識管理分爲四層的結構：「資料是知識管理的最底層結構，未經處理消化，屬於初級素材。往上一層就是資訊，將資料有系統的整理，以達傳遞目的。第三層結構則是知識，這是開創新價值的直接材料，也是沿襲自經驗的觀念。最上一層結構爲智慧，是組織和個人運用知識，開創新價值，用行動來檢驗與更新知識的效果。」〔註4〕由此可見，其將資料、資訊、知識、智慧以層次結構作爲比較說明的切入點，而所謂的「知識」是指「開創新價值的直接材料，也是沿襲自經驗的觀念」。

　　翁靜柏則將學者對於知識的看法做了分析之後，以爲：「資料（data）、資訊（information）、知識（knowledge）及智慧（wisdom）之間，是連續不斷，都是屬於知識的範疇。知識（knowledge）既不是資料（data）、也不是資訊（information），但是三者息息相關。而且經由組織內部資料的累積、儲存、擷取、應用、傳承及修正，可將資料轉換爲對組織有用的知識，而長期累積的知識，可以形成組織智慧。」〔註5〕其或站在企業組織管理的立場來對「知識」做一個界說。

　　李志強在〈淺談電子佛典與知識管理〉一文中，以爲：「所謂的知識，簡要而論，可說是『把資訊或資料化爲行動的能力』。其中的資訊（Information）是指『包括關連性與目標的數據』，資料（Data）則是指『對事件審慎、客觀的記錄』。」〔註6〕則或站在資訊科技的立場，將「知識管理」的理念融入於電子佛典當中，而提出「知識」是一種把資訊或資料化爲行動的能力的概念。這種概念的建立，則有其時代性的意義，如果不是現代資訊科技的跳躍前進，如果不是科際整合的相互合作，這種對於「知識」的概念，似乎不會建立在這個時代。

　　透過以上對於「知識」定義的舉隅說明，我們可以看到一個較爲根本性的問題，就是這些界說的出現主要是因應時代的變化而隨之出現的，從中也透露出現代人對於「知識」的需求意義已不同於已往，更傾向於「知識」的實用層次的探討。更甚者，則進一步認爲「知識革命」乃接續著「農業革命」、

〔註4〕　吳行健：〈知識管理創造企業新價值〉，《管理雜誌》第315期，2000年9月，頁84～86。
〔註5〕　翁靜柏：《知識管理在國立大學教務處的應用研究》，國立中正大學企業管理研究所碩士論文，2002年，頁5～6。
〔註6〕　李志強：〈淺談電子佛典與知識管理〉（http://www.gaya.org.tw/journal/m30/30-main2.htm）

「工業革命」與「資訊革命」，成爲人類文明的第四波革命的觀點出現，〔註7〕
強烈的表現出「知識」已主宰著未來的整個局勢發展。

2.「知識」的分類

關於「知識」的分類情形，由於學者切入的角度或有不同，因此分類的
基準點與分類的意義、目的等則或有歧異之處。如洪銘揚整理學者們的觀點，
將「知識」概分爲四類：第一，依知識的「可表達程度」；第二，依知識的「專
業化程度」；第三，依知識應用方式；第四，依知識核心能耐。〔註8〕翁靜柏
亦整理學者們的觀點，將「知識」概分爲八類：第一，依知識本質性分類；
第二，知識的移動性分類；第三，依組織核心能力分類；第四，依組織的專
業智慧分類；第五，依知識的移轉過程分類；第六，依智慧資本分類；第七，
依知識的特性分類；第八，依個人知識、組織知識來分類。〔註9〕

根據兩人的分類情形來看，其中洪銘揚所言「依知識的『可表達程度』」
這一類的實質意涵與翁靜柏所言「依知識本質性分類」這一類的實質意涵是
相同的，均是將「知識」分成「內隱型知識」與「外顯型知識」；換句話說，
洪銘揚以爲「內隱」與「外顯」是知識的「可表達程度」，而翁靜柏則以爲「內
隱」與「外顯」是知識的「本質性」問題。由此可見，同樣的意涵被賦予不
同的分類標準，究竟知識的內隱與外顯是「可表達程度」的問題還是「本質
性」的問題？背後所隱藏的意義其實是值得我們繼續關注的。在此，本文亦
從「內隱」與「外顯」兩大類的知識類型進一步探討「知識」的分類問題。

（1）內隱型知識（tacit knowledge）

所謂的「內隱型知識」，是一種高度個人化，且與特別情境有關的主觀知
識，保存在個人的行動和經驗中，是具有情境依賴性的知識，個人所知超過
所能言明。包含（Know-how）——知道如何去實行的知識，如：經驗、竅門；
（Know-who）——知道誰擁有自己需要的知識。這種知識是經由非正式的學
習行爲與程序而取得，通常無法清楚地直接辨識或用文句、口語表達，因此

〔註7〕 鍾瑞國、鄭曜忠：〈企業界知識管理應用在高職學校的範疇〉，《高職教育應用
企業界知識管理學術研討會論文集》，美和技術學院主辦，2001 年，頁 37～
48。另見（http://163.23.148.9/chung/personal/AUTHOR/企業界知識管理應用在
技職學校的範疇.doc）。

〔註8〕 洪銘揚：《營建工程知識管理系統架構之探討》，頁 2-7～2-8。

〔註9〕 見洪銘揚：《營建工程知識管理系統架構之探討》，頁 2-7～2-8；翁靜柏：《知
識管理在國立大學教務處的應用研究》，頁 7～16。

必須透過組織成員的溝通、協調以及情境的配合，才能表現出來。

（2）外顯型知識（explicit knowledge）

所謂的「外顯型知識」，是一種正式化的知識，能以一種正規化的語言、文字或數字來表達，通常表現在書面文件、參考手冊、媒體或資料庫中。包含知其何（Know-what）——有關事實現象的知識，如統計、調查等；以及知其因（Know-why）——知道爲什麼原因的知識，如原理、法則。外顯型知識能藉由正式化、系統化的方式快速傳播。隨著資訊科技的快速發展，越來越多的外顯型知識被儲存在數位化的電子檔案中，加速了外顯型知識的擴散。

綜上所述，內隱型知識與外顯型知識的分界點在於『儲存』知識的方式；外顯型知識因爲具體化於紙張或電腦媒體中，因此容易被取用且不容易遺失；但是內隱型知識則不然，若組織內人員的經驗或技術沒有傳承，則一段時間後可能會被人遺忘，對組織而言是一大損失。〔註 10〕因此，組織爲了能充分掌握其知識資產，除了要有分享外顯型知識的系統與機制外，更要有快速編輯和獲取內隱知識的系統，當組織成員需要學習時，可以迅速獲得知識資產，組織就能不斷地創新知識。

內隱型知識與外顯型知識的儲存的方式雖然不同，但兩者之間並非分離，而是相輔相成的，並且可以在人類創造性的活動中互相轉換。〔註 11〕Nonaka 與 Takeuchi 二人認爲知識創新的過程是經由內隱型知識與外顯型知識互動與整合，進一步創新知識，其知識創新模式如下圖所示：〔註 12〕

來源(from)	目標(to)	
	內隱知識	外顯知識
內隱知識	共同化	外化
外顯知識	內化	結合

〔註 10〕鍾瑞國、鄭曜忠：〈企業界知識管理應用在高職學校的範疇〉，頁 37～48。
〔註 11〕黃麗美：〈知識管理應用於九年一貫師資在職訓練之 E 系統〉，《中等教育》52 卷第 1 期，2001 年，頁 106～117。
〔註 12〕I.Nonaka, & T.Hirotaka（1995），"The Knowledge-Creating Company"，New York: Oxford University Press, pp.62.

　　由上圖可見，「知識」的轉變可分成：由內隱轉爲內隱（共同化）、由內隱轉爲外顯（外化）、由外顯轉爲外顯（結合）、由外顯轉爲內隱（內化）等四種情形，茲分述如下：

（1）共同化：是指藉由分享經驗而達成創造內隱知識的過程，例如學徒觀察師傅的技藝，經由模仿與練習的過程來學習。

（2）外化：是將內隱知識明白表達爲外顯知識的過程，常見於觀念創造的過程中。提供者的內隱知識通常透過隱喻、觀念獲假設表現出來，這種方式能夠刺激成員間的對話和集體思考，將觀念釐清。

（3）結合：將觀念加以系統化而形成知識體系的過程。個人透過文件、會議、電腦進行知識的交換與結合，不但有利於外顯知識的傳播，更能產生新知識。例如：在學校教育中，就是運用系統化的知識教導學生，由外顯的知識（教材）轉換成學生的學習成果（評量結果）。

（4）內化：當知識經由共同化、外化與結合後，逐漸內化爲個人的內隱知識。內化的原動力在於邊作邊學，同時以語言、會談、故事傳遞知識與經驗，或將其外顯知識製作成文件手冊，均有助於將外顯知識轉化成內隱知識。

（二）「知識管理」的界說

1.「知識管理」的定義

　　前面本文探討了知識的定義及知識的分類等問題，從中可以了解知識存在的意義及重要性。那麼，何謂「知識管理」呢？以下我們來看一看學者們對於「知識管理」的定義。

　　例如：O 'Dell & Grayson 認爲「知識管理」，是指「適時地將正確的知識給予所需的成員，以幫助成員採取正確行動來增進組織績效的持續性過程。此過程包括知識的創造、確認、收集、分類儲存、分享與存取、使用與改進到淘汰等步驟。」〔註13〕據其所言，知識管理的意義是爲了能提供正確知識、幫助組織成員採取正確行動來增進組織績效的過程。

　　劉常勇認爲：「有關知識的清點、評估、監督、規劃、取得、學習、流通、整合、保護、創新活動，並將知識視同資產進行管理，凡是能有效增進知識

〔註13〕O'Dell, C., & Grayson, C.J.（1998），"If Only We Knew What We Know : Identification and Transfer of Internal Best Practives"，California Management Review, Vol.40, No.3, pp.154-174.

資產價值的活動，均屬於知識管理的內容。結合個體與團體，將個體知識團體化，將內隱知識外顯化；結合組織內部與外部，將外部知識內部化，將組織知識產品化，則屬於知識管理的過程。」〔註14〕由此可見其透過知識管理內容的分析進一步探討知識管理過程的方法。

馬曉雲認為：「所謂的知識管理，係指有系統地管理與運用企業的經營智慧，包括有形的資產與無形的人才及經驗。」〔註15〕由此可見其強調知識管理的系統性與運用性。

Gladstone認為：「知識管理不是探討知識的本質，也不是尋找『知』的技能。知識管理專注於達成企業目標的知識管理流程。它代表了一種轉變：由事物管理轉為思維管理。」〔註16〕由此可見其以為知識管理的主要目的在於達成企業目標的知識管理流程，且進一步由事物管理轉為思維管理。

吳清山認為：「知識管理是一種知識收集、整理、分析、分享和創造的處理過程，使原有的知識不斷的修正和持續產生新的知識，而且能將這些新知識加以保存和累積，使其有效的轉化為有系統、制度化的知識，這種知識不斷的產生、累積和創新的循環，可以幫助組織採取有效的決定和行動策略，進而能夠增加組織資產、擴增組織財富、提升組織智慧和達成組織目標。」〔註17〕由此可見其強調知識管理的功能性與目的性。

透過以上學者對於「知識管理」定義的舉隅說明，我們可以發現：學者們對於「知識管理」的認知或同或異，乃是由於切入角度不同所致，然而其核心的條件其實是一樣的，均是在探討如何對「知識」進行「管理」；換句話說，管理「知識」要如何達成，其方法、其過程、其目的等，都是值得加以分析與研究的。而這便是「知識管理」定義的重點所在。因此，「知識管理」可說是「為了達成組織目標而對知識的產生、傳播與運用加以管理的程序與機制。」〔註18〕換個角度來看，知識管理也是「在適當的時間，將正確的資訊傳遞至適合的人員，以協助這些人員共享並實踐這些資訊，以達到增強組

〔註14〕http://www.cme.org.tw/know/
〔註15〕馬曉雲：《知識管理實務應用》，台北：華彩出版，2000年。
〔註16〕Gladstone, B.著、李聖賢譯：《經理人知識管理手冊——如何在企業中了解及運用知識管理》，中國生產力出版，2001年）。
〔註17〕吳清山：〈知識管理與學校效能〉，《台北市立師範學院學報》第32期，2001年11月，頁1～15。
〔註18〕洪原新：〈知識管理〉，《商業電子化策略》，台北：經濟部商業司，2001年，頁198。

織效益的目的。」〔註19〕

2.「知識管理」的重要元素

根據以上對於「知識管理」定義的探討，可以從中查見，「知識管理」其中的一個面向，乃著眼於組織內部知識的獲取、儲存、分享、擴散、創新與應用。勤業管理（Arthur Andersen）在二〇〇〇年時提出知識管理的重要元素公式，如下圖所示：〔註20〕

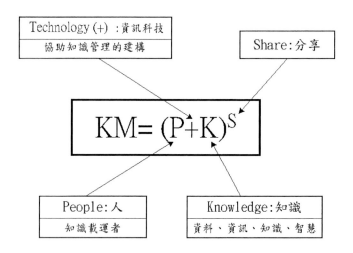

根據此圖我們可以看到：組織中的「知識管理」是藉由科技（Technology）將人員（People）與知識（Knowledge）結合，再利用分享（Share）的組織文化以加速知識的累積與建立，而這種分享的組織文化則最為重要，因為它能夠加速知識的建構。

綜上所述，「知識管理」在現代學者的眼中，不僅必須具備嚴謹、實事求是與創新的科技精神，同時也必須兼顧人文關懷與知識工作者的責任感。因此，知識管理著重交流互動、分享以及激發潛能等特質；以人為核心的共享觀念，使知識的力量擴大並發揮更高的效能。〔註21〕

3.「知識管理」的具體內涵

羅文基在〈運用知識管理帶動教育革新〉一文中，認為知識管理的具體

〔註19〕李志強：〈淺談電子佛典與知識管理〉
（http://www.gaya.org.tw/journal/m30/30-main2.htm）
〔註20〕劉京偉譯：《知識管理的第一本書》，台北：商周，2000年，頁39。
〔註21〕鍾瑞國、鄭曜忠，〈企業界知識管理應用在高職學校的範疇〉，頁37～48。

內涵包括四個主要面向：〔註22〕

（一）知識的彙集、整理與建置：知識管理的首要工作就是彙集、整理和建置組織所需要的知識系統或知識庫，以便於知識的獲取與運用。

（二）知識的流通、分享與累積：有了完整的知識系統或知識庫後，應讓知識充分流通，並透過彼此的分享、學習而得以累積更多的知識。

（三）知識的運用、活用與再利用：知識必須加以運用、活用和再利用，才能真正解決組織的問題，進而創造知識的價值。讓知識透過實踐的行動，展現其光芒與能量。

（四）知識的活化、開發與創新：活化、開發及創新知識更是知識管理的重要內涵，希望透過有效的管理機制，讓知識得以不斷創新，進而使組織充滿生機，展現發展的優勢。

從以上對於「知識管理」具體內涵的分析來看，我們看到了「知識管理」的多面性，「知者，智也」，似乎可以替「知識管理」作一個形而上的註解。

二、知識管理的運用範疇

透過對於「知識」與「知識管理」的界說，我們可以了解到：只要有「知識」存在的地方，便有著「知識管理」的存在；同時，也因為資訊科技的進步，而使得「知識管理」更容易進行。將知識管理的概念實際以資訊科技的手段加以表現者，如「知識庫」、「知識地圖」、「知識社群」、「知識管理系統」等幾個面向：

（一）知識庫

所謂「知識庫」，是一種將知識文件化，並整理成一個資料庫，而這個資料庫則具備了「知識」的特質，不單只是「資料」的彙集。因此，在「知識管理」的範疇中，知識庫的建構是一項重要的工程。

此外，在進行知識文件化的過程中，必須建立格式的標準，以便日後傳遞及分享，甚至利用資訊系統加以分析。除了格式標準之外，亦需對內容用字加以定義，並設定通用語彙，以便檢索之用。並且，利用資料掘礦（Data Mining）的技術，亦能由許多資料之中，找到有意義的資訊，並針對特定的目

〔註22〕http://www.worldone.com.tw/magazine/21/21_02.htm

標產生能夠化為行動的知識。〔註23〕

（二）知識地圖（knowledge map）

所謂的知識地圖，它是一種知識的指南，主要的目的在告訴人們知識的所在位置；換言之，就是知識存在位置的配置圖。〔註24〕其中配置的機制，則稱之為「主題地圖」（Topic Map）。主題地圖裡所儲存的資訊資源主要可分成三類，分別是「主題」、「關聯」、「事件」。這三類就像是三度空間裡的「點」、「線」、「面」，都是用來將一特定知識領域具體化。也就是說，抽象的知識經由主題地圖這種「知識呈現」（knowledge representation）機制的描述與組織後，將可形成一個有如地理空間的地圖，具體地建構出一「知識地圖」（knowledge map）。使用者將可依據個人對與此一特定知識領域的認識與了解，從他個人所熟悉的或有興趣的主題方向出發，藉由主題地圖的導引，將可清楚地與快速地掌握整個龐大且複雜的知識地圖。除此之外，這個知識地圖就是我們的知識庫，我們甚至可應用「知識擷取」（knowledge extraction）和「知識推論」（knowledge inference）技術於知識庫裡所記載之各個主題間的關係上，將可以發現更多隱含於知識庫裡的內隱知識（implicitly knowledge）。〔註25〕

（三）知識社群

所謂「知識社群」，強調的是一群對於某一門知識或學科有興趣的人，能在網際網路世界裡有一個共同分享與討論的空間以進行知識的交流。而「知識管理」的運用中，若缺少知識社群，就像有許多的寶藏卻沒有人使用一樣。由於「人」是知識管理的要素之一，因此需要有一個環境提供「人」進行知識的分享、交流及創新。因此，隨著資訊科技的發達，透過網際網路建立的討論群組，能夠跨越時空限制而成為知識的分享平台，甚至進一步創造新的知識。而此類分享的機制，約略可分成下列三種情形：〔註26〕

1. 成員皆可張貼訊息。此類的討論群組，由於成員皆可張貼訊息，參與

〔註23〕李志強：〈淺談電子佛典與知識管理〉
　　　　（http://www.gaya.org.tw/journal/m30/30-main2.htm）
〔註24〕李志強：〈淺談電子佛典與知識管理〉
　　　　（http://www.gaya.org.tw/journal/m30/30-main2.htm）
〔註25〕林光龍、葉建華、歐陽彥正：〈佛學知識庫之系統建構〉
　　　　（http://www.chibs.edu.tw/exchange/CONFERENCE/4cicob/ABSTRACT.htm）。
〔註26〕李志強：〈淺談電子佛典與知識管理〉
　　　　（http://www.gaya.org.tw/journal/m30/30-main2.htm）

討論，因此訊息量大，互動頻次高，但同時也容易流於資訊的利用率下降，甚至成為資訊垃圾場的窘境。

2. 版主才可張貼訊息，亦或經由版主審核通過才能張貼。此類討論群組因受到守門員（Gate keeper）嚴格的把關，資訊的品質相當統一，但也正因如此，資訊容易受到個人的喜惡加以增刪，甚至形成一言堂的型式。

3. 由社群領導者規劃討論方向及內容，由社群組織共同經營。此類討論群組多半由一群社群領導者（或稱之為網路部落的酋長）來負責，針對特定議題進行討論與分享。

（四）知識管理系統

為了使知識管理能夠順利進行，並且能夠善用資訊科技以及網際網路的力量，此時，便需要強而有力的知識管理系統與技術來進行建構的工作。就目前企業界的運用情況而言，以 Lotus Notes Domino 群組軟體和 MS Exchange Server 兩者的市場佔有率最高；另外，國內亦有許多科技軟體公司，相繼推出所謂知識管理系統建構之解決方案。〔註27〕

謝武星在探討這個問題時，則以階層的不同來討論知識管理技術的運用情形：〔註28〕

第一，高階層知識管理中的知識管理技術。在高階層知識管理的技術應用中，謝武星將其分為「系統化策略管理」以及「個人化策略管理」兩種。

第二，中階層知識管理中的知識管理技術。謝武星所謂的中階層指的是「半結構化文件的知識管理」。在文件管理中應用的知識管理技術，主要目的是如何將各式正式與非正式的文件結構化，或擷取文件內容的特徵結構，因此，可分為「文件結構技術」以及「內容特徵擷取技術」兩個部分。

第三，低階層知識管理中的知識管理技術。謝武星所謂的低階層指的是「結構化資料的知識管理」，尤其是在龐大的資料倉儲中，如何發掘出有利於組織的知識是重要的，這便是資料發掘（Data Mining）。

〔註27〕關於這個部分，洪銘揚已做過分析，可參看。（洪銘揚，《營建工程知識管理系統架構之探討》，頁 3-5~3-10。）

〔註28〕謝武星：《針對「學術論文」的知識管理技術研究》（國立政治大學資訊管理學系碩士論文，1999 年），頁 9~12。

　　就謝武星的分類來看，所謂的高階層，強調的是「策略管理」概念的問題，而中、低階層，著重的是文件結構化與半結構化處理的問題。而這些條件乃是一個完善的知識管理系統所應注意的事項。

　　洪銘揚則以科技技術的角度來看知識管理系統，以為組成單元應包括「保存」、「整理」、「擷取」與「傳播」等四個單元，如下圖所示：〔註29〕

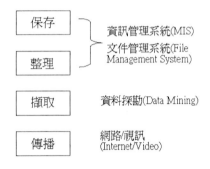

　　就此圖來看，在知識的保存與整理方面，其運用資訊管理系統（MIS）與文件管理系統（File Management System）的觀念與技術；在知識擷取方面，則有 Data Mining 的技術可使用；另外，對於知識的傳播部分，則借重於網路（Internet）與視訊（Video）的溝通方式的呈現予以達成。

三、小　結

　　隨著資訊科技的進步與網際網路的發展，人們對電腦的依賴程度愈來愈高，因此，許多的學科無不致力於檔案數位化的工作，目前政府大力推行的「數位典藏國家型科技計畫」便是一個成功的例子。然而在數位化的過程中，如何將文獻、報告或紀錄等書面資料，甚至是一些影音資料，使其成為一個有用的知識庫，便是我們所關注的問題之一。

　　知識共享，是一個知識庫存在的目的之一。為了做到知識共享，首先就必須收集知識。知識的收集，可以用文字記錄的方式，不過，如果沒有妥善地加以整理，可能效果會大打折扣。因此，在建立一套可行的知識管理系統時，必須先將知識與資訊數位化，使它成為可用的知識資產，易於分類、整理，然後，再將這些資料加以分析、整合使之成為真正的資訊。〔註30〕

〔註29〕洪銘揚：《營建工程知識管理系統架構之探討》，頁 3-2～3-4。
〔註30〕翁靜柏：《知識管理在國立大學教務處的應用研究》，頁 39～41。

　　由此可見資訊科技在知識管理上最有價值的功能，主要在於拓展知識範圍的廣度及深度，以及提升知識的取得、儲存、移轉及應用的速度，並將複雜的東西，變得更簡單、更明確。因此，就今日的知識管理發展來看，資訊科技乃是知識管理的必備基礎架構，唯有根基紮實，才能充分發揮知識管理的效用，使知識的運作變得更有效率。

第二節　Metadata 與 Dublin Core

　　隨著資訊科技的進步，人們對於知識的需求與過去已有所不同，且由於網際網路的發達，愈來愈多人習慣透過網路查尋資料，網路上的資料以往大多以 HTML 型式的全文標誌方式在進行流通，但是 HTML 的全文標誌方式並不是為這些資源提供存取的一種完整或完全適當的解決方法。人們需要擴大和豐富資料的「自我描述」的方法，因此，增加關於資源的額外信息或 Metadata 是更好地組織資源的基礎，它能夠提高相關資源被檢索和存取的可能性，提供對主題領域更清晰的全面認識，並提高用戶區別相似資源的能力。〔註31〕正因為如此，Metadata 逐漸受到普遍的重視，成為電子資訊組織的重要研究課題。

　　就古文字研究範疇而言，網際網路的知識交流與分享的研究尚處於剛開始起步的階段，因此，建構古文字學在網際網路的適用性與否，也成為一個十分值得討論的課題。首先面臨的第一個問題，便是古文字的資料能否成為網際網路當中的有用的電子資源，而 Metadata、Dublin Core 等則是其中可行的解決方案。

一、Metadata 簡介

　　關於「Metadata」一詞，原為公司及產品的名稱，由梅爾斯（Jack Myers）於一九六九年創造。一九七三年梅爾斯正式使用此名詞，並且登記註冊為美國專利商標。一九八八年，美國航空與宇宙航行局（National Aeronautics and Space Administration, NASA）所出的《目錄交換格式》（Directory of Interchange Format, DIF）手冊中亦曾對「Metadata」做過說明。〔註32〕

〔註31〕劉嘉：《元數據導論》（北京：華藝出版社，2002 年 1 月第 1 版），頁 41。
〔註32〕NASA. Directory of Interchange Format Manual. Version1.0. July 13 1988. NSSDC/WDC-A-R&S. 88～89.

一九九五年三月，由 OCLC（Online Computer Library Center）、NCSA
（National Center for Supercomputing Applications）兩單位共同主辦名為
「Metadata Workshop」研討會，廣邀圖書館學、電腦科學、文獻編碼、以及
相關領域學者專家等參加。在此會議中，首先提出了「資料的資料」（data about
data）作為 Metadata 的定義。〔註33〕自此之後，有關 Metadata 的各種看法亦
相繼出現。以下，我們來看看學者對於 Metadata 的看法。

（一）Metadata 的定義

如前所述，Metadata 最早被定義成「data about data」，這是全世界所公認
的，然而這個定義的缺失，在於定義的太過簡略，以致於學者們或有不同的
解讀方式，以下我們來看一看部分學者的定義情形。

例如：ALA（American Library Association）以為「後設資料（Metadata）
是有關一個數位典藏品的資料，通常由典藏品的創作者或提供者來建立，並
將數位典藏品串聯或埋置於後設資料中。因此，後設資料可以作為資訊儲存
與檢索系統很有用的基礎。」〔註34〕由此可見其所謂的 Metadata 強調的是描
述數位典藏品的一種資料。

Bernes-Lee 則以為「Metadata 是一種有關全球資訊網資源或其他的機讀資
訊。」〔註35〕這種看法則強調 Metadata 的實際運用情形。

Chilvers, and Feather 則以為 Metadata 是「有關資料背景與關聯性、資料
內涵以及資料控制等相關資訊」，〔註36〕強調與資料本身的相關資訊。

國際圖書館協會聯盟（International Federation of Library Associations and
Institutions；簡稱 IFLA）則定義為「Metadata 即描述資料的資料，Metadata
一詞意謂可用來協助對網路電子資源的辨識、描述、與指示其位置的任何資

〔註33〕 Stuart Weibel, Jean Godby, and Eric Miller, "OCLC/NCSA Metadata
Workshop Report,".[Access Date：25 December, 1997]. http://www.oclc.org/
oclc/research/conferences/Metadata/dublin_core_report.html

〔註34〕 「Essentially, metadata is data about a digital object. The metadata is usually
provided by the creator or distributor of the object, and often either accompanies
the object or is embedded in the file header. As such, metadata can be very useful
as the basis for information storage and retrieval systems.」參見（http://www.ala.
org/alcts/organization/div/nrmc/meta.html）

〔註35〕 「Metadata is machine understandable information about web resources or other
things.」參見 Bernes-Lee, 1997

〔註36〕 「Information about the context of data and the content of data and the control of
or over data.」參見 Chilvers, and Feather,1998

料。」〔註37〕

　　至於王麗蕉在〈Metadata 初探〉一文中，亦歸納學者的看法，以爲：〔註38〕

　　　　所謂 Metadata，廣義而言，是指對任何資料（泛指圖書資料、非書
　　　　資料、網路資源、任何形式的電子資料）所描述的任何資料（書名、
　　　　主題、外在表徵、位置）。狹義的解釋爲：用來定義、辨識電子資源、
　　　　以及協助資源取用的描述方式。爲了與傳統分類編目有所區分，並
　　　　應用於現今網路環境中的資源組織方式發展趨勢，本文就 Metadata
　　　　給一較狹義的名稱，稱之爲「電子資源描述格式」。

據上所述，可見其爲了與傳統分類編目有所區分，並強調 Metadata 應用於現
今網路環境中的資源組織方式發展趨勢，因此將 Metadata 稱之爲「電子資源
描述格式」。

　　另外，陳亞寧以爲「其實 Metadata 是在描述一個資源的屬性資料」，並且
「Metadata 所做的工作，主要是將資料的資訊作屬性化，並且回答六大問題，
分別爲 who、what、when、where、why、how。所以 Metadata 一定要是有結
構的屬性資料，並且要具有某種關連性，並且包含人、事、時、地、物等五
大重點。」〔註39〕這種對於 Metadata 的認知，可謂清楚的說明了 Metadata 的
實用性與功能性。

　　根據陳亞寧、陳淑君在「Metadata 與數位典藏計畫」簡報資料中，此二
人以爲不同的 Metadata 的中文譯名具有不同的詮釋意義：〔註40〕

　　　1. 「後設資料」：〔註41〕著重在 Metadata 的產出時間，通常是在原
　　　　　始資料產生後才製作的。

　　　2. 「詮釋資料」：〔註42〕採取某種觀點或方式，將原始資料進行分

〔註37〕「Metadata is data about data. The term refers to any data used to aid the
　　　　identification, description and location of networked electronic resources.」轉引自
　　　　王麗蕉，〈Metadata 初探〉，《東吳大學圖書館通訊》，第 8 期，1999.03。另見
　　　　於 http://www.scu.edu.tw/library/pub/s8/8-1.htm。

〔註38〕王麗蕉，〈Metadata 初探〉，《東吳大學圖書館通訊》，第 8 期，1999 年 3 月。
　　　　另見於 http://www.scu.edu.tw/library/pub/s8/8-1.htm。

〔註39〕參見（http://www.sinica.edu.tw/~pingpu/pinpunews/meetingrecords/workshop/
　　　　workshop01/note/010726/010726-2.html）

〔註40〕http://140.112.192.8/dlm/professional/pro-91042456/lecture/lecture4.doc

〔註41〕中央研究院 metadata 工作小組的譯名。

〔註42〕陳雪華：《圖書館與網路資源》台北：文華，1996 年，頁 206。

析，產生而成的一種註解或解說。

3. 「超資料」：〔註43〕介於各種資料之中或之上，強調具備串聯
（hyperlink）的功能；亦有人稱爲形而上資料。

4. 「元資料〔註44〕／元數據〔註45〕」：可以將原始資料的特質予以
標引／表識出來的一種最根本的資訊。

從學者對於 Metadata 譯名的不同，可以看到他們對於 Metadata 概念的差別之
處。依據中央研究院 Metadata 工作小組研究與實作心得，以爲 Metadata 除了
在描述、詮釋資料與書目資訊相同外，在層次與深度方面與傳統書目資訊是
有所不同的。主要差異有四個方面：〔註46〕

第一，任何物件皆是 Metadata 涵蓋的範圍，諸如圖書館界所熟悉的
書、期刊、文章等，乃至器物、人等皆是。第二，範圍從實體典藏
的物件擴大至虛擬典藏的各類物件。第三，詮釋的深度遠比以往更
爲深入，並不僅限於內容主題的分析標引而已，尚包括了物件的彼
此互動關係，包括人、時、地、物、主題／事件（events）等五大主
軸間的互動、牽引；換言之，從資料、資訊的整理提昇至知識內涵
的建構。第四，物件的辨識、保存、展示、取用、篩選與評估、服
務及系統管理等方面皆是環環相扣，密不可分，並不能只從單一觀
點視之或處理。

綜上所述，Metadata 是一種詮釋各種事物的概念，這種概念被加以重視，乃是
因應各類的電子資源而生的。如何有效的處理各類電子資源，則是 Metadata
之所以存在的價值與意義。

（二）Metadata 的種類

爲了各種不同目的與用途而產生的 Metadata 相當繁多，不同的 Metadata 格
式存在於各學科領域當中，陳雪華則將 Metadata 依主題歸納爲八大類：〔註47〕

〔註43〕陳昭珍：〈電子圖書館資訊組織問題之探討〉，《海峽兩岸圖書館事業研討會論
文集》1997 年 5 月 25～28 日，頁 163～174。
〔註44〕吳政叡：〈從電子檔案和元資料看未來資料著錄的發展趨勢〉，《海峽兩岸圖書
館事業研討會論文集》1997 年 5 月 25-28 日，頁 175～196。
〔註45〕如大陸學者多譯名爲「元數據」。（參看劉嘉，《元數據導論》，北京：華藝出
版社，2002 年 1 月第 1 版，頁 41。）
〔註46〕http://210.60.55.215/pdlib/87204038/Papers/ds.doc
〔註47〕陳雪華：〈網路資源組織與 Metadata 之發展〉，頁 19～37。另見（http://ross.lis.ntu.
edu.tw/achievement/metadata.htm#1）。

　　第一，早已普遍使用的格式：如 MARC（USMARC、UKMARC、UNIMARC）、PICA+（the Dutch Centre for Library Automation）等。第二，描述科技文獻：如 BibTeX、EELS（The Edinburgh Engineering Virtual Library）、RFC1807 等。第三，描述人文及社會科學資源：如 ICPSR、SGML Codebook Initiative、TEI Headers 等。第四，描述政府資訊：如 GILS（Government Information Locator Service）。第五，描述地理空間性資源：如 FGDC（Federal Geographic Data Committee）。第六，描述博物館藏品與檔案特藏：如 CDWA（Categories for the Description of Works of art）、CIMI、EAD 等。第七，描述大量網路資源：如 Dublin Core（Dublin Metadata Core Element Set）、IAFA/WHOIS++ Templates（Internet Anonymous FTP Archive）、LDIF（LDAP Data Interchange format）、SOIF（Summary Object Interchange Format）、URCs（Uniform Resource Characteristics/Citations）等。第八，其他：如 Warwick Framework 等。

　　至於楊雅勛在〈Metadata 概說〉一文中，述及 Lorcan Dempsey 與 Rachel Heery 等人依 Metadata 的架構、完整性及專業性，可分爲三大類：第一類爲一般性的網路查尋工具，例如 Yahoo、Lycos、Alta vista 等。第二類乃以蒐尋爲目的的 Metadata，例如 Dublin Core、IAFA templates、RFC 1807、SOIF、LDIF 等。第三類乃以詳細記錄資源爲目的的 Metadata，這類 Metadata 大多是爲特定領域或特殊資料而訂定，且能詳細表達物件間的複雜關係，例如 TEI Header、MARC、EAD、CIMI、ICPSR 等。〔註48〕

　　透過上面的簡單介紹，無論是依主題加以分類還是依 Metadata 的架構、完整性及專業性加以分類，我們都可以發現 Metadata 的種類非常的多，且均有其特定的適用對象。〔註49〕因此如何選用適當的 Metadata 作爲實際運用的工具，相形之下則更突顯其重要性。

（三）Metadata 的功能

　　Metadata 包含的資訊很多，例如題名、作者、出版者、主題、歷史沿革、檢索控制、使用權限、與其他作品的的關係、適用對象、以及相關內容範圍等都可涵蓋其中。因此，Metadata 除了兼具傳統書目工具匯集與辨識功能外，

〔註48〕轉引自楊雅勛：〈Metadata 概說〉
　　　　（http://www.lib.ntu.edu.tw/pub/mk/mk39/mk39-02.html）。
〔註49〕關於「詮釋資料之介紹與比較」，可參看
　　　　（http://ross.lis.ntu.edu.tw/achievement/metadata.htm#1）。

還具備下列特點：第一，定位（location）：提供所需資源的儲存位置；第二，探索（discovery）：提供使用者檢索到所需的資源；第三，文件記錄（documentation）：提供詳細描述與記錄文件的性質與內涵；第四，評估（evaluation）：協助使用者判斷資源是否具有價值；第五，選擇（selection）：幫助使用者決定是否取用此資源。〔註 50〕

另外，依據中央研究院 Metadata 工作小組研究實證結果，以為 Metadata 應具備下列八項功能：〔註 51〕

第一，資料架構與模式（structure & model）：設計一個共通性組織結構，以容納不同類型與學科領域的 Metadata。第二，資料輸入與描述整理（input & descriptive organization）：為典藏品資料建立一套詮釋性的記錄。第三，檢索與索引（retrieval & indexing）：讓使用者很有效率地進行查詢這些記錄。第四，展現與辨識（representation & identification）：從查得的記錄中，使用者可以清楚的獲得所需的訊息及制定呈現方式。第五，串聯與互動關係（linkage and interactive relationship management）：建立不同文獻間的串聯架構、方向（雙向與多向）、模式與管理等。第六，取用與認證（access & authentication）：作為系統安全控制的機置功能之一，以區別不同身份的使用者，包含智財權（intellectual property rights）的管理與控制。第七，交換與儲存（interchange, mapping & exchange and storage）：這些詮釋性記錄可以因各種不同需求（包括書目與全文兩部份）而進行交換及儲存。第八，整合 XML（extensible markup language）、RDF 與 Z39・50 不同協定的應用：除了致力於 Metadata 的制定，因應文獻結構的制定、交換、檢索與展現的需求，另結合 XML、RDF 與 Z39・50 等協定的應用，以發揮 Metadata 的功能。〔註 52〕

二、Dublin Core 簡介

（一）背景介紹

Dublin Core（都柏林核心集；簡稱 DC）源起於 1995 年在美國俄亥俄州

〔註 50〕Lorcan Dempsey, "ROADS to Desire",（http://hosted.ukoln.ac.uk/mirrored/
lis-journals/dlib/dlib/july96/07dempsey.html）；轉引自（http://210.60.55.215/pdlib/
87204038/Papers/ds.doc）。

〔註 51〕http://www.sinica.edu.tw/~cdp/project/04/6_1.htm

〔註 52〕中央研究院 Metadata 工作小組，「Metadata 工作小組第一階段報告：以平埔族
計畫實作為例」，民國八十八年一月七日。

都柏林市（Dublin, Ohio）為改善資訊資源之搜尋所召開的研討會，該研討會與會人士包括圖書館員、數位圖書館研究者、內容專家、以及全文標示專家等。〔註53〕

　　研討會的目的是希望建立一套描述網路上電子文件特色的方法來協助資訊檢索，而這一套描述方法的設計目標是想要發展一個簡單、有彈性，且能讓各種專業人員輕易地了解和使用的資料描述格式。因此，都柏林核心集只規範那些在大多數情況下必須提及的資料特性，由此可見其設計原理在於同時擁有意義明確、彈性、最小規模等三種特色。而設計原則是：內在本質原則、易擴展原則、語法獨立原則、無必須項原則、可重覆原則、可修飾原則。〔註54〕

　　根據都柏林核心集的特色，可見它是個易用、易懂的資源描述集，它可以提昇資源在跨領域、跨主題的可見度，且由於使用成本低廉，因此具有廣泛的吸引力。此外，都柏林核心集可以對資源做一般性的描述，以求跨領域使用者的了解；也可進一步深入的描述，以提供語意較豐富的描述服務。網路資源的使用者可以利用都柏林核心集的檢索詞彙查詢網路資源，獲得基本的指引；雖然若欲深入完整的找到某一文化資源還是必需使用該領域的語彙查詢，但是都柏林核心集這套簡單的描述資訊，卻可以帶領網路資源的使用者注意到其他領域的資訊。〔註55〕

（二）欄位內容與說明

　　經過幾次開會的討論，都柏林核心集到目前為止共有十五個基本欄位，如下表所示：〔註56〕

欄位名稱	標　　示	定　　義	說　　明
Title	題名（Title）	資源所賦予的名稱。	題名是資源的正式名稱。

〔註53〕http://www.cca.gov.tw/news/2002/數位詮釋規範/第六章%20文化詮釋資料格式（第一節～第四節）.doc

〔註54〕吳政叡，〈都柏林核心集的發展現況與其在圖書館的應用〉，（http://mes.lins.fju.edu.tw/dublin/）

〔註55〕http://www.cca.gov.tw/news/2002/數位詮釋規範/第六章%20文化詮釋資料格式（第一節～第四節）.doc

〔註56〕原出處為（http://dublincore.org/documents/2003/02/04/dces/），中文翻譯轉引自（http://www.cca.gov.tw/news/2002/數位詮釋規範/第六章%20文化詮釋資料格式（第一節～第四節）.doc）。

Creator	創作者（Creator）	資源之主要創作者。	創作者包括個人、團體機構或服務系統。
Subject	主題和關鍵詞（Subject and Keywords）	有關資源內容之描述。	可用關鍵詞或分類號來表示資源之內容，建議使用控制詞彙或分類表。
Description	簡述（Description）	對於資源之相關說明。	簡述可包括摘要、目次、圖示資料之來源說明、或對於內容的文字敘述等。
Publisher	出版者（Publisher）	使資源可供取用者。	出版者包括個人、團體機構或服務系統。
Contributor	貢獻者（Contributor）	除創作者外，對於資源內容之創作有貢獻者。	貢獻者包括個人、團體機構或服務系統。
Date	日期（Date）	在資源生命週期中，某事件之日期。	日期通常可用來表示資源的創作或可供使用的時間。建議遵循 ISO8601 [W3CDTF] 之標準著錄日期，即以 YYYY-MM-DD 的格式著錄。
Type	資源類型（Type）	資源之性質或類型。	資源類型包括描述資源之性質、功能、類別，以及描述之單位爲單件或合集作品等。建議使用控制詞彙，例如 DCMI 所定義的詞彙（DCMI Type Vocabulary, DCT）。資源之實體或是數位媒體之描述，則使用 Format 欄位著錄。
Format	資料格式（Format）	資源之實體或數位化媒體之描述。	資料格式包括媒體類型或資源的度量資料，資料格式也可以用來表明呈現或操作資源時需用的軟硬體或其他設備。度量資料則包括高廣尺寸與放映時間。建議使用控制詞彙，如網路媒體類型 MIME（Multipurpose Internet Mail Extensions）所定義的電腦媒體格式。
Identifier	識別碼（Resource Identifier）	資源在某環境中明確的辨識資料。	建議利用字串或數字組成的識別系統來辨識資源，如：URI（Uniform Resource Identifier）（含 URL），DOI（Digital Object Identifier），以及 ISBN（International Standard Book Number）等。
Source	來源（Source）	說明衍生出本資源的原始資源。	本資源可能完全或部份由原始資源衍生而出。建議利用字串或數字所組成的識別系統來表示其原始資源。

Language	語文（Language）	資源內容之語文。	建議使用 RFC1766 並併用 ISO639 標準，該標準使用兩個與三個字母做為語文代碼。之後，可選擇再加上兩個字母的國家代碼。例如，'en'或'eng'代表英語，'akk'代表阿卡丁語（Akkadian），'en-GB' 代表在英國使用的英語。
Relation	關連（Relation）	相關資源之參照。	建議使用字串或數字所組成的識別系統來辨識參照資源。
Coverage	時空涵蓋範圍（Coverage）	資源內容所涵蓋之空間或時間。	時空涵蓋範圍包括地點（地名或地理座標）、時期（時期名稱、日期或期間）或政治轄區（如某行政實體）。建議使用控制詞彙（如 Thesaurus of Geographic Names [TGN]），並使用數字表示地理座標或日期時間。
Rights	權限管理（Rights Management）	有關權限的相關資訊，包括資源原有的或被賦予的權限。	權限管理包括資源的權限申明，或說明提供該資源的服務機構。權限資訊通常包括智慧財產權、著作權及其他產權。若此權限管理的欄位未著錄，使用者亦不得擅自認定資源本身原有的或被賦予的權限。

　　在上面的十五個欄位描述中，每一個欄位都有一個標籤（label），此標籤的目的在說明該欄位的語意。此外還有一個獨特的、機器可讀的、單字詞之欄位名稱，以做為該欄位編碼之語法依據。此外，還有幾點要特別注意的：[註57]

　　第一，要注意欄位名稱的大小寫問題。雖然在某些環境中，如 HTML 環境，大小寫都可用，但最好注意這個問題，以免要摘錄詮釋資料或要轉到不能同時使用大小寫的平台時發生衝突，如 XML 環境。第二，每一個欄位都是非必備且可重複，欄位無先後順序之分，相同欄位若重複多次，可視其重要性由資訊提供者決定順序，但此順序在不同的系統中並不保證會一致。第三，為了促進全球的互通性，某些欄位的內容建議採用其他領域已發展出來的控制詞彙來描述。第四，在中文環境中，不同系統間交換資料時需使用英文欄位名稱，但為便於資源描述者的使用，介面上可轉為中文欄位名稱。

〔註57〕（http://www.cca.gov.tw/news/2002/數位詮釋規範/第六章%20 文化詮釋資料格式（第一節～第四節）.doc）

三、小　結

　　透過以上的說明，我們可以發現 Metadata 之所以被重視的原因，其實是來自於網路資源的失控，亦即網路使用者無法適當地找出所需的資訊。雖然 Metadata 因此被重視，卻可以明確發現 Metadata 的應用早已超越此一範疇，已延伸至圖書館等不同資料單位既有館藏資源、紙本或其他傳統形式媒體轉爲數位形式，以及嶄新的電子資訊等三大領域。〔註 58〕而在眾多的 Metadata 格式當中，都柏林核心集又被高度的重視與運用，因爲它是個易用、易懂的元素集（Element Set），除了目前正在大力推廣的數位典藏國家型科技計畫〔註 59〕之外，其他如佛教電子文獻等亦結合柏林核心集的運用，並且十分成功。〔註 60〕因此，透過這些成功案例的啓發，有助於提供我們在進行古文字資料庫建構時的參考。

第三節　XML、物件導向與資料庫系統

　　資訊科技的長足進步，使得各個學科領域之間彼此出現合作的契機。在前一節所探討的 Metadata 與 Dublin Core，已經成功的運用於數位典藏及電子佛典等，而 Metadata 與 Dublin Core 的相互結合運用，強調的是電子資源的有效性與再利用性。這種文獻資料庫的建構，業已用到了不同於傳統的資料庫建構法。在這一節當中，我們則進一步探討 XML、物件導向技術、資料庫系統等概念，經由資訊科技理論的探討與分析，以期能對於古文字資料庫的建構產生更大的助益。

一、XML 簡介

　　XML 是 eXtensible Markup Language 的縮寫，中文名稱則譯爲「可擴展標示語言」或「可延伸標示語言」，它的規格經由 World Wide Web Consortium（W3C，全球資訊網標準製定組織）製定而成〔註 61〕。就其屬性而言，它是一種中介標示語言（Meta-Markup Language），主要任務在於描述資料，並擅

〔註 58〕（http://www.sinica.edu.tw/~cdp/project/04/6_1.htm）

〔註 59〕（http://www.ndap.org.tw/）

〔註 60〕參見杜正民：〈簡介 Metadata 於佛教電子文獻的應用——以 TEI 與 DC 實務作業爲主〉，《佛教圖書館館訊》第 32 期，91 年 12 月，頁 26～40。

〔註 61〕「W3C」，（http://www.w3c.org/）

長用來描述結構化的資料。在跨平台、分散式或是異質性的環境中，XML 提供一種中立、標準的交換格式，如下圖所示：

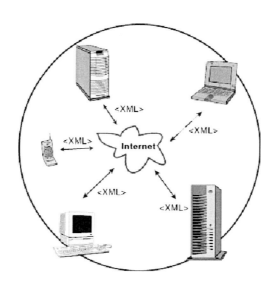

此外，XML 配合 XML Schema、XSLT 等標示語言，對文件內容可以提供精確宣告，讓我們在對各種不同平台進行搜尋時，有辦法針對其中的語義加以查詢；並且 XML 可以完全支援中文語系，對於以中文資料為主的資料建構而言，這種資料模式將促成新一代的網路資料檢視與資料運作的應用程式大量出現。

（一）XML 的產生

當計算機開始大量的使用之後，為了解決電子文件交換與長期保存的問題，國際標準組織（International Standard Organization，簡稱 ISO）在 1986 年訂定了標準通用標示語言（Standard Generalized Markup Language；簡稱 SGML）。SGML 將文件中與系統處理無關（processing-independent）的內容（content）部分獨立出來，提供了一套語法規則，讓使用者可依據需求自行定義標籤（tags）來描述文件語意結構（semantics structure）。〔註62〕但由於 SGML

〔註62〕Ronald C. Turner, Timothy A. Douglass and Audrey J. Turner, README.1ST: SGML for Writers and Editors（New Jersey: Prentice Hall PTR, 1996），p.29.（轉引自陳嵩榮：《SGML、XML、RDF 文件標準比較與 Metadata 資料模式設計》，輔仁大學圖書資訊學系碩士論文，1999 年 7 月，頁 1。）

所定義的語法規則相當龐雜，有高度的複雜性，一般的使用者不易了解，開發相關的應用程式也較不容易，因此 SGML 目前只應用在特定的領域，一直未能普及。

因此，W3C 在 1996 年底提出 XML 標準，1998 年 2 月 XML1.0 版正式成爲推薦規格。XML 本身即是 SGML 的子集（Subset），不但繼承了 SGML 能描述文件語意結構的特色，同時把 SGML 中較複雜的部份去除，使得 XML 在使用上更加的容易，發展到現在，W3C 以 XML 規範爲核心，陸續制定出許多相關的規範，如 XSLT、XLINK、XML Schema 等，這些規範的出現，可以滿足不同需求並且達到廣泛應用的目的。

（二）XML 的設計目標

XML 主要是爲了能有效地在網際網路中運行而設計的，根據 XML1.0 版規範，XML 的設計目標如下：[註63]

第一，XML 應可以直接應用在網際網路；第二，XML 應可以廣泛支援不同種類的應用程式；第三，XML 應可以與 SGML 相容；第四，處理 XML 文件的程式應可以很容易撰寫；第五，XML 中選擇性功能，在理想的情況下應爲零；第六，XML 文件可讀性高而且文法結構相當清楚；第七，XML 文件應可被快速地製作；第八，XML 的制定應力求嚴謹與簡明；第九，XML 的設計應盡速完成；第十，XML 的語法不可模糊不清。

從這十項設計目標來看，我們可以將 XML 視爲整合異質資料的一種強而有力的工具。就其格式而言，XML 文件能像 HTML 文件一樣能在 Web 上直接被閱讀，且不同的領域可以利用 XML 來定義各種不同的標示語言（markup language），每一種標示語言就是一種特別的應用。就語法而言，XML 語法應該要很嚴謹，在設計上不允許省略標籤（tags），如此可避免閱讀時發生混淆的狀況，並能以任何簡單的文字編輯器（text editor）來讀取，達到資料易於彼此共享的特色。

（三）XML 與 HTML

XML 與 HTML 兩者的出現背景是不大一樣的。XML 屬於 SGML 的子集，而 HTML 則只是 SGML 的一種應用，因此 SGML、XML、HTML 三者雖然都

〔註63〕 Tim Bray, Jean Paoli ,and C. M. Sperberg-McQueen, ed. "Extensible Markup Language（XML）1.0", [W3C Recommendation],（Feb 1998）（http://www.w3.org/TR/1998/REC-xml-19980210.html）

是 Markup Language，但卻是不同層級的標示技術。下面為 SGML、XML、HTML 三者的關係圖：〔註64〕

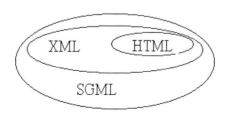

1. 兩者的基本特性有所不同

XML 繼承了 SGML 的可擴展性（extensibility）、結構性（structure）與可確認性（Validatedation），這三項也正是 XML 與 HTML 兩者在特性上最重要的不同之處，如下表所示：〔註65〕

	HTML	XML
可擴展性（extensibility）	標籤集與每個標籤的意義是固定的，使用者無法自行定義標籤（tags）或屬性（attribute）。	允許使用者根據需要，自行定義標籤與屬性，以便更進一步描述資料的語意。
結構性（structure）	不支援深層的結構描述。	能描述各種複雜的文件結構，並能表示資料庫綱要（Schema）及物件導向的階層結構。
可確認性（Validatedation）	沒有提供語法規格來支援應用程式對 HTML 文件進行結構確認。	可包含一個語法規格（DTD），讓應用程式對文件進行結構確認。

2. 兩者的基本語法有所差異

根據 Ralf I. Pfeiffer 的分析，從基本語法來探討 XML 與 HTML 兩者之間的同異，有以下幾點：〔註66〕第一，XML 文件必須遵守階層的元素結構

〔註64〕XML 工作室、陳錦輝：《XML 與 ASP 網站實作大全》，台北：金禾資訊股份有限公司，2001 年 7 月，頁 1～24。

〔註65〕Jon Bosak, "XML, Java, and the future of the Web"（Sun Microsystems, Mar 1997）（http://sunsite.unc.edu/pub/sun-info/standards/xml/why/xmlapps.htm）（轉引自陳嵩榮：《SGML、XML、RDF 文件標準比較與 Metadata 資料模式設計》）

〔註66〕Ralf I. Pfeiffer, "XML Tutorial for Programmers : Writing XML Documents",（IBM XML Technology Group），（http://www.software.ibm.com/xml/education/tutorial-prog/writing.html）（轉引自陳嵩榮：《SGML、XML、RDF 文件標準比

（hierarchical element structure）；第二，XML 與 HTML 對於空元素（Empty elements）的表示方式不同；第三，XML 所有的屬性值（attribute value）必須以引號（quotes）夾住；第四，XML 標籤大小寫有區別（case-sentitive）；第五，XML 與 HTML 對空白（white space）的處理方式不同；第六，XML 文件只能有一個根元素（root element）；第七，XML 所有的實體（entities）必須在 DTD 中宣告；第八，XML 允許指定不同的字集編碼（character set encoding）；第九，XML 的特別保留字元（special reserved characters）。

就整個 Markup Language 的演變過程來看，HTML 之所以能夠在 WWW 上取得一席之地，主要是因爲它的容易學習、圖文並茂以及超連結等特色，也使得今日網路上的資訊能夠快速傳播，互相共享。然而 HTML 將其所有的標籤都賦予了特殊的意義，相對而言，這些標籤的使用是有限度的，且大部分標籤的用途都是有來探制網頁內容的顯示，無法對文件內容本身的結構與特性作說明，所以 HTML 文件在內容搜尋、資料交換等應用上就顯得特別的無力感，因此 XML 則因應時代需求而出現，肩負著使得全球資訊網能夠傳輸或處理更豐富資訊的責任。

有人以爲 XML 的發展是用來取代 HTML 在網際網路上的地位。對於這樣的說法，並不是客觀的一種評論。其實 XML 與 HTML 這兩種語言是一種互補的關係而不是彼此競爭的對手。XML 可以自由定義標籤、無限延伸、跨平台，所以在網際網路的文件類別當中，它具有結構化的特色並且可以展現資料的描述性，而 HTML 語法的簡易性可使瀏覽器解讀文件格式並作適當的呈現，甚至可以將 XML 資料片段插入 HTML 文件中，當作「XML 資料島（XML Data Islands）」，所以 XML 及 HTML 能夠相互整合，同時在網際網路上一同運行。因此 XML 與 HTML 被賦予的責任是不一樣的：HTML 著重在如何描述將文件資料顯示在瀏覽器中；而 XML 本身則是一種標準、規範，根據 XML 標準可以制定出許多應用。所以 XML 比 HTML 還要技高一籌，實在談不上取不取代的問題。〔註67〕

（四）XML 的優缺點

前面簡單分析了 XML 與 HTML 的差別，我們發現 XML 因應時代的需要

較與 Metadata 資料模式設計》）
〔註67〕陳長念、陳勤意：《活用 XML》，台北：知城數位科技股份有限公司，2001年，頁1～14。

而產生，並且表現也極為出色。然而隨著使用需求的逐漸改變，XML 同樣存在著一些問題。

1. XML 的優點

如果從 XML 的設計目標切入探討 XML，可以發現 XML 有下列幾項優點：

（1）文件的擴展性

由於 XML 並沒有特定的標籤，使用者可根據自己的需求新增具有識別意義的標籤來使用，以增加文件的可讀性；另外，透過 DTD（Document Type Definition）或 XML Schema 等，XML 便可設計及表示複雜的文件結構，方便日後重複使用及進行維護的工作。

（2）文件的獨特性

由於 XML 可表示複雜的文件結構，故可定義以往 HTML 無法處理的特定專業領域所需的標誌語言，如數學式和化學式等。〔註68〕

（3）文件的動態性

透過 XLink，〔註69〕 XML 便可支援不同的連結方法，提供多種的網頁連結功能，包括雙向連結和多向連結，解決以往單向連結時，由於更新連結位置而造成的文件維護困難問題。

（4）文件的易讀性

由於 XML 能清楚地表示文件的結構及內容，故使用者可透過 XML-Query Language〔註70〕 或其它程式軟體進行查詢、更新以及管理 XML 文件，如此可降低文件的維護成本，並且可以減輕伺服器的工作量，提高網站的服務品質。

（5）文件的共通性

由於 XML 並不侷限於任何的作業平台，因此，不論在任何作業系統上使用任何程式語言，只要這個語言跟隨著 W3C 的標準前進，並支援 XML 的話，就可以完成 XML 的應用程式。

2. XML 的缺點與限制

XML 具有擴展性、獨特性、動態性、易讀性、共通性等，然而 XML 是

〔註68〕張思源：〈XML 和 HTML〉，《Internet Pioneer》1999 年 2 月，頁 100～106。

〔註69〕W3C, "XML Linking Language（XLink）", World Wide Web Consortium Working Draft, （http://www.s3.org/TR/1998/WD-xlink-19980303.）

〔註70〕W3C, "XML-QL: A Query Language for XML", World Wide Web Consortium Working Draft, （http://www.w3.org/TR/1998/NOTE-xml-ql-19980819.）

否如此的完美無暇呢？以目前 XML 所遭遇的問題來看有以下幾點問題：

（1）可定義結構但無法限制語意

雖然 XML 能夠定義並限制文件的結構，但是卻無法限制這些標籤應該被應用程式如何來應用。舉例來說，一個〈編號〉標籤內的資料，對於甲程式而言，所謂的<編號>是指學生證號碼，對於乙程式而言，所謂的<編號>則是指身分證字號，諸如此類的文件語意問題，XML 本身無法做出進一步的處理。對於這個問題，則必須透過不同的學科本身進行詞彙統一的工作，亦即需要一個標準的字典，有了統一的標準，電腦才能進行資料的自動化處理。

（2）一些相關標準仍在審查與制定

XML1.0 雖然在 1998 年通過 W3C 的審查變成推薦標準，但是相關的一些技術有些仍在審查的某一階段，施行細節還是沒有完全制訂，使得目前的格式還是有可能會再變動，如 XLink、XPointerer 等。

（3）XML 的學習技術門檻較高

HTML 就是因爲容易使用學習而廣受歡迎，而 XML 的編輯方式則不是那麼的容易，要製作出一份合格的 XML 網頁文件相較之下比製作 HTML 網頁文件因難，不過這個問題在未來都應該能夠克服才對。

綜上所述，XML 提供了描述資訊的機制，可以讓我們輕易賦予文件資訊的意義。到目前爲止，XML 相關的研究課題正不斷的被人發掘，發掘的領域均充分展現出 XML 強大的能力。例如：網站資料的管理〔註71〕、電子商務的應用〔註72〕、異質系統的資料交換，〔註73〕以及資訊分類〔註74〕等。從這些成功的範例中，我們看到了 XML 具有將網站與資料庫動態結合的能力，而且也能夠進行資料的查詢，降低了資料庫的負擔，也節省了很多資料傳輸時間。〔註75〕

〔註71〕 Metthew Fuchs, 1998, "Buliding an Information System from the Web", IEEE Proc. 31st Annual Hawaii International Conference on System Sciences, pp.14～23.

〔註72〕 Aaron Weiss, 1999, "XML get down to business", Mixed Media ACM, pp.36～43, Sep.Rogert J. Glushko, Jay M. Tenenbaum, and Bart Meltzer ,1999, "An XML framework for agent-based E-commerce", Communication, Vol.42 ,No.3, ACM, pp.106～114, March.

〔註73〕 Steve Widergren, Amold deVod, and JunZhu, 1999, "XML for Data Exchange", pp.840～842, IEEE, May.

〔註74〕 Andrew V. Royappa, 1998, "Impleneting Catalog Clearinghouse with XML and XSL", pp.616～623, ACM.

〔註75〕 李宗翰：《以 XML 爲基礎的影像資料檢索系統》，國立高雄第一科技大學電腦與通訊工程系碩士論文，2000 年 6 月，頁 28。

（五）XML 文件的形態

XML 的文件種類形態可分爲 Validated（有效的）XML 與 Well-Formed（格式正確的）XML 二類，至於其分類的依據主要是以 XML 文件中有無引用 DTD（Document Type Definition）或 XML Schema 來加以區別。〔註76〕如果一個資料物件符合規格書中 Well-Formed 的定義時，它就是一份 Well-Formed XML 文件；一份 Well-Formed XML 文件，如果它引用了 DTD 或 XML Schema，則屬於一份 Validated XML 文件。

至於 Well-Formed XML 文件的基本語法，依據 XML1.0 規格書，大致可以整理如下：第一，XML 文件的第一列必須以小寫「XML」作爲宣告，選用正確的存檔編碼格式並設定屬性。第二，XML 文件一定要有一個根（Root）節點，也只能有一個根節點。第三，XML 文件所有標籤一定要以巢狀（樹狀）排列。第四，XML 文件除了內容爲空的標籤外，所有標籤都必須成對出現，要有開始的標籤與結束的標籤。第五，XML 文件的空的標籤，結尾必須加上「/」。這種標籤稱爲「空標籤」。第六，XML 文件的標籤名稱及屬性必須合法，大小寫視爲不同。第七，XML 文件的屬性值設定，前後必須被「"」或「'」所包圍。第八，XML 文件的特殊字元必須依照規定撰寫。

1. Well-Formed XML 文件

根據 XML1.0 規格書，Well-Formed XML 文件必須符合下列各項標準：第一，它必須符合文件的定義。〔註77〕第二，它必須遵守 XML 規格書中定義 Well-Formed 的限制。第三，在文件中所有被參照的可解析實體都是「Well-Formed」。

當符合這些簡單規則時，我們可以稱這份 XML 文件爲 Well-Formed XML。因此從簡單的角度來看 Well-Formed 的意義時，它就是一套編寫 XML 文件最基本的規則，如同中文書信的格式，在書信的開頭必須清楚的標示收信人的稱謂，在書信的結尾必須署名寫信者的姓名等等，如果沒有遵守這些基本禮儀規則的話，則將其視爲非 Well-Formed 的文件。

〔註76〕XML Schema 與 DTD 最大的差異主要在於 XML Schema 本身就是 XML 文件，完全符合 XML 語法。

〔註77〕所謂符合文件的定義，具有下列幾項條件：1.它至少包含一個元素。2.它至少必須含有一個元素至少必須有一個包含全部文件的的開頭、結尾標籤而形成基本元素。3.所有其他的標籤必須成對組成巢狀結構，也就是說有一開的標籤就有一個關的標籤，不能重疊發生。

2. Validated XML 文件

一個 Validated XML 文件的先決條件，在於 XML 文件首先必須是一個 Well-Formed XML 文件，另外，再加上 DTD 或 XML Schema 作爲驗證依據。因此，一個 Validated XML 文件必定也是 Well-Formed XML 文件。
驗證 Validated XML 文件的技術主要有二種：第一，DTD；第二，XML Schema。

（1）DTD（Document Type Definition）

Document Type Definition 簡稱爲「DTD」，中文一般譯爲「文件型態定義」或「文件類型定義」。至於 XML 文件中可以使用 DTD，這個功能主要是從 SGML 繼承並簡化而來的，因此 DTD 是一個既有標準，當時與 XML1.0 版規格同時通過 W3C 的審查，是 W3C 所推薦 XML1.0 版規格標準使用的驗證文法。

XML 文件必須滿足 Well-Formed 的條件，在結構上已經比 HTML 文件強很多，那麼爲何還有使用 DTD 呢？關於使用 DTD 的好處：第一，具有統一格式與結構的功能。透過統一格式與結構的功能，當資料量非常龐大的時候，可以確保資料結構與格式的正確性之外，也可以防止遺漏基本必備的資料，這些可以減少校正所花費的時間。第二，具有重複利用的特性。當一份 DTD 被設定好了之後，就像表格的結構一樣，這張表格可以到處被人引用，因此當我們在建構 XML 文件時再依該表格結構依序填入適當的資料即可，如此可以降低建構 XML 文件的成本。

（2）XML Schema

DTD 對於 XML 文件而言，雖然能夠使 XML 文件結構性更加的強大，然而使用 DTD 亦有一些缺點：第一，設定 DTD 的語法與 XML 語法完全不同，這會增加學習 XML 的負擔。第二，DTD 所能支援的資料型態太少，無法滿足 XML 文件的際運用需求。〔註78〕W3C 鑑於上述 DTD 的缺失，提出 XML Schema 規範的制定，因此 XML Schema 可說是爲了補足 DTD 的能力所發展的一套制定語法的語言。

就 DTD 與 XML Schema 二者而言，DTD 的使用雖然較爲普及，但它在資料類型驗證的能力相對上較薄弱。XML Schema 可以提供更爲完善的資料類型與資料型態的驗證；其次，相較於 DTD 來說，XML Schema 也較容易撰寫與開發，由於它本身就是 XML 文件，所以可以利用 XML 編輯器快速的編輯

〔註78〕陳長念、陳勤意：《活用 XML》，頁 11～5。

及修改內容。而且在製作 XML Schema 時也僅需利用簡單的工具便可描述 XML Schema 中的限制條件。對於延伸性和彈性的比較上，若利用 DTD 來驗證 XML 文件，則在處理 XML 文件前，資料的結構必須完整地被描述，但這種方式較缺乏彈性。亦即若爲滿足作業需求而必須修改部份 DTD 時，修改過的 DTD 將必須重新載入，這無疑會造成相同 DTD 要素的重覆載入。反觀 XML Schema，由於借用物件導向程式資料模擬的技術，XML Schema 使開發人員得以利用與既有元素屬性的繼承關係來指定新的元素，繼承關係的使用無疑增加了 XML Schema 的重覆使用度，亦降低了開發的成本，這使 XML Schema 可因不同的專業領域的作業需求，來做機動性的調整和變更整體的資料結構。關於 XML Schema 與 DTD 兩者之間的比較，可以透過下表一清眉目：〔註79〕

	XML Schema	DTD
語法	XML Schema 完全遵循 XML 的語法，所以 XML 學習者只要學習一種語法，就能撰寫 XML 與 XML Schema 文件。	制定 DTD 所使用的語法是承襲於 SGML 的 DTD，與 XML 語法完全不一樣，學習者必須學習使用兩種不同的語法。
資料型態	除了提供與 DTD 相同的十種資料型態外，另外還額外提供了數十種不同的內定資料型態，如 date、boolean、float、double。	只提供有 CDATA、ENUMERATED、NUTOKEN、NMTOKENS、ID、IDREF、IDREFS、ENTITY、ENTITIES、NOTATION 等十種資料型態。
設定資料格式	允許設定資料的格式，如資料格式是 ddd-dddd，其中 d 是數字。	無此功能。
設定資料範圍	允許設定資料的範圍，如資料型態是數字，且其範圍只能在 200 至 2000 之間的數字。	無此功能。
自定資料型態	允許使用者自定新的資料型態。	無此功能。
Namespaces	可使用 Namespaces。	無此功能。
物件概念	對於資料型態與結構提供物件導向的概念，允許有繼承、擴展與限制的功能。	無此功能。
複雜度	提供的功能完整但較複雜。	簡單但功能不完整。
剖析器	須發展能剖析 XML Schema 的剖析器。	原有能剖析 SGML 的剖析器就能解讀 XML 的 DTD。

〔註79〕陳長念、陳勤意：《活用 XML》，頁 11～6。

3. XML 文件之排版樣版

（1）CSS（Cascading Style Sheets）

CSS 並不是全新的技術，目前版本爲 2.0 版，HTML 文件可以使用 CSS 重新定義標籤樣式，XML 文件也一樣適用，CSS 可以用來定義 XML 標籤顯示的樣式。

（2）XSL/XSLT（eXtensible Stylesheet Lnguage）

XSL 是 eXtensible Stylesheet Language 的縮寫，XSL 是遵循 XML 的規範來的，且 XSL 是爲了顯示 XML 文件，所以 XSL 能解讀擷取 XML 文件中的資料，然後加以排列，再將其輸出至瀏覽器。因爲 XML 是一種描述資料的語言，而非像 HTML 是描述如何顯示資料的語言，所以 XSL 是被設計用來描述如何顯現的語言。XML 及 XSL 結合即可將 XML 資料依 XSL 的排版將其顯現出。XSL 的功能有兩項，一爲顯示 XML 文件的內容，XSL，另一就是文件的轉換，也就是「XSLT」（eXtensible Stylesheet Language Transformation），使用 XSLT 可以將 XML 文件的樹狀架構轉換成另一個新的架構，它是一種樹狀結構導向的轉換語言，能夠將 XML 文件轉換成文字、HTML 或其它 XML 文件，XSLT 使用「XPath」在 XML 文件找尋資料，它的語法可以用來指出文件架構或資料的位置。

4. XML 連結資源

XML 只是單純用來描述資料，單純瀏覽 XML 文件並無任何意義，一個完整的 XML 架構需要搭配相關技術，才能將需要的資訊顯示在使用者面前。XML 提出新的技術連結其他資源，以解決 HTML 的問題，就是 XPointer 與 XLink，這兩種語言屬於 XML 草案階段的規格，大部份剖析器都不支援。

（1）XPointer（XML Pointer Language）

XPointer 能夠連結 XML 文件本身或其他的文件，它並不是用來搜尋文件，而是用來在文件內定址，以便快速的找到所需標籤或內容，主要爲 XLink 的定址方式。

（2）XLink（XML Linking Language）

XLink 能夠連結一系列相關文件內容的資源，這些資源可以爲元素、內容和部分內容，除了支援超連結的單一連結外，也支援更複雜的連結方式。

（六）XML 文件的應用

目前和 XML 相關的資訊技術發展的實在太蓬勃了，在許多公司及學術單

位熱情的參與發展之下，XML 在今日已然成爲目前最熱門的資訊技術之一。就 XML 文件的應用情形來看，如果從計算機的角度切入分析，可分成客戶端的應用與伺服器端的應用兩類。

　　首先，在客戶端的部分，如欲處理 XML 文件，首先遇到的第一個問題便是必須要有解讀 XML 文件的能力，這種解讀過程則稱之爲 XML 文件的剖析。目前有許多剖析 XML 文件的軟體，稱爲剖析器（Parser），可用來檢查 XML 文件有無滿足 XML 標準；而 Microsoft 的 IE 瀏覽器是一客戶端的應用軟體，其中便具備剖析 XML 文件的能力，所以可以直接解讀顯示 XML 文件，如果配合 CSS 或 XSLT 的應用，則能將 XML 文件轉成 HTML 網頁來顯示。另外，在客戶端的部分，透過應用程式介面（API）的輔助，如 DOM 或是 SAX 等，則可動態處理 XML 文件中的資料以做進一步的分析。

　　其次，在客戶端的 XML 文件應用方面，如執行 XML 文件的剖析、透過應用程式介面擷取 XML 文件中的資料等，就伺服器端的 XML 文件應用而言，當然也必須具備，並且遠比客戶端還要來的複雜與廣泛，諸如轉換 XML 文件、動態處理 XML 文件資料、處理 XML 文件與傳統關連式資料庫（DBMS）之間的存取資料問題等。〔註80〕

　　從計算機的角度分析 XML 文件的應用，我們看到了 XML 的優勢之所在。另外，從知識管理的角度來看，站在一個組織的立場，大量的知識乃是組織運作的基礎，將知識文件化並且有系統的管理，成功的建立一個知識模組，其中關鍵性的問題便是如何能夠有效地、快速地搜尋到所需要的文件。XML 針對這個問題提供了很好的解答。由於 XML 具有儲存並管理文件結構的能力，因此，對知識分類十分管用。在搜尋分面，由於 XML 具有描述資料的能力，因此對於一個智慧型的搜尋引擎而言，更是一種良好的文件格式，透過清楚的文件格式而能夠快速且有效的找到適用的資料。

　　此外，XML 在異質資料的整合功能非常的強大。由於不同的應用程式其所產生的資料類型不見得相同，在整合這些不同的資料常常需要多費一番工夫，而 XML 則讓這個整合工作變得更簡單，因爲只要使用 XML 文件當作不同應用程式的橋樑即可，換句話說，只要應用程式本身可以接受與輸出 XML 文件格式的的表示法，那麼這個異質資料整合問題便獲得了解決。現在愈來愈多的應用程式也都朝著匯入與匯出 XML 的能力進行發展，如 Access 2002、

〔註80〕陳長念、陳勤意：《活用 XML》，頁 1-19～21。

Microsoft SQL Server 2000 等，我們可以預見在不久的未來將會有更多的應用程式加入支援 XML 的行列。

二、物件導向簡介

物件導向（Object Orientation）的概念，在計算機的世界中，是分析問題和解決問題的一種思維模式。其基本出發點就是盡可能按照人類認識世界的方法和思維方式來分析和解決問題。客觀世界是由許多具體的事務或事件、抽象的概念、規則等組成。因此，對於各種感興趣或要加以研究的事、物、概念都統稱爲物件（Object）。〔註 81〕物件導向的方法正是以物件作爲最基本的元素，它也是分析問題、解決問題的核心。至於物件之間的溝通則靠「訊息」（Message）來傳遞，而相似的物件則以「類別」（Class）的方式加以組合。這種物件導向的分析方法，透過「物件」、「訊息」、「類別」等三個基本元素，可以很自然地符合任何的認識規律，進一步讓計算機中的物件與眞實世界的物件具有一對一的關係，不需要做任何的轉換，根據這種特色，可以讓物件導向的分析方法更易於被人們所理解、接受和掌握。

（一）物件導向的基本概念

根據上面對於物件導向的基本概念的認識，以下我們分別對物件（Object）、訊息（Message）、類別（Class）等加以介紹說明：

1. 物件（object）

基本上，在物件導向的觀念裡，所有的東西都是以「物件」表示。物件不僅能代表具體的實體，也能表示抽象的規則、計畫或事件。〔註 82〕因此一個「物件」，可說是由一組相關的「程序」和「資料」包裝起來的東西；其中「程序」稱之爲「方法」（Method），「資料」則稱爲「屬性」（Attribute）。「方法」代表了物件表現在外的一些行爲，它告訴外界，它能夠作什麼以及外界該如何去和該物件進行構通；「屬性」則代表物件內在的一面，它存放了該物件的一些相關資料，這些資料是物件內部所使用，而不爲外界所知的。〔註 83〕

〔註 81〕 古新生、王拓、王偉：《物件導向方法與 C++ 新版本》，台北：儒林，1993 年，頁 5。
〔註 82〕 蔡希堯、陳平編著：《物件導向技術》，台北：儒林，1994 年，頁 4。
〔註 83〕 林淑婷：〈物件導向技術在圖書館的應用〉，《資訊科學與圖書館專題論輯》，台北：文華圖書管理資訊股份有限公司，2000 年 6 月，頁 204。

2. 訊息（Message）

訊息主要是由三個部份所組成：接收此訊息的物件名稱（即接收者）、收到此訊息的物件所必須執行的方法名稱、此方法所需參數。〔註84〕

3. 類別（Class）

在物件導向中，為了簡化問題必須將各個物件加以分類，分類的結果便是產生類別（Class），因此類別代表一個群體，而物件是群體中的個體。類別是定義物件型態的模式或原型。類別可用來代表或組成物件，一般我們視物件為較抽象的觀念，而類別通常是已經程式化了的實體。

（二）物件導向的特性

透過物件導向中的物件、訊息、類別等三個基本概念的探討，在這個基本概念的建構之下，以下我們進一步分析物件導向的特性。

1. 抽象資料型態（Abstract Data Type）

抽象資料型態（Abstract Data Type，簡稱 ADT），通常出現於物件導向程式語言（OOP）當中，這種資料型態主要運作的焦點在資料的運算，而非資料本身的性質，例如某個資料物件可以插入一個串列（linked list）中，或由串列當中刪除，而此刻我們便不關心這個物件的型態是字串、數值或是邏輯值了。

將物件的「資料表示法」（Data Representation）與其「運算」（Data Manipulation 或 Data Operations）緊密結合再一起，以表示真實世界的實體（Entities），又稱為「整體封包」（Encapsulation）。另外，對於運算的細節，在使用時，不需要去管其內部資料結構與實作方式，這種情形則稱為「資訊隱藏」（Information Hiding）。也就是說，使用者只要知道「使用界面」為何就夠了，不需要知道內部細節，以免遭使用者的誤用與不合法的存取。

2. 繼承（Inheritance）

繼承（Inheritance）是產生一個新類別的過程，一個「新類別」擁有某一「已存在類別」所有的特質，和僅屬於此一新類別的額外特質。所以繼承（Inheritance）提供了基礎於其他類別產生新類別的方法。當某一類別是基礎於其他的類別而來時，它繼承了那一類別所有特質，包括了其資料和方法。新的類別即受遺傳的類別稱之為子類別（sub class），而即存的類別即提供遺傳資訊的類別我們稱之為母類別（super class）。

〔註84〕施保旭：《個體導向技術導引》，台北：資訊與電腦，1992 年，頁 37。

繼承的目地在於加強函式的再利用性，同時在使用時又不會更改到函式的內容，如此會讓程式的應用更有彈性和威力。

在我們要修改一個程式原有的功能時，有兩種選擇，一是直接修改類別內的公用及私用資料或函數，但是此法可能會造成修改中發生錯誤，因此通常使用的方法是為上述類別定義一個衍生類別，由於衍生類別可繼承基底類別的特性，因此原先類別程式段落可以保留，我們可將修改的功能放在衍生類別中，如此在除錯階段，我們可以只針對新設計的衍生類別除錯，就可大大減少時間。

3. 多態性（Polymorphism）

多態性是在物件體系中把設想和實現分開的手段。如果說繼承性是系統的佈局手段，多態性就是其功能實現的方法。多態性意味著某種概括的動作可以由特定的方式來實現，這取決於執行該動作的物件。多態性允許以類似的方式處理類體系中類似的物件。根據特定的任務，一個應用程式被分解成許多物件，多態性把進階設計處理的設想如新物件的建立、物件在螢幕上的重顯、程式執行的其它抽象描述等，留給知道該如何完美的處理它們的物件去實現。

（三）物件導向的優缺點

1. 物件導向的優點 〔註85〕

採用物件導向技術來設計、製作軟體，我們所得到的優點就如同工業革命帶來的大量生產一般：製作週期更快、品質更高、更易於維護，而整體的成本更低等等。此外，物件導向技術也可以讓大型系統可以用更有效率、更有彈性的方式來處理資訊。整體來說，這個技術的優點如下：

（1）縮短開發時間

物件導向技術具有以標準物件來組合成應用軟體、再用現有的處理模型、以及使用快速雛型法來取代傳統的發展階段過程等三項技術。以標準物件來組合成程式，換言之，由於以前所設計的程式碼可以再用，程式發展的時間當然就縮短了。

我們可以針對各種應用程式，由物件類別庫組合成一個骨幹（模型）來。將來要發展類似的應用程式時，只要在這個骨幹上面加掛一些該應用程式所

〔註85〕施保旭：《個體導向軟體開發》，台北：資訊與電腦，1994年，頁10。

特有的功能，便可以大功告成。這種做法，便可以達到設計的再用（Design reuse）。

快速雛型法的做法是知道了客戶的需求後，便用零組件在短時間內拼湊出一個版本來，然後根據這個版本和客戶進行討論，看看是否對其需求有所誤解，或是有何需要修改之處。接著再修改成下一個版本。一直重複這個動作，直到滿意為止。這種做法最大的優點是可以確實掌握客戶的需求，靈活的做修改。

使軟體系統發展時間縮短的事例，最有名的一個案例便是 Borland 公司。Borland 公司自從採用了物件導向技術以來，推出一套軟體的新版本的所需時間，大約是 9 個月左右，而且很少有延遲出貨的情形出現。對於一個軟體廠商來說，這是一個很令人眼紅的現象。但是，Borland 做到了，這完全是拜物件導向技術之賜。

（2）品質更高

物件導向技術不僅可以加速發展，還可以提高品質。因為它是以一些既有的、已驗證過的元件所組成，而不是由最低層重新寫起。此外，物件導向的封裝性和模組化，可以使系統的內聚程度提高、耦和程度降低，達到更高品質的目標。

此外，由於物件導向採用快速雛形法，讓客戶可以在短時間內看到系統的雛形；其中若有不盡滿意之處，在下一個版本即可進行修正。因此，品質比較容易滿足顧客需求。

（3）容易維護

相較於以前結構化程式設計，物件導向技術將系統維修的問題簡單化了。由於各個物件之間是獨立的，因此一旦找到問題的所在，要做修正就相當容易。在傳統系統中，由於各個程序之間的關係錯綜複雜，往往改正了一個問題，卻衍生了兩個問題，導致維護成本驚人。物件導向技術藉著封裝技術，將系統中執行某一項工作飽程式碼，全部集中在同一個類別之中，這個類別若有問題要更正、有新功能要添加時，完全和外界無關。

（4）成本降低

物件導向技術可以降低下列三方面的軟體發展費用：程式設計、系統設計、以及管理。因為程式設計的工作現在是用現成的元件來加以組合，因此，

程式設計的工作可以減輕。快速雛型系統則可以降低軟體發展時，設計和管理方面的工作負擔。事實上，這些工作的減輕，直接代表的便是成本的降低。

當一套系統在發展的過程中，越早發現錯誤而加以修改，其所需的成本越低。在傳統的系統發展流程中，客戶的需求經過分析、設計、實作、測試、除錯，一直要到運轉時，客戶才能判斷做出來的系統是不是他所要的。很有可能，當我們在做分析時，便曲解了客戶的需求。也有可能的是，客戶根本沒有說清楚他的需求。由於在問題的分析、設計階段往往會有類似的情形發生而不易察覺，如果等到系統運轉後才察覺並進行修改，其所需費用將非常驚人。如果採用快速雛型法，我們便可以在最短的時間內，驗證我們的分析、設計工作有沒有錯，如此所需的成本便可降低許多。

（5）擴充性強

由於物件導向系統的模組化程度很高，因此，它特別適合用來設計大型的系統。我們可以將各個子系統加以獨立設計、驗證，然後再將它們組合成一個大系統。此外，利用物件導向技術所獨有的多型功能，可以在一個系統中加入新的物件種類而不用修改現有的物件。因此，當系統需要長大時，你只要再加進新的類別即可，而不必重新設計。總之，物件導向技術結合了模組化程式設計的優點，以及程式設計中多型的功能，讓系統更加容易擴充。

2. 物件導向的缺點

前面我們談的都是物件導向技術的優點，那麼它有缺點嗎？想當然耳，目前並沒有所謂十全十美的技術存在，任何技術有它的優點，也一定有它的缺點存在。現在我們就先探討一些可能存在或常見的疑慮。

（1）技術的成熟度

第一個問題是新舊系統之間的相容問題。隨著研究的發展以及技術的演進，一些使用中的系統可能需要修改，才能運用新技術。這項修改的大小，便影響到了公司投資的穩定性。如果需要做太大的修改，很有可能公司所做的一些投資便算虛擲了。但是，現在這個問題並不至於太嚴重，因爲物件導向語言的新版本大都會考慮對於稍早版本的支援。

更重要的問題是雖然一些基本的原則大家都很清楚，但是如何運用這些原則以及所需的技巧，並沒有發展完備。目前需要一套如同結構化程式設計的指引一般的法則，來指引物件導向程式設計。

（2）需要更好的工具

一般而言，用來輔助新技術的工具之發展總是落後在這些技術的發展之後，物件導向技術也不例外。我們需要工具來幫助設計物件、管理可再用類別庫、維護輸入和輸出表單、以及聯繫程式師小組的發展過程等等。以再用類別庫爲例來看，由於物件導向程式設計的大部份工作是由再用既有的類別庫來完成，因此，程式設計師便得花費相當多時間從成千上百的類別中，挑出自己合用的東西來。如何簡省挑選所需的時間，便得靠工具的幫忙。目前已有瀏覽程式（Browser）可以輔助這件工作，但其功能仍有待提昇。

（3）執行速度較慢

由於物件導向設計語言所提供的功能要比傳統的語言多，因此它的執行速度會慢一些。動態繫結亦是導致物件導向系統執行速度較慢的原因之一。因爲在執行時之它必須先做必要的繫結動作，才能眞正去執行該做的工作。

除了上述兩個原因之外，因目前物件導向系統大多運用在圖形人機介面上，它必須處理繪圖的功能、下拉式（或上浮式）功能表、多視窗系統等，這些功能都是既耗記憶體又費時的。故其效率不佳是爲了友善的人機介面所需付出的代價。

（4）人員難求

目前，眞正有經驗的物件導向程式設計師並不多見，甚至眞正了解物件導向技術是什麼的，也是少之又少。能有能力或經驗以物件導向技術完整的完成一個軟體系統的分析設計工作者，更是有如鳳毛麟角。

由於這項技術對於軟體的發展採取了和以前完全不同的做法，因此，決策階層、管理階層必須對它先有深入的了解才行。否則，一個公司可能會因爲物件導向技術所宣稱的低成本、發展時間短等優點，而引進物件導向程式設計，卻不願投資在可再用類別庫及模型的建立上。眞正的障礙可能在這兩個階層，而不在程式師上。當然，程式師是否願意拋棄自己一己之私，學習一項新技術，也是一個關鍵問題。

（5）轉換的成本

要轉換至物件導向技術，有些必須的轉換成本必須先加以預估進去。

第一項是引進新軟體的費用，包括新語言、資料庫、以及其它工具軟體。另一項花費則是硬體的投資。由於物件導向系統大多採用圖形式人機界面，

因此，現有的文字型終端機便不再適用了。然而在硬體價格不斷滑落的今天這也不是什麼大問題了。此外，這項轉換所需的投資只需做一次，就長遠而言，其代價可謂相當的低。

教育訓練也是一項投資，其對象包括經理等決策階層、專案經理、分析師、程式師等等。此外在採用這項技術初期，必須忍受一段低生產力時期，等到人員都已熟練之後，才能眞正發揮其效益。

採用物件導向技術還有一項花費常常被忽略的，就是建立可再用類別庫及企業模型所需的花費。這往往是整個投資中最大的一項，可是也是最值得的一項，因爲它建立了整個軟體再用的基礎。

（6）對大型模組化的支援仍待觀察

對於細微的部份來說，物件導向技術將資料和程序封裝在一起，提供了最佳的模組化處理。不幸的是，如果要將這些物件集合起來組成較大的功能模組，物件導向技術能幫的忙就非常有限了。複合物件是建立較大模組的最好方法，但是它卻無法像簡單物件那樣的把內部細節隱藏起來。外界可以直接使用複合物件內部所含的物件，這完全違背了模組化的精神。

當然，我們可以約束程式師不要直接去使用複合物件內部的細節。但是，可行性如何？如果模組化精神無法貫徹，整個程式便可能恢復到結構化程式設計方法論尚未出現前的雜亂景象。換言之，系統將充滿一堆小小的、功能正常的物件，而彼此之間卻以雜亂無章的方式牽扯著。

由另外一個比較實際的角度來看，目前正式商業運轉的個導向系統尚十分有限，而且其存在時間與整個軟體生命週期相較，仍處在十分幼稚的階段，維護的問題還不算嚴重。換言之，物件導向技術所宣稱的易於修改、易於維護的優點，尚未受到實務的考驗，必須等到這些系統進入老化期時，才能眞正看出其維護與修改的難度。

三、資料庫系統

對於任何一門學科，將所收集的資料進行有效的處理，是研究工作最基本的一個步驟。曾守正在〈資料庫系統的回顧與未來研究發展〉一文中將資料處理的演進過程分成七個大階段：人工處理、電腦化循序檔案處理、直接檔案處理、以記錄爲單元的資料庫處理、以物件爲處理單元的資料庫處理、主從式系統與同質性分散式資料庫系統、異質性分散式資料庫系統與行動計

算處理等。〔註 86〕除了有系統地說明了資料庫基本的演變過程之外，並將資料庫系統的計算架構演進用下圖來說明：

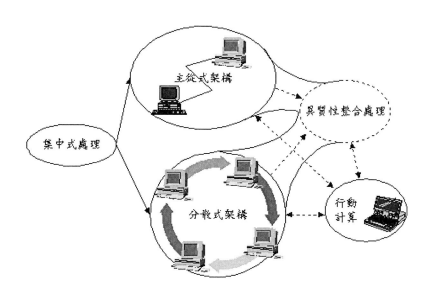

　　根據此圖，我們可以看到目前資料庫系統的發展，正由集中式的處理方式朝向分散式與主從式架構的處理發展，將來則會進一步形成整合，朝向異質性資料庫發展，並配合行動計算的處理模式。這種資料庫的發展模式，正揭示著資料庫應用一個清楚的方針。

　　那麼，什麼是資料庫（Database）呢？站在計算機學的立場，所謂資料庫，簡單地說就是一套電子化保存紀錄的檔案櫃，而資料庫管理系統（Database Management System）則是用來管理資料庫的系統軟體。〔註 87〕資料庫系統（Database System）則是資料庫與資料庫管理系統兩者的總稱，其主要目的在維護與保存資訊並使該資訊可供需要而隨時取用。

（一）資料庫

　　資料的組成必須在一定的架構下進行，至於用來表示資料如何組成的架構，稱為資料模型（Data Model），以下我們進一步探討資料模型的類別。

〔註86〕 曾守正：〈資料庫系統的回顧與未來研究發展〉，
　　　　（http://www.iicm.org.tw/communication/c1_1/page02.html）
〔註87〕 曾守正：〈資料庫系統的回顧與未來研究發展〉，
　　　　（http://www.iicm.org.tw/communication/c1_1/page02.html）

1. 資料模型簡介

目前較常用的資料模型可分為以下幾種：

（1）階層式資料模型（Hierarchical Data Model）

將資料組成類似樹狀的階層模式。每筆記錄可將其劃分成數個區段（Segments）。在實體觀中，藉 Pointers 之建立連結上下層之區段（作為資料搜尋用），對於資料之搜尋來看，由上層對下層搜尋容易，由下層往上層搜尋難，同層搜尋亦難。

每一筆資料會擁有一個父資料，如下圖所示：

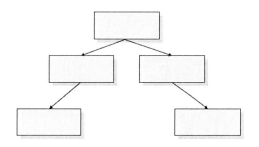

階層式

（2）網路資料模型（Network Data Model）

一個資料庫模型，其子元素可有一個或多個母元素。區段之間為多對多之關係，比階級式資料庫少重複之資料，較多彈性，但同樣的 Pointers 也增多。

一筆的資料都可以擁有多個父資料，如下圖所示：

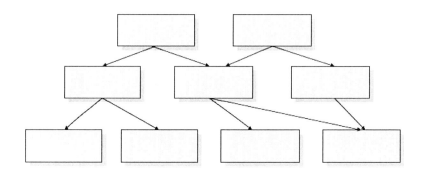

網路式

以上兩種資料模型爲了標示資料的父子關係，會使用一個稱爲指標的東西，使用指標的資料模型，只要藉著更改指標，就可以新增或刪除一筆資料。不過如果使用在搜尋一筆特定的資料時，就必須循著指標的鏈結來尋找出所需要的資料，這將使整個資料庫的效率非常低落。

（3）關聯式資料模型（Relational Data Model）

所謂關聯式資料模型，就是將資料間的關係予以表格化的描述，對於不同的資料表間允許產生其間的 Association 及 Aggregation，並組成各種 Relationship，這些組成 Relationship 的集合，又稱之爲定義域（Domain），此關聯的結構爲一種表格形式，其意義與傳統的檔案相類似。其允許兩種不同類型的紀錄間交換或互相對照訊息值。

關連式資料模型是由美國 IBM 公司的 E.F. Codd 博士，於 1970 年發表的一篇論文"Relational Model of Data for Large Shared Data Bank"首先提出的。這種模型的特徵就是其利用資料表（Table）來呈現資料，然後將資料表視爲集合來進行處理。當要操作資料時，便是針對資料表去執行以集合理論爲基礎的數學運算。

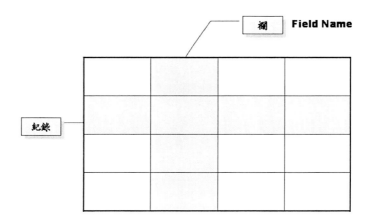

（4）物件導向資料模型（Object-Oriented Data Model）

物件導向是一種新的軟體思維模式，傳統的關聯式資料模型目前正逐漸轉型爲改用物件導向思維來解決問題。關聯式資料模型及 SQL 語言（Structure Query Language）強調資料共享及使用簡單的查詢方式，然而它而目前只允許資料以 Record 相同格式存在卻無法提供較複雜的資料型態，而物件導向技術可彌補這項缺憾。物件導向資料模型有幾個主要優點：可組成較複雜的

Object，如 List、Arra 等。且提供繼承（Inheritance）的能力，減少程式撰寫複雜度，提高程式碼的可重用性。還可享受其他物件導向特性所帶來的好處，如資料抽象化、多形態、動態聯結等。

2. 資料庫分類簡介

隨著時代的演變，資料庫的分類大致可以分成兩種：第一類的資料庫是以資料模型作為設計的主軸，第二類的資料庫則是以系統建置方式作為設計的主軸。

（1）以資料模型作為設計主軸的資料庫〔註88〕

根據前面我們對於資料模型的的討論，在實際的應用層面上，大致可分為階層式、網路式、關聯式、物件式與物件關聯式等五種。〔註89〕

（2）以系統建置方式作為設計主軸的資料庫

以系統建置方式作為設計主軸的資料庫，約可分成主從式資料庫系統、三層式應用系統發展架構、同質性分散式資料庫系統、異質性分散式資料庫系統、以行動計算作為處理方式的資料庫系統等。〔註90〕

（二）資料庫管理系統（DBMS）

資料庫管理系統是用來定義、建構及處理各種不同資料庫的一種系統軟體，它應提供以下的能力：〔註91〕

（1）資料共享（Sharing Data）：允許多個使用者來分享同一資料，並能讓使用者依其興趣來定義他的觀點（view）。

（2）資料庫使用權限控制（Restricting Unauthorized Access）：當不同使用者存取資料庫時，只有合法的使用者能獲取所需的資料；因此一個資料庫管理系統必須提供安全及授權的服務來限制資料庫的存取，以保障資料庫的安全，並記錄使用者的使用狀況。

（3）重複資料控制（Redundancy Control）：資料庫系統的重複資料必須

〔註88〕 曾守正：〈資料庫系統的回顧與未來研究發展〉，
　　　　（http://www.iicm.org.tw/communication/c1_1/page02.html）
〔註89〕 （http://www.cm.ce.ntu.edu.tw/willsland/report/essay/context/ch2/ch2.htm）
〔註90〕 曾守正：〈資料庫系統的回顧與未來研究發展〉，
　　　　（http://www.iicm.org.tw/communication/c1_1/page02.html）
〔註91〕 楊鍵樵：〈異質性環境資訊整合與資訊交換技術應用研究〉,行政院環境保護署委託研究計畫成果報告，頁5～36。計畫編號：EPA-88-U1L1-03-003，（1999）

盡量減少，並避免發生資料不一致的情況，而在資料更新時也較不
會浪費資源。

（4）複雜資料關係表示（Complex Data Relation Representation）：一個資
料庫管理系統必須有能力來表示資料間的複雜關係，並且提供簡單
又有效率的方式來存取相關資料。

（5）資料整合性限制（Enforcing Integrity Constraint）：一個資料庫管理
系統必須對變動的資料檢查一些整合性的限制，以決定是否處理資
料，並採取相對應的措施。

（6）備份與故障回復（Backup and Recovery）：一個資料庫管理系統必須
提供對各資料庫定時備份，及從硬體或軟體故障時回復原來狀況的
能力。

（7）並行控制（Concurrency Control）：當多個使用者對相同的資料作存
取時，一個資料庫管理系統必須確保資料更動的正確性。

（8）支援多重網路協定（Multiple Network Protocols Support）：一個資料
庫管理系統必須支援不同的網路協定，以供區域或廣域網路的使
用，而不會受限於網路協定。

（9）資料要求的保密：當網路上的使用者對一個資料庫要求存取資料
時，在網路上的資料必須以編碼方式來確保資料不被竊取，而造成
任何損失。

（10）提供工具及語言來定義資料庫及資料庫操作，分類如下：
①資料定義語言（Data Definition Language，DDL）
②儲存定義語言（Storage Definition Language，SDL）
③視界定義語言（View Definition Language，VDL）
④資料操作語言（Data Manipulation Language，DML）

結構化查詢語言（Structure Query Language，SQL）是 ANSI 為了整合以
上的各層次語言所定義了一套的語言，已逐漸成為業界的標準。而業界根據
SQL 標準而自行開發資料庫管理系統，其中或許各個資料庫系統內部儲存資
料的方式有所差異，但相同的是都相容於 ANSI 的 SQL 標準，而資料庫應用
程式的開發人員在不同的資料庫上，對操作資料庫的部份完全不必更動，因
此大大節省了開發的時間及及花費。

透過以上的介紹，我們可以知道一個完善的資料庫管理系統所應具備的條件究竟

爲何。下面，我們進一步來看看目前較爲常用的兩種資料庫管理系統。

1、關聯式資料庫管理系統

關聯式資料庫是提供一群表格（table）以供使用者存取各種資料的資料庫。而建構一個關聯式資料庫的基礎則來自於關聯資料模型（relational data model）。構成關聯資料庫的三個主要元件分別爲：

（1）結構：關聯式資料庫所儲存的資料是一群表格所成的集合，也就是各種不同的關聯，其表示式爲 R1,...Rn，其中任何一個表格 Rj 具有 Cj1,......Cjm 種屬性（attribute），每個屬性能夠表達出某種資料型別的所有可能值，而所有可能值就稱爲此屬性的領域（domain）。而定義資料庫的方式則藉由資料庫定義語言（DDL）來產生資料庫的綱要（Schema）。

（2）整合限制：由資料庫定義語言所定義的各個不同表格的個別屬性內容所必須遵守的限制。例如每個人（表格）的身份證字號（屬性），必須爲一個英文字母加上九個數字。而其限制可能會牽涉到多個表格之間的資料。

（3）每種關聯的記錄列運作：資料庫中的每個關聯表格中屬性的值可以爲虛值（Null），而各個屬性值是否合理於其領域之檢驗，則藉由參考關聯表格的綱要來決定，而對於各個關聯表格中每筆記錄眞正的查詢，插入，刪除，更新則是使用資料操作語言（DML）來進行。

2、物件導向資料庫管理系統

對於物件導向資料庫目前並沒有一致的定義，但是綜合了各種的描述，依然可以看出物件導向資料庫的特性及基本定義。一般而言，物件導向資料庫乃運用單一物件（object）模式來表示眞實世界的實體（entity），且滿足下述所列舉的條件：

（1）資料庫系統是由一群抽象化資料型態所組成，而且各抽象化資料型態都有其所屬的運算（operation）以及屬於其該型態中的物件實例（instance）。

（2）而且這些物件實例必須都是透過定義於其資料型態上的運算來存取或作適當處理。使用者不要知道它是如何的運作與其眞正資料結構爲何。

總括來講，物件導向資料庫主要是根據物件導向之觀念而形成的，因此

必須對物件導向概念有相當程度的了解，才能充分掌握它的特性。

四、小　結

在這一節當中，本文分別探討 XML、物件導向以及資料庫系統等三項古文字資料庫建構的資訊科技的概念。透過這些概念的介紹，我們可以從中發現「工欲善其事，必先利其器」的重要性。XML 在古文字資料庫的建構當中，扮演著文件格式的角色，透過 XML 的特性，我們可以做到異質平台的資料交換，這種實際效用則是知識管理當中資訊分享概念的展現；至於物件導向的概念則是提供我們在設計資料模式的一個重要參考，就 Dublin Core 而言，便是一種物件的概念，乃是將資訊透過物件的整合而進行的一種 Metadata 模式。至於資料庫系統則扮演著資料有機的儲存角色，透過有系統的建構方式進行資料儲存，使資料庫不再只是單單的資料庫，而成為一個知識的再造者。

綜上所述，本文在此透過對於 XML、物件導向以及資料庫系統等概念的釐清，以作為建構古文字資料庫的成功基石。

第三章　古文字資料庫的建構

在古文字的研究成果當中，以簡帛相關研究資料來看，如北宋郭忠恕《汗簡》以及夏竦《古文四聲韻》等書，便是一種資料收集與學者個人研究成果的資料庫，其實也就是個人知識管理體系之中的一種學術成果。

隨著時代變遷以及資訊科技的進步，知識管理的概念及運用已非傳統的知識管理方法所能企及。對於一個基本的知識管理系統，根據微軟公司所提的內容，以為起碼要能做到下面幾項：〔註1〕

第一，擷取、搜尋與傳遞：入口網站及搜尋機制是知識分享的基礎工作，良好的搜尋引擎能夠進行多元的搜尋，並且將結果加以整理排序。將知識依其內容與性質進行目錄的分類或設置導覽地圖，則是第二個要項。完善的分類能夠讓讀者快速的找到需要的資料，也容易一目瞭然。

第二，內容管理：對於知識庫的內容，需要能夠正確的輸入輸出及管理，以便讓參與者能夠擷取、整理並加以合作，藉此產生新的知識與效益。文件除了格式的標準化之外，也需針對用語與辭彙進行標準化，以便交換與檢索。以 XML 作為標記語言，設定完善的 metadata，並加以分類，也是重要的工作。

第三，整合服務：除了基本的功能之外，對於資料的整合應用，提升知識系統的完整性，或是成為專家系統或是決策支援系統，則需

〔註 1〕 微軟公司：〈建構知識管理的解決方案〉，（http://www.microsoft.com/taiwan/msclub/member/ tips/fall/Tips_KM/Default.htm）

依照實際的需求引入更多的技術，如人工智慧、資料掘礦等，以發
展成整合服務。

基於上述概念來看今日的古文字研究天地，可以發現學者們也開始透過「知識管理」的概念與資訊科技作為整合古文字的相關研究工具。如中央研究院歷史語言研究所成立金文工作室，將金文的材料作了成功的整合，並且提供給各界人士進行查詢；又如大陸學者龐樸所主持的「簡帛研究」網站，提供學者一個共同討論的園地，並讓學者能將個人的研究成果在其網站上發表，使得知識能夠進行分享與交流。以上兩個成功的例子，讓古文字的相關成果可以在網際網路當中進行無遠弗屆的溝通。然，而這畢竟是極少數的成功個案，與其他學科相較之下，古文字資料庫的建構就網際網路的世界而言，還有極大的空間可供揮灑。職是之故，本文將進行古文字資料庫知識管理系統的架構分析與建立，以期能作為古文字資料庫建構的基本法則。

第一節　古文字資料庫知識管理系統架構分析

一個成功的資料庫系統，先前完善的系統架構分析，乃是進行設計開發時的首要工作。在建構古文字資料庫知識管理系統之前，必須先探討古文字學界對於資料庫的使用需求，這是系統建置前必須釐清的問題。了解需求之後，開始評估使用需求所應使用的資訊軟硬體架構的方式與數量，進而將使用者需求運用軟硬體與程式開發成系統功能，最後將系統功能予以整合於單一平台上，以完成系統之建置。

因此，本節將針對古文字資料庫知識管理系統之系統架構分析作進一步的探討，包括使用者需求分析、系統實體架構分析與系統功能架構分析等。

一、使用者需求分析

一個良好的知識庫系統，在進行系統分析時，可由「使用族群的分析與界定」、「使用者的資料需求」與「使用者的功能需求」等角度加以探討。

（一）使用族群的分析與界定

就古文字資料庫來看，本系統設計方針擬朝向古文字學的專業範疇進行建構，因此使用族群暫時鎖定的對象，乃以古文字學界及相關研究者為主，這一族群或可稱之為「知識工作者」；當然，一般大眾如果有興趣或想一探究

竟，亦涵蓋在本系統的使用族群當中，只不過對於一般的使用者而言，可能資料庫本身的內容較為學術性，如果沒有一些相關的概念與基礎，在使用上可能會遇到些許的困難。

（二）使用者的資料需求

對於使用族群界定清楚之後，那麼，站在使用者的立場，古文字資料庫既然提供使用的對象是專家學者，資料的深度與廣度便是一個重點，並且，資料本身的可利用性是必須被強調的。在使用者的資料需求方面：如就資料的來源來看，則可分為外部資料與內部資料。如就資料內容的格式分類，則可大致分為結構化資料（structured data）與非結構化資料（unstructured data）。如就資料本身來看，相關的書目、期刊、論文等資料，應具備資料本身的全文檢索功能，只要根據關鍵字便可搜尋到可用的資訊。其次，古文字形體的及時呈現與相互對照，亦是古文字學者們關注的焦點之一。另外，古文字的釋文比對、文本比對等，亦是不可忽略的重點。

（三）使用者的功能需求

透過對於使用族群的界定以及對於使用者的資料需求有所了解之後，關於古文字資料庫使用者的功能需求方面：就系統管理者而言，強調的是系統維護的方便；就系統使用者而言，強調的是系統操作的簡易。

根據以上的簡單分析，可以用下圖加以說明：

圖 3-1　系統使用者需求分析關係圖

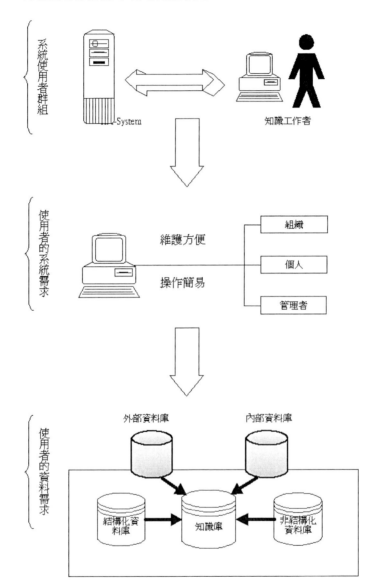

二、知識管理系統實體架構分析

　　有關知識管理系統的實體架構部分，本文將其區分爲「知識地圖」、「結構化資料庫」及「非結構化資料庫」等三大部分。以下將分別針對上述三部分單元，以圖示分析說明之。

（一）知識地圖分析

有關知識地圖實體架構分析內容，其說明分述如下：

1. 結構概念層

知識地圖的構成要素為結點（node）、關聯（link）及內容（content）。其中結點中儲存其對應之內容，而結點與結點間由關聯建構其關係。

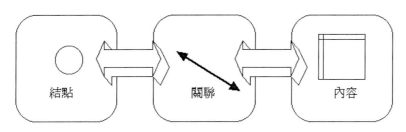

結構構念層

2. 處理核心層

將無數個節點和關聯，經由定義其屬性與關係，組成似網狀的結構方式，便成為一知識地圖之雛形。

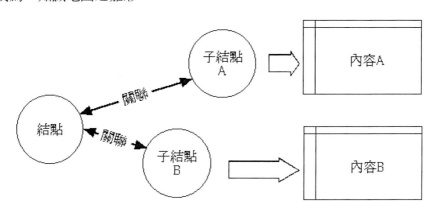

處理核心層

3. 系統實體層

知識地圖在系統實體層主要的利用動態網頁的方式，作一視覺化的呈現。其實體部分即網頁設計，主要是以 ASP 及 DHTML，加上 VBScript 程式語言來和知識庫溝通。

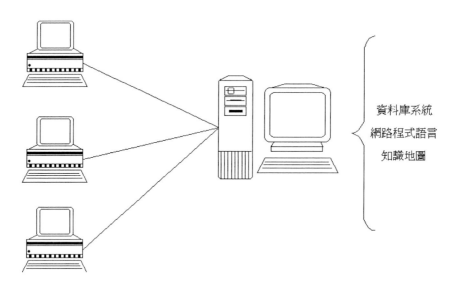

資料庫系統
網路程式語言
知識地圖

4. 介面表現層

知識地圖主要讓使用者在查詢時達到圖表化、視覺化及易操作之目的。

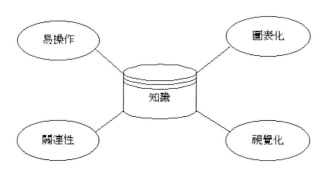

外面表現層

（二）結構化資料庫分析

關於系統的結構化資料庫部份，以下將分「資料概念層」、「處理核心層」、「系統實體層」三項分別作分析探討。相關說明敘述如下。

1. 資料概念層

知識管理系統中的結構化資料部分，係由表單（Table）、關聯（Relationship）、屬性（Attribute）及資料（Data）構成。其利用關聯將不同表單中相同屬性建立關聯，相互形成實體關聯模型（E-R Model）。其儲存的格式則爲表格式或矩陣式的資料。

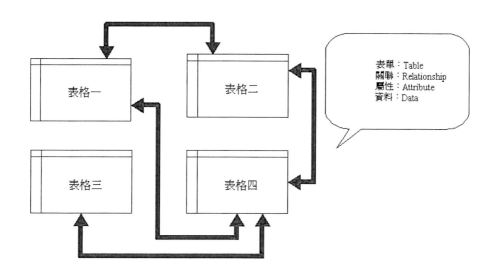

資料概念層

2. 處理核心層

結構性資料處理的運算或搜尋，一般都透過 SQL 查詢語言來進行。其可任意寫入條件，查詢不同範圍的資料，或篩選特定資料。

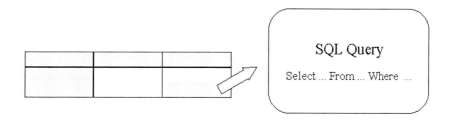

處理核心層

3. 系統實體層

結構化資料庫其系統實體層，在此，本系統將其設計為網路主從式的資料庫架構，資料庫本身以伺服器為基礎而建立，並利用網頁設計其存取介面。

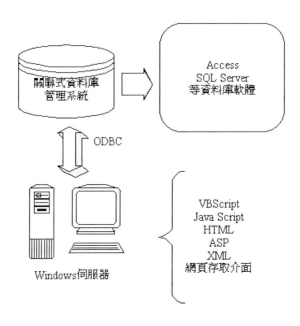

結構化資料庫實體分析

（三）非結構化資料庫分析

關於系統中非結構化資料庫的部份，以下將分「資料概念層」、「處理核心層」、「系統實體層」三項分別作分析探討。相關說明敘述如下。

1. 資料概念層

知識管理系統中非結構化資料的部分，其儲存觀念是將一個文件檔案當作一個物件來儲存，在這個物件中，可能包括文字資料與圖形資料等，其資料內容不能被拆開來。

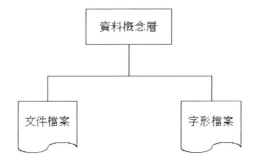

2. 處理核心層

非結構資料庫系統的處理核心可分兩項。一是檔案資料的儲存技術以階

層式的架構來安排，如檔案室裡有若干檔案櫃，檔案櫃裡有若干檔案夾，其餘以此類推。此亦為檔案分類的做法。一是將檔案（物件）的訊息予以擷取出來，並彙整儲存製成檔案索引。此動作能提供更多相對該檔案的資訊。

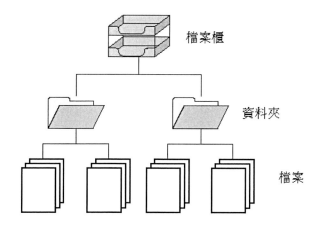

階層式儲存架構

3. 系統實體層

　　非結構資料庫系統的系統實體架構極類似於結構化資料庫系統的實體架構，兩者均利用網路主從式架構建置資料庫，而主要的差別則在於資料庫的儲存實體有所不同。

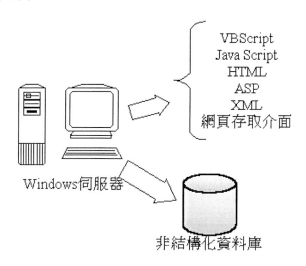

非結構化資料庫實體分析

三、知識管理系統功能架構分析

　　有關知識管理系統的功能架構，主要可以分爲組織、個人及管理者三部分，先說明組織與個人之相互功能架構關係，並且將針對三個不同層面在使用上之不同，進行系統功能架構分析。

　　在組織與個人之相互功能架構方面，個人知識管理功能包括兩大部份，一爲組織資訊，此功能可將組織內常用之資訊或重要之資訊加入個人系統中，方便個人使用相關資訊。另一爲個人資訊，認爲組織內無法提供或不週全之資訊予以增加，在完成主題建立後，可進行主題屬性及屬性資料之新增。此功能可以將個人所需之資訊加入其中，彌補組織資訊之不足，利用此構想完成本知識管理組織與個人之架構分析。

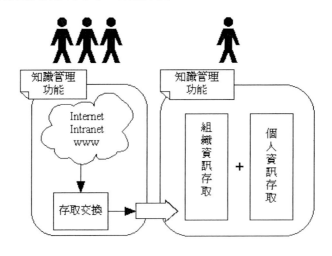

組織與個人相互功能架構

（一）組織知識管理功能架構分析

　　組織知識管理功能架構，主要提供使用者一個開放性的查詢或交換資訊之空間。於組織系統功能架構上，可以分爲群組交流平台、綜合搜尋平台及存取交換平台三大功能。在群組交流平台方面：提供使用者一個共同的討論區及線上意見交流等。在眾合搜尋平台方面：其功能包括站內全文檢索功能、關鍵字查詢、條件查詢以及網際網路整合搜尋引擎等。在存取交換平台方面：其功能包括檔案上傳與檔案下載等。如此之架構完成組織系統之功能，其關係組織知識管理功能架構分析。

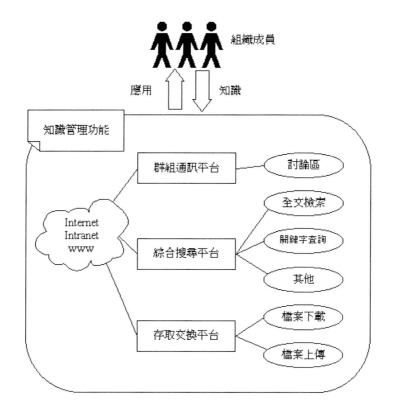

知識管理組織面系統功能架構

（二）個人知識管理功能架構分析

在知識管理系統個人功能方面，主要提供使用者，一個專屬空間。個人可以在系統中將預查詢之資訊或組織內之資訊建立在個人空間中，如此，在使用上將比以往更方便而且更迅速。

在個人系統中，使用者需先進行登入，當登入完成後，即可以使用本系統，此目的在提供個人化之環境，使用者在使用本系統中可以進行新增、刪除及修改等基本功能，在新增上可以加入個人關注的主題，認為組織內無法提供或不週全之資訊予以增加，並且在完成主題建立後，可進行主題屬性及屬性資料之新增。

個人還可以將組織內之資訊建立在個人空間中，個人在使用組織功能後如發現常用或重要之資訊，也可以將組織內之資訊加入到個人資訊中。因此，古文字資料庫知識管理個人系統，不只滿足個人需求，更提供了一個與以往不同之功能架構。

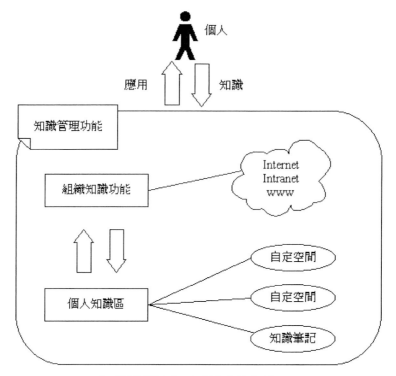

知識管理個人面系統功能架構

（三）管理者知識管理系統功能架構分析

在知識管理系統管理者功能方面，主要提供管理者兩個主要功能。管理者可以在系統中管理組織內資料及管理管理者，在進入知識管理管理者系統功能時，管理者必須登入密碼方可進入。利用網路架構管理系統已經是目前的趨勢，並且在此架構中，可以有多人在相同的時間不同的地點共同管理系統。如此，在管理者使用上將比以往更方便而且更迅速。

在管理組織內資料功能方面，包括組織資料新增、組織資料刪除、組織資料修改、組織資料查詢等管理功能，方便管理組織內資料之存取。

在管理管理者方面，包括管理者資料新增、管理者資料刪除、管理者資料修改、管理者資料查詢等管理功能，方便管理管理者內資料之存取。

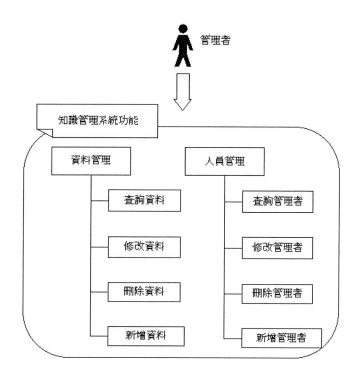

知識管理管理者系統功能架構

四、小　結

本節逐步分析探討古文字資料庫知識管理系統之架構，包括系統使用者分析、系統實體架構分析及系統功能架構分析。至於古文字資料庫知識管理系統架構，可分爲六個階層，如下表所示：

資料層	書目期刊論文資料庫、楚簡文例資料庫、楚簡字形資料庫、楚簡文本資料庫	
儲存層	知識庫（Knowledge Base）	
	結構化知識庫	非結構化知識庫
管理層	內容管理	文件管理
處理層	知識搜尋引擎	知識地圖
介面層	組織、群組、個人	個人
	知識入口網站	知識儀表版
應用層	個人知識管理、運用與累積	

　　依循此一架構並結合本節所分析探討之細節，將本研究最後規劃出之完整古文字資料庫知識管理系統架構圖彙整說明如下。

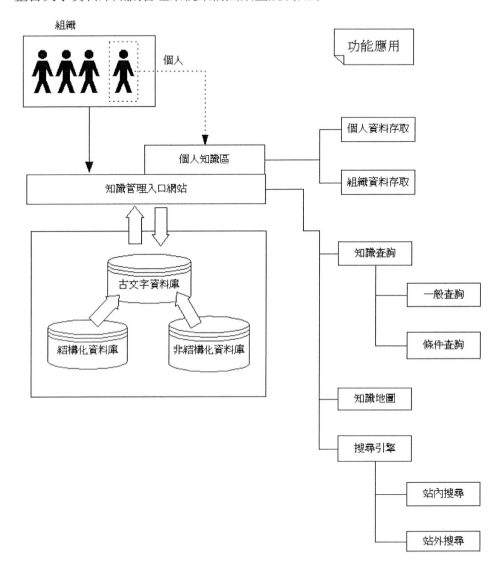

完整知識管理系統架構圖

　　古文字資料庫知識管理系統依此架構圖建構，主要分爲個人知識區、知識查詢、知識地圖及搜尋引擎等大項。在下一節中本文將依建構流程詳細說明。

第二節　古文字資料庫知識管理系統之建立

　　經由對於古文字資料庫知識管理系統的架構分析與了解，在這一節當中，則實際建立一個古文字資料庫知識管理系統，並以《上博楚竹書》（一）作為古文字資料庫知識管理系統建構的對象。

　　關於《上博楚竹書》（一），它是上海博書館由香港所採購的一批戰國時代的楚國簡牘，一般以為其時代大約在戰國中晚期。這批簡牘資料根據上海博物館的介紹，共包含八十幾種文獻資料，其中《上博楚竹書》（一）先行公布三種文本：分別為〈孔子詩論〉、〈緇衣〉以及〈性情論〉等。此書一經正式發表，相關的研究論文與日俱增，可見其受到學者們的高度重視。

　　學者們研究這批戰國楚竹書，除了上海博物館的相關研究者以及少數幾位學者有幸親眼目睹並得以根據手頭的第一手材料進行研究之外，其他有興趣的學者或相關研究人員，唯一根據的只能是所謂的第二手資料——《上博楚竹書》（一），透過此書的圖版以及上海博物館的研究者所作的釋文及相關注釋而加以研究。所幸此書將竹書圖版的部分以彩色圖版刊行，並且將原簡放大三倍，這種作法是以往簡牘書籍所未曾採用的，對於研究者而言，其閱覽介面更具可看性。

　　透過以上關於《上博楚竹書》（一）的簡單介紹，對建構《上博楚竹書》（一）資料庫知識管理系統而言，則更能掌握住資料庫的建構模式。

一、《上博楚竹書》（一）資料庫初步分析與模式建立

　　關於《上博楚竹書》（一）資料庫的資料部分，本文針對不同的使用需求而建置不同的資料庫，共有「〈孔子詩論〉學者釋文比較資料」、「〈緇衣〉文本比較資料」、「〈性情論〉與〈性自命出〉圖版比較資料」、「上博簡相關研究資料」、「上博單字資料」、「造字全覽資料」、「站內全文資料」等七項進行資料的建構。

（一）〈孔子詩論〉學者釋文比較資料

　　就〈孔子詩論〉這篇竹書而言，最令學者感到興趣的莫過於它是戰國時代的學者記錄孔子論《詩》的相關言論，在此之前，學者只能從傳世文獻找到相關的資料，而此篇竹書卻是地下出土文獻，其價值彌足珍貴。並且由於我們在傳世文獻當中找不到可以相互對應的文字資料，因此為了能順利閱

讀，釋文的爬梳則首當其衝，職是之故，本系統對於〈孔子詩論〉這篇竹書，主要著重在學者釋文比較上。至於曾對〈孔子詩論〉作過釋文的學者們所在多有，在此本資料庫暫且收錄《上博楚竹書》（一）、李零、李學勤、周鳳五、濮茅左等人的釋文隸定，透過釋文隸定的比較，可以看到學者們之間不同的看法。釋文出處如下表所示：

釋 文 作 者	釋　文　出　處
《上博楚竹書》（一）	《上海博物館藏戰國楚竹書》（一），上海古籍出版社
李　零	《上博楚簡三篇校讀記》，台北：萬卷樓圖書有限公司
李學勤	〈《詩論》的體裁和作者〉，《上博館藏戰國楚竹書研究》，上海書店出版社
周鳳五	〈《孔子詩論》新釋文及注解〉，《上博館藏戰國楚竹書研究》，上海書店出版社
濮茅左	〈《孔子詩論》簡序解析〉，《上博館藏戰國楚竹書研究》，上海書店出版社

在資料庫的實際建構上，此處則將學者釋文資料建構在 ACCESS 2000 當中，這是微軟公司所提供的關聯式資料庫程式，其最大的優點是十分的普遍，且其使用的方式較為容易入手。

（二）〈緇衣〉文本比較資料

就《上博楚竹書·緇衣》而言，是繼《郭店楚墓竹簡·緇衣》之後第二篇出土的戰國中晚期楚地記載〈緇衣〉的竹書，並且可與傳世的《禮記·緇衣》相互對照，除了可以看到〈緇衣〉版本流傳的現象，也可以一窺當時楚地文字用字的情形，證明了許慎所言「文字異形」的真實性，其價值不言而喻！

本資料庫對於〈緇衣〉這個範疇，則著重在文本比較上，資料庫的建構方式依此設計而產生。關於《上博楚竹書·緇衣》的文本，乃依據《上博楚竹書》（一）的原釋文建置，雖然原釋文在學者相繼研究與討論之後，以為有些地方可以略加改動，但基於本系統的資料基本來源乃依據《上博楚竹書》（一）一書而設計，如果此處的《上博楚竹書·緇衣》釋文將學者意見加入於其中，會破壞系統資料本身的完整性，因此在釋文的處理上則依照原書的隸定，這樣處理的好處是當使用者如果想要進一步查核原書的內容，便可如實的找到相關資料而不會有其他不屬於原書的資料出現。關於《郭店楚墓竹

簡‧緇衣》釋文，則採用張光裕主編、袁國華合編之《郭店楚簡研究‧第一卷‧文字編》，《禮記‧緇衣》版本則採用《禮記》（十三經注疏阮刻本）。為一清眉目，文本來源表列如下：

文 本 依 據	出 版 社
《上博楚竹書》（一）	上海古籍出版社
張光裕主編、袁國華合編之《郭店楚簡研究‧第一卷‧文字編》	台北：藝文印書館
《禮記》，（十三經注疏阮刻本）	台北：藝文印書館

在資料庫的實際建構上，此處則將〈緇衣〉文本比較資料建構在 ACCESS 2000 當中。

（三）〈性情論〉與〈性自命出〉圖版比較資料

《上博楚竹書‧性情論》與《郭店楚墓竹簡‧性自命出》二篇戰國楚竹書的內容，彼此之間大致雷同，但又有相互歧異之處，雖然傳世文獻當中找不到可以參照的篇章，然而相仿的內容相繼在戰國中晚期的楚地出土，當然具有某一定程度的重要意義，因此兩篇竹書的對讀則可展現其出土的價值之所在。同門陳霖慶碩士論文便以《郭店〈性自命出〉暨上博〈性情論〉綜合研究》為題，進行深入的討論與分析。〔註2〕

本資料庫在這個範疇中，則擬建立〈性情論〉與〈性自命出〉圖版比較資料庫，透過兩篇竹書圖版的比較，讓使用者能利用網際網路的方式加以瀏覽，順利找到想要的資料。

在資料庫的實際建構上，此處則利用 Metadata 的概念與 XML 標示語言的強大功能進行建構。在最近幾年，Metadata 的概念已經漸漸成為顯學，主要的原因乃是由於網路資料的爆炸性，使得大家不得不再次的思考資料交換的問題。如何在異質系統進行資料分享與交流？Metadata 使這個問題成為解決之道。在前文中，對於 Metadata 本文已經作了簡單的說明，在此，則實際運用這個概念來處理〈性情論〉與〈性自命出〉圖版比較資料。

由於本系統主要是建構在網際網路的世界裡，因此，不同的異質系統如何獲取本系統的資料？以往網頁資料多半由 HTML 所寫而成的，由於 HTML

〔註2〕 陳霖慶：《郭店〈性自命出〉暨上博〈性情論〉綜合研究》，國立臺灣師範大學國文研究所碩士論文，2003 年 6 月。

有其使用的限制性，因此在資料的基本建構上，本系統擬以 XML 作爲資料處理的標示語言。〔註3〕

　　XML 的文件就像 HTML 的文件一樣，是由許多成對的標籤使用巢狀結構的敘述方式所組成的，其中最大的不同之處則在於 XML 的標籤可以自行定義，甚至是以中文作爲標籤的名稱。因此，基於 XML 可以支援中文標籤的這個特色，對於中文學界而言，這實在是十分的有用，因爲透過標籤名稱的中文定義，可以很清楚的知道標籤裡頭所包含的文件內容所述爲何。

　　以下爲本系統所使用的〈性情論〉與〈性自命出〉圖版比較資料的 XML 部分範例：

```xml
<?xml version="1.0" encoding="UTF-16"?>
<?xml-stylesheet type="text/xsl" href="s.xsl"?>
<Import>
  <Row>
        <上博圖版>03-01-01.gif</上博圖版>
        <上博簡次>01-01</上博簡次>
        <上博釋文>凡</上博釋文>
        <郭店圖版>0101.gif</郭店圖版>
        <郭店簡次>01-01</郭店簡次>
        <郭店釋文>凡</郭店釋文>
  </Row>
  <Row>
        <上博圖版>03-01-02.gif</上博圖版>
        <上博簡次>01-02</上博簡次>
        <上博釋文>人</上博釋文>
        <郭店圖版>0102.gif</郭店圖版>
        <郭店簡次>01-02</郭店簡次>
        <郭店釋文>人</郭店釋文>
  </Row>
  <Row>
        <上博圖版>03-01-03.gif</上博圖版>
```

〔註3〕 關於 HTML 與 XML 的差異，請見前文的說明。

```
    <上博簡次>01-03</上博簡次>
    <上博釋文>唯（雖）</上博釋文>
    <郭店圖版>0103.gif</郭店圖版>
    <郭店簡次>01-03</郭店簡次>
    <郭店釋文>唯（雖）</郭店釋文>
</Row>

......

<Row>
    <上博圖版>03-40-03.gif</上博圖版>
    <上博簡次>40-03</上博簡次>
    <上博釋文>信</上博釋文>
    <郭店圖版>4003.gif</郭店圖版>
    <郭店簡次>49-29</郭店簡次>
    <郭店釋文>信</郭店釋文>
</Row>
<Row>
    <上博圖版>03-40-04.gif</上博圖版>
    <上博簡次>40-04</上博簡次>
    <上博釋文>矣</上博釋文>
    <郭店圖版>4004.gif</郭店圖版>
    <郭店簡次>49-30</郭店簡次>
    <郭店釋文>壴（矣）</郭店釋文>
</Row>
</Import>
```

第一列在<?與?>之間表示該列是指令敘述，在此的指令是指定 XML 的版本規範（version="1.0"）及編碼方式（encoding="UTF-16"）。一般而言，要正確的顯示中文繁體字，編碼方式可用（encoding="Big5"）即可，由於本系統有大量的外字集造字檔的字形，所以編碼上採取 Unicode 字集中 UTF-16 的編碼方式。

　　第二列中 xml-stylesheet，是設定 XML 文件排版樣本的指令名稱，type="text/xsl"表示該排版樣本是 XSL 的排版樣本，href="s.xsl"則是指定該排版樣本的所在位置爲 s.xsl。

　　至於<Import>爲根標籤，<Row>爲子標籤，在<Row>下則包含<上博圖版>、<上博簡次>、<上博釋文>、<郭店圖版>、<郭店簡次>、<郭店釋文>等標籤，透過這些標籤的定義，則可以結構化的方式將資料納入進來。

　　以上清楚的說明了本〈性情論〉與〈性自命出〉圖版比較資料的 XML 檔格式，另外再配合 XSL 及 HTML 等標示語言的使用，則能夠在網際網路上進行資訊的傳遞。

（四）上博簡相關研究資料

　　對於一位研究者而言，目錄資料的運用是十分重要的，能有效的掌握資料，可以使自己在進行研究的過程當中，達到事半功倍之效。這個部分，從以往的目錄學、圖書館學等學門均有深入的分析與研究。隨著計算機的發達，電子資料庫的設計便成爲關注的焦點。同時，也由於資訊科技的一日千里，單就目錄的建構模式可謂各有專長，諸如圖書館的機讀格式、Marc、Opac 等大家早已使用的非常頻繁。

　　在此，本系統於上博簡相研究資料庫中，將所收集到的目錄資料，包含網頁文章、期刊、會議論文、學術論文等，以 ACCESS 2000 這一個資料庫軟體作爲資料建構的工具，就資料結構部分，基本上分成三個欄位，第一個欄位爲「作者」，第二個欄位爲「出版年」，第三個欄位爲「篇名及出處」，欄位的安排基本上以搜尋簡便的原則爲主，因此並沒有按照圖書館學的分類方式詳加細分。

（五）上博單字資料

　　關於上博單字資料的建構，此處則運用物件導向的觀念，將每一個圖版（字形）視爲一個物件，至於其屬性則包含「竹書」、「簡號」、「上博釋文」、「部首」、「說文卷次」、「線上評論」等資訊。爲了說明方便起見，下面列舉一個實際的展示畫面以進行解說：

竹書：孔子詩論
簡號：01-01-01
上博釋文：行
部首：行
說文卷次：2 下 11
線上評論：（1）篇

　　其中圖版「」為基礎物件，在這個物件下展示了其相關屬性及屬性值，表列如下：

屬　　　　性	屬　　性　　值
竹書	孔子詩論
簡號	01-01-01
上博釋文	行
部首	行
說文卷次	2 下 11
線上評論	1

　　就「竹書」這個屬性來看，由於《上博楚竹書》（一）當中共有三篇竹書，分別為〈孔子詩論〉、〈緇衣〉、〈性情論〉等，因此必須設定一個屬性說明圖版物件的來源為何，根據此例可以得知此圖版物件源自於〈孔子詩論〉這篇竹書當中。

　　就「簡號」這個屬性來看，其屬性值共有三個代碼，第一個代碼標示竹書的篇名代碼，第二個代碼標示所屬竹書的簡次，第三個代碼標示所屬竹書簡次上的單字順序。篇名代碼如下所示：

01	〈孔子詩論〉
02	〈緇衣〉
03	〈性情論〉

　　因此本例的「簡號」為「01-01-01」，代表的意義是：「」這個圖版為〈孔子詩論〉第一簡第一字。

　　就「上博釋文」這個屬性來看，其屬性值為「行」，表示「」這個圖版在《上博楚竹書》（一）中的隸定是「行」。

就「部首」這個屬性來看，其屬性值爲「行」，表示就《康熙字典》的部首編排方式，「⻌⻌」這個圖版可歸類在「行」這個部首之下。

就「說文卷次」這個屬性來看，其屬性值爲「2 下 11」，表示按照大徐本《說文解字》的編排方式，「⻌⻌」這個圖版可歸類在卷二下第十一葉。〔註4〕

就「線上評論」這個屬性來看，主要是提供使用者在使用的過程當中發現這個物件的相關屬性有所問題、或是對於這個物件有所看法時，能及時提供一個管道以進行資訊交流，使用者只需將滑鼠移動至屬性值上，再按下滑鼠左鍵，隨即開啓另一個視窗，這個部分於第三章第三節「上博單字」中將有詳細的功能介紹，在此先略過不論。

透過上面對於「上博單字」物件、屬性與屬性值的介紹，可以看到這是一種文字檔與圖形檔的資料處理，至於這些資料檔，本系統亦採用 ACCESS 2000 作爲檔案存放的工具。

（六）造字全覽資料

本系統中「造字全覽資料」設計的意義，則在於提供使用者查詢本系統所使用的外字集造字檔的造字相關資料查詢，包含了「原簡圖檔」、「字形圖檔」、「字頭」、「內碼」、「倉頡碼」、「倉頡英文碼」等。

此外，本系統的資料建構模式與「〈性情論〉與〈性自命出〉圖版比較查詢系統」的資料建構模式基本上是相同的，同樣都利用 XML 作爲資料的格式，並結合 XSL、HTML 等網頁設計功能作爲展示的介面。爲了進一步說明系統設計方式，下面列出本系統 font.xml、font.xsl、font.html 等三個原始檔並加以分析。

1. XML 資料檔（font.xml）

<?xml version="1.0" encoding="UTF-16"?>

<?xml-stylesheet type="text/xsl" href="font.xsl"?>

<Import>
　<Row>
　　　　<流水號>1</流水號>
　　　　<圖檔編號>01-01-08.gif</圖檔編號>

〔註 4〕 本系統所採用的大徐本《說文解字》一書，爲清朝陳昌治刻本（香港：中華書局，1972 年 6 月初版、1996 年 2 月重印）。

<字形圖碼>ypr.gif</字形圖碼>

<字形編號>01-01-08</字形編號>

<字頭>虘</字頭>

<內碼>c752</內碼>

<倉頡碼>卜心口</倉頡碼>

<倉頡英文碼>ypr</倉頡英文碼>

</Row>

<Row>

<流水號>2</流水號>

<圖檔編號>01-01-17.gif</圖檔編號>

<字形圖碼>nlrrp.gif</字形圖碼>

<字形編號>01-01-17</字形編號>

<字頭>隱</字頭>

<內碼>c750</內碼>

<倉頡碼>弓中口口心</倉頡碼>

<倉頡英文碼>nlrrp</倉頡英文碼>

</Row>

……

<Row>

<流水號>159</流水號>

<圖檔編號>03-39-14.gif</圖檔編號>

<字形圖碼>rrykp.gif</字形圖碼>

<字形編號>03-39-14</字形編號>

<字頭>罳</字頭>

<內碼>c7f9</內碼>

<倉頡碼>口口卜大心</倉頡碼>

<倉頡英文碼>rrykp</倉頡英文碼>

</Row>

<Row>

```
            <流水號>160</流水號>
            <圖檔編號>03-39-26.gif</圖檔編號>
            <字形圖碼>jymr.gif</字形圖碼>
            <字形編號>03-39-26</字形編號>
            <字頭>言</字頭>
            <內碼>c7fa</內碼>
            <倉頡碼>十卜一口</倉頡碼>
            <倉頡英文碼>jymr</倉頡英文碼>
        </Row>
    </Import>
```

第一列在<?與?>之間表示該列是指令敘述，在此的指令是指定 XML 的版本規範（version="1.0"）及編碼方式（encoding="UTF-16"）。一般而言，要正確的顯示中文繁體字，編碼方式可用（encoding="Big5"）即可，由於本系統有大量的外字集造字檔的字形，所以編碼上採取 Unicode 字集中 UTF-16 的編碼方式。

第二列中 xml-stylesheet，是設定 XML 文件排版樣本的指令名稱，type="text/xsl"表示該排版樣本是 XSL 的排版樣本，href="font.xsl"則是指定該排版樣本的所在位置為 font.xsl。

至於<Import>為根標籤，<Row>為子標籤，在<Row>下則包含<流水號>、<圖檔編號>、<字形圖碼>、<字形編號>、<字頭>、<內碼>、<倉頡碼>、<倉頡英文碼>等標籤，透過這些標籤的定義，則可以結構化的方式將資料納入進來。

2. XSL 樣式檔（font.xsl）

```
<?xml version="1.0" encoding="UTF-16"?>
<xsl:stylesheet xmlns:xsl="http://www.w3.org/TR/WD-xsl">
<xsl:template match="/">

<HTML>
<HEAD><TITLE>輸出結果</TITLE>
</HEAD>
<BODY>
<center>
```

```
<font color="#0000BB" size="5"><b>輸出結果</b></font>
        <TABLE BORDER="1" CELLPADDING="0" width="75%">
            <TR bgcolor="#CCFFCC">
              <TH><font color="#0000FF">流水號</font></TH>
              <TH><font color="#0000FF">圖檔編號</font></TH>
              <TH><font color="#0000FF">字形圖碼</font></TH>
              <TH><font color="#0000FF">字形編號</font></TH>
              <TH><font color="#0000FF">字頭</font></TH>
              <TH><font color="#0000FF">內碼</font></TH>
              <TH><font color="#0000FF">倉頡碼</font></TH>
              <TH><font color="#0000FF">倉頡英文碼</font></TH>
            </TR>
          <xsl:for-each select="Import/Row">
          <TR bgcolor="#FFFFCC">
                    <xsl:apply-templates />
            </TR>
          </xsl:for-each>
        </TABLE>
</center>
</BODY>
</HTML>

  </xsl:template>

  <xsl:template match="流水號">
    <TD><xsl:value-of/></TD>
  </xsl:template>

  <xsl:template match="圖檔編號">
  <TD align="center" valign="top">
  <xsl:element name="IMG">
```

```
    <xsl:attribute name="src">
     <xsl:value-of/>
     </xsl:attribute>
     </xsl:element>
     </TD>
    </xsl:template>

    <xsl:template match="字形圖碼">
    <TD align="center" valign="top">
    <xsl:element name="IMG">
    <xsl:attribute name="src">
     <xsl:value-of/>
     </xsl:attribute>
     </xsl:element>
     </TD>
    </xsl:template>

    <xsl:template match="字形編號">
        <TD><xsl:value-of/></TD>
    </xsl:template>

    <xsl:template match="字頭">
        <TD><xsl:value-of/></TD>
    </xsl:template>

    <xsl:template match="內碼">
        <TD><xsl:value-of/></TD>
    </xsl:template>

     <xsl:template match="倉頡碼">
        <TD><xsl:value-of/></TD>
```

```
</xsl:template>

  <xsl:template match="倉頡英文碼">
    <TD><xsl:value-of/></TD>
  </xsl:template>

</xsl:stylesheet>
```

XSL 文件的結構與 XML 文件的宣告方式是相同的，由於 XSL 樣式表也必須是 well-formed 的 XML 文件，因此 XSL 文件當然會有 XML 文件的形式。而所有 XSL 定義的元素（在 XSL 文件中都有前綴字 xsl），只有是屬於 URI 為 http://www.w3.org/TR/WD-xsl 中的某一個名稱空間時才會被 XSL 識別，且 XSL 定義的元素只有在 XSL 樣式表中才會被認得。

一個 XSL 樣式表包含了一個 xsl:stylesheet 元素，該元素可以說是 XSL 文件的根元素；而 xsl:value-of、xsl:for-each、xsl:apply-templates、xsl:element、xsl:attribute 等為 XSL 元素的實際使用。

此外，XSL 完全是建構在使用模版的觀念之上，應用模版可以一至且一再地將 XML 元素格式化，而模版的規則由 xsl:template 元素來規定，"match" 屬性則用來指定該模版規則要應用在那個元素。

3. HTML 網頁檔（font.html）

```
<html>
<head>
<title>造字全覽</title>

<style>
<!--

/*
Text Link Underline Remover Script-
?Dynamic Drive（www.dynamicdrive.com）
For full source code, installation instructions,
100's more DHTML scripts, and Terms Of
```

Use, visit dynamicdrive.com

*/

a{text-decoration:none}

//-->

</style>

</head>

<body bgcolor="#FFCC66">

    <font color="#800000" size="4"><img src="../image_chi/Cut.gif" width="32" height="32">

    </font><font color="#FF0000" size="4">造字全覽</font> <font color="#800000" size="4"><img src="../image_chi/Cut.gif" width="32" height="32">

    </font>

<xml id="xmlitems" src="font.xml" async="false"> </xml>

<table id="recordtb" datasrc="#xmlitems" border="1" dataPageSize="3" width="100%">

    <thead>

    <tr style="background:#F5F5DC">

        <th>圖檔編號</th><th>字形圖碼</th><th>字頭</th><th>內碼</th><th>倉頡碼

    </th><th>倉頡英文碼</th>

    </tr>

    </thead>

    <tbody>

    <tr style="background:#F5FFFA">

```
        <td align="center"><a datafld="圖檔編號" ><img datafld="圖檔編號"
width=35 border="0"></a></td>
        <td align="center"><a datafld="圖檔編號" ><img datafld="字形圖碼"
width=35
    height=30 border="0"></a></td>
        <td align="center"><a datafld="圖檔編號" ><div datafld="字頭"
border="0">
    </div></a></td>
        <td align="center"><div datafld="內碼"></div></td>
        <td align="center"><div datafld="倉頡碼"></div></td>
        <td align="center"><div datafld="倉頡英文碼"></div></td>
    </tr>
    </tbody>
    </table>
    <hr>
    <table width="100%"><tr>
    <td>
    <input type="button" onclick="recordtb.firstPage（）" value="第一頁">
    <input type="button" onclick="recordtb.previousPage（）" value="上一頁">
    <input type="button" onclick="recordtb.nextPage（）" value="下一頁">
    <input type="button" onclick="recordtb.lastPage（）" value="最後一頁">
    </td>
    <td align="right">
    每頁顯示：<input type="text" value="3" size="2" onblur= "recordtb.data
PageSize= this.value">筆
    </td>
    </tr></table>
    </body>
    </html>
```

　　關於 font.html 則屬於網頁設計的展示部分，與本系統 XML 資料結構的部
分不具有連動性，在此不作進一步的分析。

（七）站內全文資料

「站內全文資料」的部分，主要包括兩個範疇：第一是本系統所建置的網頁文件，第二是本論文的全文資料。無論是網頁文件還是論文全文，其具體內容都屬於非結構化的資料；所謂非結構化的資料，亦即在一份文件當中，除了文字內容外，還包含其他的格式檔，如圖形檔、影片檔等等。因此，本系統「站內全文資料」的建構可以具體因應現在通行文件中混合格式的進階處理，主要處理的文件檔格式包含*.htm、*.html、*.shtm、*.shtml 等網頁文件與*.doc、*.pdf、*.txt 等文本文件，並且透過 ASP 所撰寫的搜尋程式的設計，達到全文檢索的目的。

經由上述的資料分析，可以歸納出：「〈孔子詩論〉學者釋文比較資料」、「〈緇衣〉文本比較資料」、「上博簡相關研究資料」等部分，主要是以文字（Text）檔案格式爲主；至於「〈性情論〉與〈性自命出〉圖版比較資料」、「上博單字資料」、「造字全覽資料」、「站內全文資料」等部分，則是以圖片（Image Graphics）、文字（Text）相混的檔案格式爲主。至於整個知識庫的實體資料庫，本文則規劃包含結構化資料與非結構化資料之整合性資料庫，其概念圖如下所示：

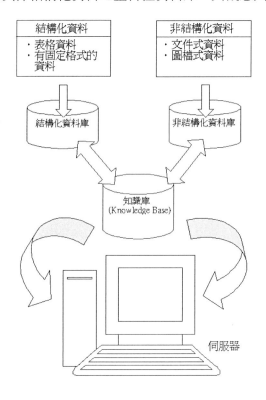

二、《上博楚竹書》（一）知識庫資料概念設計 〔註5〕

　　有關知識庫中結構化資料庫與非結構化資料庫的整合方式，在此，本文擬採用 Object-Attribute-Value（OAV）物件導向的觀念加以設計。其設計理念是把一份不論是結構化資料或非結構化資料，視爲一個物件，進而訂定物件屬性，最後再填入屬性值。

　　就古文字資料庫而言，對於結構化資料與非結構化資料將分別利用 SQL 關聯式資料庫及文件檔案管理系統加以儲存，繼而利用 Object-Attribute-Value（OAV）物件導向之觀念加以設計知識庫架構。設計時，首先把儲存的資料個別均視爲一節點（Node），而所儲存的資料與資料間的特定關係則視爲關聯（Link）；於 OAV 資料庫架構中，Node 與 Link 兩者均被視爲物件，繼而可以設計 Node 與 Link 個別之屬性。職是之故，本系統整個模式可被確立的知識庫實體共有七項：分別爲「Node 基本資料」、「Link 基本資料」、「Node－Link 之關係」、「Node 屬性分類」、「Link 屬性分類」、「Node 屬性資料」及「Link 屬性資料」。

　　其中因爲 Node 可以與多個 Node 產生關係，因此爲一對多關係。屬性資料可分爲不同種類，因此「Node 屬性分類」、「Link 屬性分類」和「Node 與 Link 屬性資料」於知識庫架構中均爲一對多關係。至於所有 Node 和 Link 的關係，如下圖所示：〔註6〕

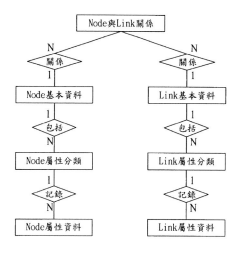

〔註 5〕 關於古文字資料庫的建構模式，本文所引相關概念，源自洪銘揚：《營建工程知識管理系統架構之探討》一文中第四章與第五章。

〔註 6〕 洪銘揚：《營建工程知識管理系統架構之探討》，頁 5～11。

　　本文透過 OAV 觀念的運用，建立這套知識庫整合架構，把原本異質性的結構化資料與非結構化資料，全視爲物件型式。此外，對於知識庫裡的每個知識物件屬性及關聯屬性予以定義說明，讓往後對於知識庫內容的處理及功能開發，只要知道對應知識物件之屬性、屬性值，便能根據知識所在路徑存取結構化與非結構化資料。

三、《上博楚竹書》（一）知識庫模式建立

　　本資料庫系統的開發基本上採用 Microsoft ACCESS 2000 與 XML 標示語言的資料格式作爲資料庫平台，並配合動態網頁編輯工具 ASP 設計資料庫的存取使用介面。將系統架構模型分爲輸入、輸出、處理及介面四個單元，如下圖所示：〔註7〕

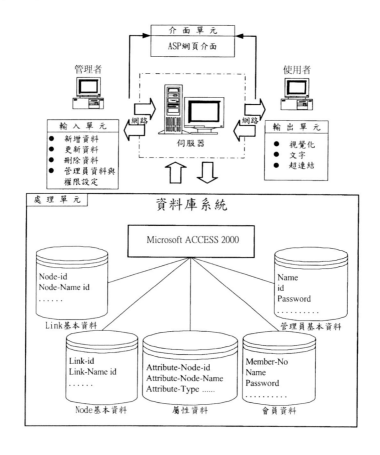

〔註 7〕 改自洪銘揚：《營建工程知識管理系統架構之探討》，頁 5～14，圖 5-6。

（一）輸入單元

「輸入單元」部分，主要權限設定為管理者（Administrators）。管理者主要的職責，包含其單元內容有新增資料頁、更新資料頁、刪除資料頁及管理員資料與權限設定等幾個部分。

（二）輸出單元

「輸出單元」部分，則適用於任何連接上網際網路的電腦主機，主要是將由資料庫處理單元經篩選或統計的資料，表現供使用者觀看。

（三）處理單元

主要建構平台為 Windows ACCESS 2000 資料庫與 XML 標示語言資料庫，則是透過 ASP、VBScript、Java Script 等程式語言之組合，配合 SQL 查詢語法的設定與連結，完成與後端結構與非結構實體資料庫之運作處理。

（四）介面單元

資料庫管理介面選擇以網頁方式進行建立。其好處是系統不用透過特定軟體的安裝，管理者或使用者只要使用簡單的瀏覽器（Browser）便可透過 Internet 或 Intranet 方便的管理或存取使用資料庫。

四、小　結

在這一節當中，本研究則進行古文字資料庫知識管理系統的建立，首先進行本系統所欲建構的資料庫及模式的分析、說明與建置，主要的資料庫內含包括：「〈孔子詩論〉學者釋文比較資料」、「〈緇衣〉文本比較資料」、「〈性情論〉與〈性自命出〉圖版比較資料」、「上博簡相關研究資料」、「上博單字資料」、「造字全覽資料」、「站內全文資料」等七項。其次則進一步說明本系統知識庫資料概念設計的原理，透過原理的分析與說明，了解本系統如何處理結構化資料與非結構化資料。最後則說明整個系統模式的設計，包含「輸入單元」、「輸出單元」、「處理單元」、「介面單元」等四項單元，為本系統的建置擘畫出可實際運行的設計藍圖。

第三節　古文字資料庫知識管理系統成果展示

經由本章第一節「古文字資料庫知識管理系統架構分析」與第二節「古

文字資料庫知識管理系統之建立」，在這一節當中，則將理論付諸於實際，以示古文字資料庫知識管理系統的可用性。

一、網站系統架構

本系統以 Web-Base 的方式，以網站伺服器的架構模式，配合相關的網路技術及網頁編輯技術發展而成。系統模組如下圖所示：〔註8〕

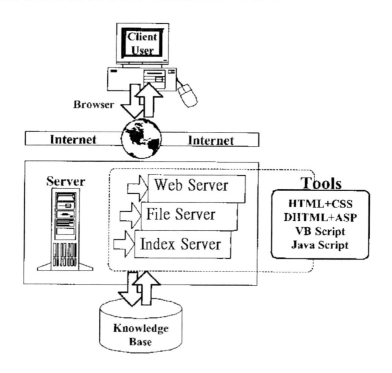

二、網站系統開發環境與系統需求

本系統的建構環境，在硬體部分包括了：

（一）網站伺服器一台。

●CPU：Intel Celeron 1.70GHz 處理器

●SDRAM：256MB

●Hard Disk：60GB

●Others：其他必備周邊設備與零件。

〔註 8〕 轉引自洪銘揚：《營建工程知識管理系統架構之探討》，頁 6〜1，圖 6-1。

（二）網路通訊硬體設備及線材。

軟體部分包括了：

●Microsoft Windows 2000 Professional 中文版。

●Microsoft Internet Information Service 伺服器 5.0 版（IIS 5.0）。

●Microsoft Internet Explorer 6.0 網路瀏覽器。

系統程式的開發乃是使用網際網路相關的資訊技術，如 XML（eXtensible Markup Language）、XSL（eXtensible Stytlesheet Language）、HTML（Hyper Text Markup Language）、CSS（Cascading Style Sheets）、DHTML（Dynamic HTML）、ASP（Active Server Pages）、VB Script、Java Script 等。就使用者而言，只要連上網際網路便可使用本系統，無需購置新的系統或軟體，如此可讓網站服務的使用率更爲頻繁。

三、網站系統功能介紹與操作

本網站系統架構的設計，主要分成「上博簡介」、「竹書內容」、「查詢系統」、「資訊交流」、「最新公告」、「與我聯絡」、「回首頁」等。架構圖如下所示：

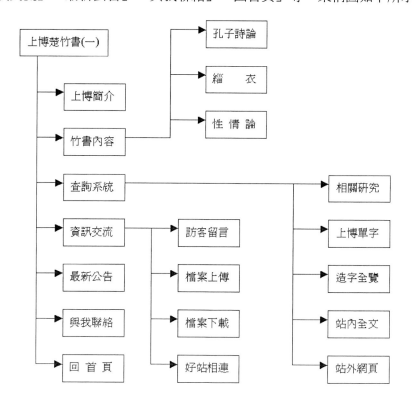

　　此外，在正式使用本系統之前，由於本系統的資料庫存在著大量的楚簡
隸定造字檔，爲了能正常使用本系統的各項功能，建議使用者先行將個人電
腦原有的造字檔加以備份，然後再安裝本系統所提供的「楚簡造字檔」，關於
造字檔的安裝方法，可參考各作業系統使用手冊。〔註9〕並且，本系統造字檔
的輸入法乃採取「倉頡輸入法」，使用者如果想要查詢相關字形的倉頡碼，本
系統在「查詢系統」下的「造字全覽」部分有提供使用者查詢，詳見下文。

（一）「上博簡介」

　　關於「上博簡介」網頁當中的資料，大部分引用朱淵清在〈馬承源先生談
上博簡〉一文中對於上海博物館收藏戰國楚簡整個經過的介紹，〔註10〕此篇文
章透過問答的方式，描述馬承源替上海博物館收購流傳到香港的楚簡的經過。
本網頁則略爲提綱挈領，利用網頁書籤的功能，在網頁的開頭加入細項索引，
共分爲「概說」、「第一批竹簡」、「第二批竹簡」、「第三批竹簡」、「其他散簡」、
「保存方式」、「竹簡形式」、「整理人員」等索引點，瀏覽者只要按下索引點，
即可迅速連結到所要觀看的內容上，進而達到資料簡介的目的。如下圖所示：

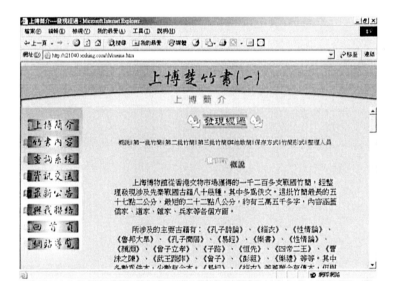

〔註9〕　如以 Microsoft Windows 2000 系統爲例，可參考台灣微軟所提供的造字檔安裝
　　　　方式，網址爲「http://www.microsoft.com/taiwan/support/content/6480.htm」，或
　　　　參考「異體字字典」所提供的造字檔安裝方式。
　　　　網址爲「http://140.111.1.40/shuo/shuo3.htm」。
〔註10〕　朱淵清：〈馬承源先生談上博簡〉，《上博館藏戰國楚竹書研究》，上海書店出
　　　　版社，2002 年 3 月，頁 1～8。

由於《上博楚竹書》（一）屬於學術性的書籍，因此如果先前沒有接觸到古文字學、簡牘學、考古學、歷史學等範疇的網頁瀏覽者，可能會不了解本書的意義與價值，因此本網頁的建構意義及目的，主要是為了讓第一次接觸到《上博楚竹書》（一）的網頁瀏覽者能有基本的認識與概念，從中達到知識的分享、交流與傳遞。

（二）「竹書內容」

在「竹書內容」當中，本系統根據《上博楚竹書》（一）所公布的〈孔子詩論〉、〈緇衣〉、〈性情論〉等三篇竹書，在此處亦分為「孔子詩論」、「緇衣」、「性情論」等三部分進行系統的建構，如下圖所示：

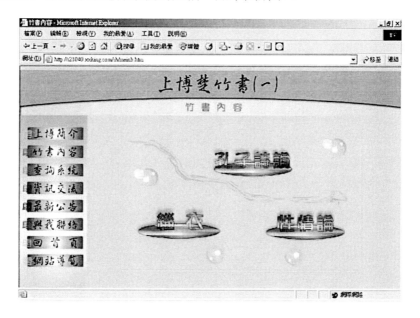

關於本網頁，採用了影像地圖的方式進行不同網頁彼此之間的相互連結：當滑鼠指標移動到「孔子詩論」四字上，則連結到「〈孔子詩論〉學者釋文比較查詢系統」；當滑鼠指標移動到「緇衣」二字上，則連結到「〈緇衣〉文本比較對照系統」；當滑鼠指標移動到「性情論」三字上，則連結到「〈性情論〉與〈性自命出〉圖版比較查詢系統」。

1.「孔子詩論」

當使用者在「孔子詩論」四字上按下滑鼠左鍵，便進入本系統所提供的「〈孔子詩論〉學者釋文比較查詢系統」功能，網頁畫面如下圖所示：

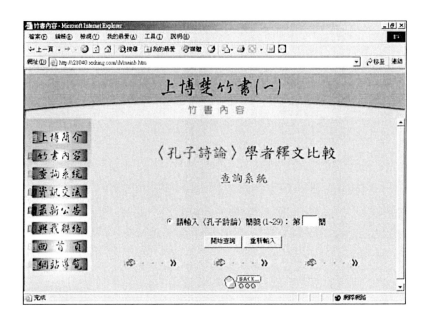

　　本網頁透過 HTML 與 ASP，配合 ACCESS 2000 資料庫的結合，在查詢
條件中，可輸入〈孔子詩論〉第 1 簡到第 29 簡其中任一簡號，關於〈孔子詩
論〉簡序的問題，許多學者各有其不同的主張與看法，在此本系統以原書的
簡次為依據。如當使用者在檢索條件當中輸入「1」時，亦即代表所要查詢的
簡次為第 1 簡，輸入之後結果如下所示：

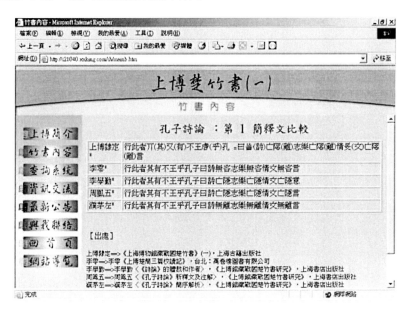

　　本查詢系統當中，共收錄了《上博楚竹書》（一）、李零、李學勤、周鳳五、濮茅左等對於〈孔子詩論〉原簡的釋文，透過這些學者釋文隸定的不同，從中可以看到學者間意見相同或相異之處，這種釋文的比對方式，有助於使用者進一步作相關的研究與探討。例如：在〈孔子詩論〉第 1 簡裡有個「![字]」字出現，《上博楚竹書》（一）據形隸定成「隱」，讀爲「離」，濮茅丘亦讀爲「離」；李零讀爲「吝」；李學勤、周鳳五等讀爲「隱」。由於此字未見於甲、金文中，且無相關文例可以參考，因此對於「![字]」字的解釋，眾說紛耘，各有各的主張，而這也正是值得深入探討的一個切入點，同時也正是本查詢系統的一個價值之所在。

　　2.「緇衣」

　　當使用者在「緇衣」二字上按下滑鼠左鍵，便進入本系統所提供的「〈緇衣〉文本比較對照系統」功能，網頁畫面如下圖所示：

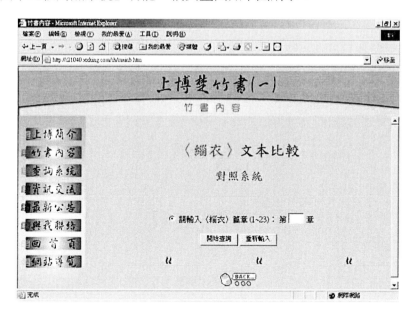

　　本網頁與「〈孔子詩論〉學者釋文比較查詢系統」的入口網頁設計原理相同，亦是結合 HTML 與 ASP，配合 ACCESS 2000 資料庫，利用 SQL 語法進行資料的讀取。在查詢條件當中，本系統以《上博楚竹書・緇衣》共分爲二十三章的方式爲基本排序依據，因此在查詢條件裡可輸入 1 至 23。如當使用者在檢索條件當中輸入「1」時，亦即代表所要查詢的章次爲第 1 章，輸入之後結果如下所示：

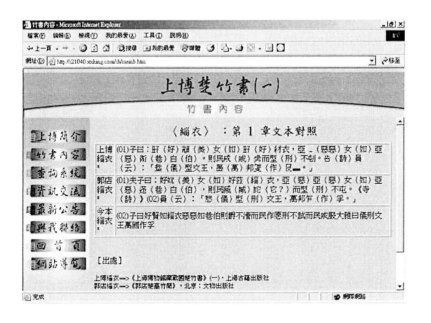

　　本查詢系統設計的主要目的在於：就出土文獻而言，除了《上博楚竹書·緇衣》外，還有《郭店楚墓竹簡·緇衣》，這兩篇出土文獻恰好均可與今本《禮記·緇衣》相互參照，透過不同文本的對照比較，有助於使用者進一步理解〈緇衣〉篇的流傳情形；此外，由出土文獻的文字書寫特色，亦可使學者們更清楚當時文字異形的使用現象。例如在第 1 章中，《上博楚竹書·緇衣》第 1 章「盰（好）頪（美）女（如）盰（好）材衣」句，《郭店楚墓竹簡·緇衣》則寫成「好娗（美）女（如）好茲（緇）衣」，今本《禮記·緇衣》則寫成「好賢如緇衣」。透過不同文本的比較，可以發現有幾點不同之處：第一，今本「好」字，《上博楚竹書·緇衣》寫成「盰」，《郭店楚墓竹簡·緇衣》同今本；第二，今本「賢」字，《上博楚竹書·緇衣》則寫成「頪（美）」，《郭店楚墓竹簡·緇衣》則寫成「娗（美）」；第三，今本「如」字，《上博楚竹書·緇衣》與《郭店楚墓竹簡·緇衣》寫成「女（如）」；第四，「緇」字前今本無「好」字，《上博楚竹書·緇衣》與《郭店楚墓竹簡·緇衣》則有「盰（好）」或「好」字；第五，今本「緇」字，《上博楚竹書·緇衣》寫成「材」，《郭店楚墓竹簡·緇衣》則寫成「茲（緇）」。根據以上諸多不同之處，便有許多值得繼續深入的問題可供研究與探討。由此可見本系統建構的價值與意義。

　　3.「性情論」

　　當使用者在「性情論」三字上按下滑鼠左鍵，便進入本系統所提供的「〈性

情論〉與〈性自命出〉圖版比較查詢系統」功能，網頁畫面如下圖所示：

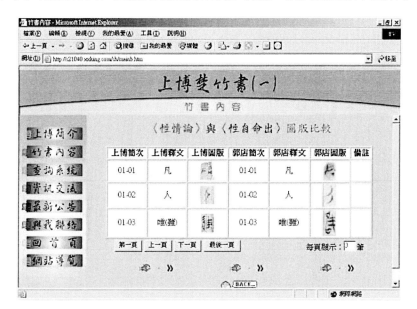

　　本系統的建構方式與「〈孔子詩論〉學者釋文比較查詢系統」、「〈緇衣〉文本比較對照系統」二系統的建構工具不盡相同。在資料庫的部分，「〈孔子詩論〉學者釋文比較查詢系統」、「〈緇衣〉文本比較對照系統」二系統乃以ACCESS 2000作為資料庫建構的工具，而「〈性情論〉與〈性自命出〉圖版比較查詢系統」則以XML作為資料庫建構的工具，前文第二章第三節曾述及XML是一種中介標示語言，它的主要任務在於描述資料，並擅長用來描述結構化的資料。在此，「〈性情論〉與〈性自命出〉圖版比較查詢系統」則是結合HTML、ASP、XML、XSL等作為系統設計的工具，來達成《上博楚竹書‧性情論》與《郭店楚墓竹簡‧性自命出》兩篇出土文獻圖版比較的目的。

　　本系統網頁在展示的部分共分為七個欄位：第一個欄位為「上博簡次」，乃是依據《上博楚竹書‧性情論》圖版的順序進行個別單字編號，如「徙」字位於第一簡第三字，編號為「01-03」；第二個欄位為「上博釋文」，此處的釋文乃是根據原書的釋文，雖然有些學者對於某些字形的釋文隸定有不同的意見，但是為了提供一個共同的討論依據，所以仍然以原書的隸定為主，並未將學者個別的看法加以納入；第三個欄位為「上博圖版」，乃是將《上博楚竹書‧性情論》的原簡圖版進行掃瞄、切割等程序所得到的單字圖版，

可供相關研究人員連上網際網路進入本系統，便可瀏覽到原簡圖版，達到分享的目的；第四個欄位爲「郭店簡次」，乃是依據《郭店楚墓竹簡・性自命出》圖版的順序進行個別單字編號，如「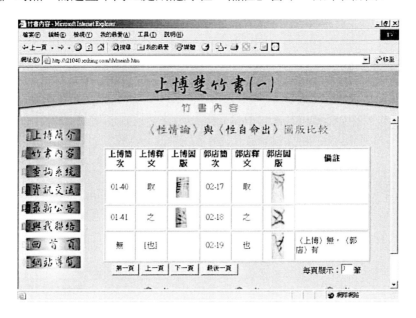」字位於第一簡第三字，編號爲「01-03」；第五個欄位爲「郭店釋文」，釋文隸定乃是依據張光裕主編、袁國華合編的《郭店楚墓竹簡・第一卷・文字編》一書；第六個欄位爲「郭店圖版」，乃是將《郭店楚墓竹簡・性自命出》的原簡圖版進行掃瞄、切割等程序所得到的單字圖版；第七個欄位爲「備註」，由於《上博楚竹書・性情論》與《郭店楚墓竹簡・性自命出》兩篇出土文獻雖然內容雷同之處頗多，但仍有些許不同之處，有些地方《上博楚竹書・性情論》有而《郭店楚墓竹簡・性自命出》無，有些地方《上博楚竹書・性情論》無而《郭店楚墓竹簡・性自命出》有，有些地方《上博楚竹書・性情論》與《郭店楚墓竹簡・性自命出》均無，而這些不同之處則記錄在「備註」當中。如下圖所示：

透過上面的網頁可以看到：《上博楚竹書・性情論》在「之」字下缺漏「也」字，而《郭店楚墓竹簡・性自命出》則有「也」字的存在，本系統則將這個不同之處記錄在「備註」當中，提供使用者參考。

至於本系統的建構目的，在於比較《上博楚竹書・性情論》與《郭店楚墓竹簡・性自命出》圖版與釋文異同的情形，由於此二篇出土文獻並無相對的傳世文獻可供參照，所以在釋讀上存在著許多問題，同門陳霖慶所撰《郭

店〈性自命出〉暨上博〈性情論〉綜合研究》便是以此二篇竹書作爲研究範疇，並嘗試解決裡頭的一些問題，〔註11〕而二篇竹書的圖版對讀則是最重要的切入點之一，也因此本系統在此處則進行「〈性情論〉與〈性自命出〉圖版比較查詢系統」的功能建構，一窺當時文字異形與相互通假的大致情況。

（三）「查詢系統」

　　本系統在「查詢系統」下，分爲「相關研究」、「上博單字」、「造字全覽」、「站內全文」、「站外網頁」等五個部分，如下圖所示：

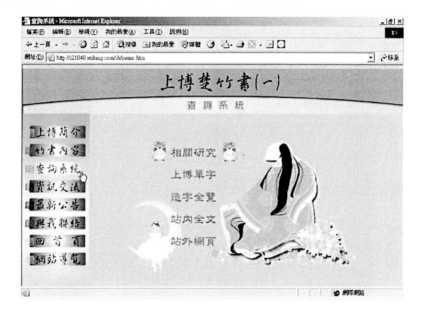

1.「相關研究」

　　在「相關研究」裡，本系統提供一「上博簡相關研究查詢系統」的功能，主要提供使用者查詢學者們所發表的期刊或論文。這個資料庫建構的目的在於透過單一入口，先選擇搜尋類別，在此暫時提供「作者」、「出版年」、「篇名及出處」等三個類別，選定好搜尋類別之後，只需在查詢條件當中鍵入關鍵詞，即可進行相關資料的搜尋，方便學者們搜尋相關可用資料，以達事半功倍之效。如下圖所示：

〔註11〕陳霖慶：《郭店〈性自命出〉暨上博〈性情論〉綜合研究》，國立臺灣師範大學國文研究所碩士論文，2003 年 6 月。

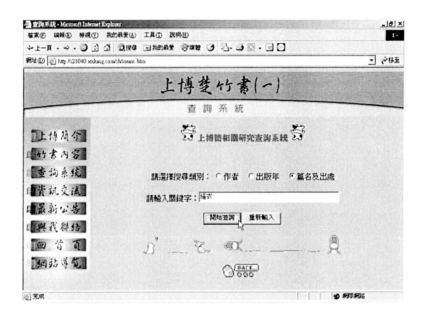

　　在此以「篇名及出處」作爲搜尋類別，以「緇衣」二字作爲關鍵字進行查詢，按下「開始查詢」鈕，所得到的結果如下所示：

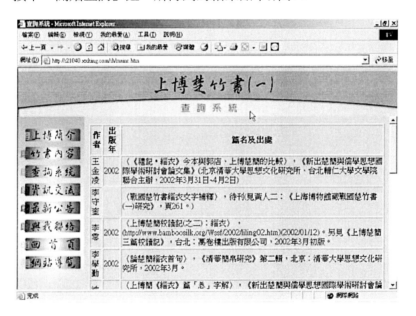

2.「上博單字」

　　當使用者按下「上博單字」的圖示之後，便進入「上博單字」查詢系統。如下圖所示：

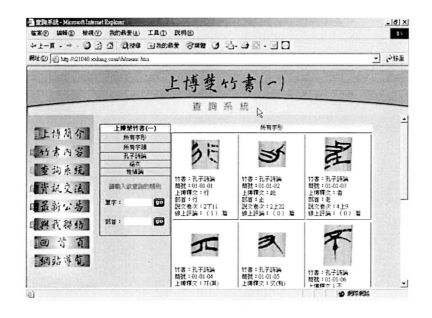

　　在「上博單字」裡的查詢系統，乃為本系統最具功能性的地方。以往研究古文字的學者在進行文字形體的認知過程當中，必須查閱相關圖版，以免因摹本可能參生之缺誤而造成形體認知的錯誤。現在由於資訊科技發達，科際整合日益密切的情形之下，本系統則以《上博楚竹書》（一）作為底本資料，先進行圖版的掃瞄，再進行單字的切割與歸類，運用物件導向的概念，以每一個單字作為物件，以其相關資訊作為屬性，並且結合關聯式資料庫的欄位加以處理其相關 Metadata，最後透過網際網路進行資訊分享。

　　在「上博單字」查詢系統裡，共提供「所有字形」、「所有字頭」、「孔子詩論」、「緇衣」、「性情論」等五種不同的模式進行查詢與檢索，基本預設的查詢系統為「所有字形」查詢系統，此五種功能或有異同，現分述如下：

　　（1）「所有字形」

　　當使用者進行「上博單字」查詢系統裡，系統預設為「所有字形」查詢系統。在這個查詢系統當中，共提供兩種類別的檢索方式：第一種為輸入「單字」的查詢方式，所謂的「單字」，乃以《上博楚竹書》（一）的隸定形體為主，因此使用者必須對《上博楚竹書》（一）的隸定有所了解，才能透過「單字」的檢索方式找到想要的資訊，例如當使用者輸入「隱」字，可以查到《上博楚竹書》（一）共有三個隸定成「隱」的原簡字形，如下所示：

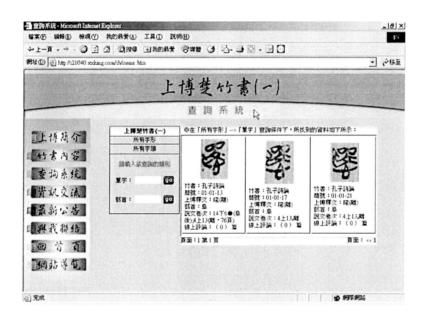

第二種為輸入「部首」的查詢方式，「部首」的編排以《康熙字典》的部首編排為主，使用者如果不能順利輸入「單字」條件，亦可以「部首」的方式找到想到的資訊，提供使用者另一種檢索方式，以利資料的分享性。例如使用者輸入「丨」部，可以查到《上博楚竹書》（一）共有五個隸定成「中」的原簡字形，而「中」字在《康熙字典》當中乃屬於「丨」部。搜尋結果如下所示：

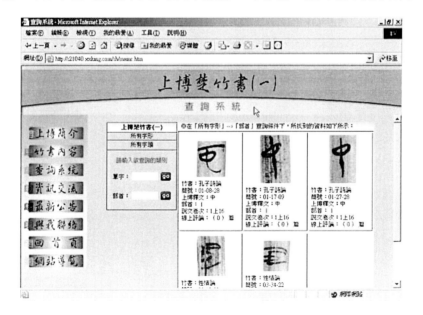

（2）「所有字頭」

當使用者將滑鼠移動到「所有字頭」四字上，此四字便由黑色改為紅色，當按下滑鼠左鍵之後，隨即連結到「所有字頭」查詢系統的網頁，如下所示：

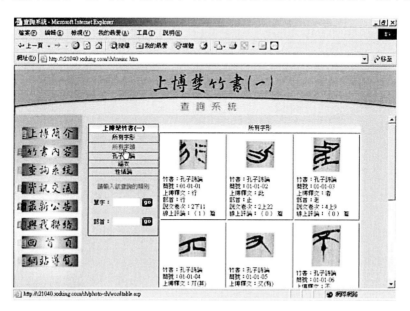

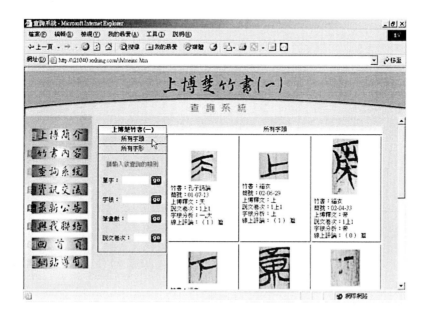

在「所有字頭」查詢系統當中，共提供四種查詢方式：

　　第一種爲「單字」查詢，所查詢到的資料與在「所有字形」檢索條件「單字」下所得到的資料並不相同。例如：在「所有字頭」中的「單字」查詢下，輸入「天」字，只能找到一個「天」的代表字，如果在「所有字形」檢索條件「單字」下輸入「天」字，則可以找到《上博楚竹書》（一）中所有「天」字出現的次數，其中在〈孔子詩論〉出現四次，分別見於 01-07-13、01-09-06、01-19-05、01-22-48，在〈性情論〉中出現一次，見於 03-02-06。乍看之下，在「所有字頭」下設置「單字」查詢條件似乎功能不大，然而本系統在此設置「單字」查詢的原因，主要是爲了讓使用者能夠減少搜尋字頭的時間，當使用者想要一覽《上博楚竹書》（一）所有出現的字頭時，在此處則發揮了這項功能。

　　第二種爲「字根」查詢，透過字根查詢，使用者可以馬上檢索到那些字頭具有相同的字根，進一步作更深入的研究。例如：〈孔子詩論〉第十七簡有一「茉」字，隸定爲「茉」，其下所從的「木」形寫得很特別，中間豎筆並沒有連貫下來，讓人對於此形是否爲「木」形產生懷疑，這個時候如果使用者想要看一看《上博楚竹書》（一）是否有其他的例子可供參考，在「字根」的查詢條件下輸入「木」，便可搜尋到整個《上博楚竹書》（一）有那些字頭具有「木」形的偏旁，透過本系統的檢索，共發現有二十六個字頭具有「木」形偏旁，由此可進一步查閱資料作偏旁的分析與比對。這便是「字根」查詢的強大功能。

　　第三種爲「筆畫數」查詢，所謂的「筆畫數」，乃按照《上博楚竹書》（一）的隸定進行筆畫數的計算，當使用者如果無法順利鍵入本系統所造的楚簡隸定字形，但可查得《上博楚竹書》（一）的隸定字形，那麼，便可透過「筆畫數」的檢索方式查到想要的資料。例如：在〈緇衣〉第二十簡有一「壁」形，《上博楚竹書》（一）隸定成「璧」，共 23 畫，那麼使用者如果只知道《上博楚竹書》（一）「璧」字隸定的筆畫數共 23 畫，而想進一步查閱原簡字形爲何，這個時候只需要在「筆畫數」之處鍵入「23」，便可查到想要的資訊。

　　第四種爲「說文卷次」查詢，本系統按照大徐本《說文》卷次的排列順序。對於《上博楚竹書》（一）所出現的字頭，如在大徐本《說文》當中可查得者，則依其次序排列；如未見於大徐本《說文》者，則按照偏旁歸類於相關的說文卷次之後。這種「說文卷次」查詢方式，繼承了大部分古文字字書的排列方式，如《甲骨文編》、《金文編》等，如此使用者可利用這項功能，

進行相關的偏旁分析研究。

（3）「孔子詩論」、「緇衣」、「性情論」

　　當使用者將滑鼠移動到「孔子詩論」、「緇衣」、「性情論」等文字上面並按下滑鼠左鍵，便可直接進入相關的竹書文本開頭。由於本資料庫的資料量並不少，如果使用者想要從〈孔子詩論〉、〈緇衣〉或〈性情論〉等竹書的開頭開始查閱，不需要每一次都從「所有字形」處進入，可以節省網路瀏覽的時間，並且較為快速查到想要的資料，至於「單字」、「部首」等查詢條件與「所有字形」下的查詢條件相同，在此不加贅述。

　　經由上面對於「上博單字」的大體功能說明，以下則進一步舉例說明其細部功能。此處以查詢「孔」字為例，在《上博楚竹書》（一）一書尚未正式公布以前，這個「孔子」的合文有被認為「卜子」、「子上」等，是一個十分具有爭議性的文字，當此書正式公布，馬承源運用其他資料來證明這個合文為「孔子」一詞無誤，現在幾乎沒有人會懷疑這種看法。那麼，「孔子」的合文在《上博楚竹書》（一）中共出現幾次呢？使用者只需在「所有字形」下的「單字」查詢條件當中輸入「孔」字，結果則如下所示：

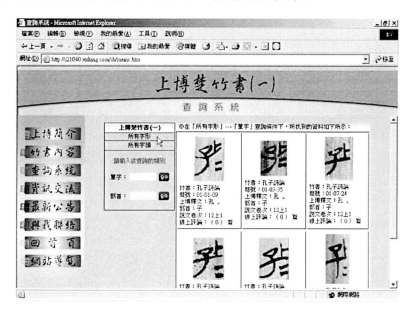

根據上圖使用者可以看到「孔子」的合文在〈孔子詩論〉當中共出現六次，分別見於第一簡、第三簡、第七簡、第十六簡、第二十一簡、第二十七簡。此外，在這個查詢系統當中，本系統提供了「竹書」、「簡號」、「上博釋文」、

「部首」、「說文卷次」、「線上評論」等資料，這些便是所謂的 Metadata。透過這些 Metadata，使用者可以獲得相關的有用資訊。

此外，這種形式的展現便是一種文字編——網際網路上的電子文字編，這些字形爲縮圖的形式，如果想要進一步看看放大的圖版，只需將滑鼠移到圖版的上面再按一下左鍵，便可如下圖所示：

根據上圖的顯示，當使用者將滑鼠移到 01-07-24 這個「孔子」的合文上再按左鍵，便跳出一個視窗，包含著「評論文章」、「發表評論」、「報告錯誤」、「關閉視窗」等選項，「評論文章」之處主要是提供使用者瀏覽其他人對於此字的看法，「發表評論」之處則提供使用者一個園地，可以將自己對於此字的看法分享給其他人，「報告錯誤」則是使用者發現此字一些相關的 Metadata 有所問題，當按下此鍵則可在第一時間告知網站管理員進行維護的工作，「關閉視窗」則是將這個彈出的視窗予以關閉。以上這些功能的設計主要乃是進行知識管理的概念運用。

因此，「上博單字」的查詢系統，不但提供使用者一些相關資訊，並且借由這個媒介進行知識管理的運用，對於古文字學界而言，這是一項新的嘗試，也開啓了新的視野。

3.「造字全覽」

在「造字全覽」這個部分，前文第三章第二節在說明「造字全覽資料」

時已略加說明，本系統「造字全覽」實際展示介面如下圖所示：

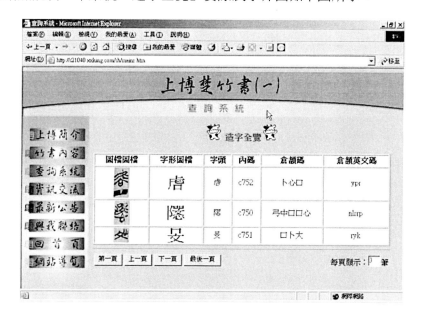

由於古文字的相關字形在電腦的使用當中，是學者們不易克服的一個難題，本「造字全覽」查詢系統則透過 XML 的資料格式特色，將所使用的外字集造字碼顯示於此，使用者如果無法順利使用本系統所提供的楚簡造字檔中的輸入法，可以在此處查詢到相關的資料。這種造字的分享方式，不失為一種可行的方案。

　　4.「站內全文」

　　本系統所提供的「站內全文」查詢系統是一種全文檢索模式，主要提供使用者查詢本網站裡頭的文件資料，只要在查詢條件當中輸入關鍵字，便可進行查詢的工作，本系統可支援的檔案類型，包含*.htm、*.html、*.shtm、*.shtml 等網頁文件與*.doc、*.pdf、*.txt 等文本文件，就一般需求而言應該是相當足夠了。

　　例如：想要查詢本系統當中網頁文件與文本文件裡具有「第三節」三個關鍵字的內容文件，如下圖所示：

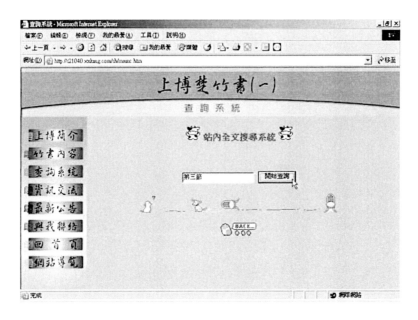

當使用者輸入「第三節」三字，並按下「開始查詢」鈕之後，便隨即找到網
站裡文件內容擁有「第三節」的文件資料，如下圖所示：

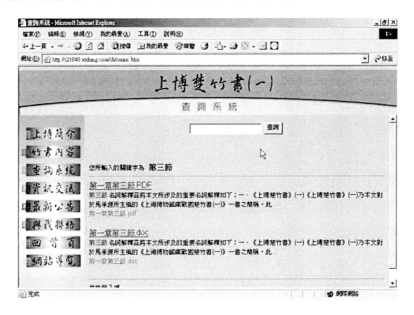

根據搜尋結果，共找到二筆資料。在此要說明的是，爲了讓使用者能夠了解相
關使用功能，所以本系統將同樣的文本資料分別存成*.doc 與*.pdf 兩種不同的
檔案格式，以方便說明系統特色。經由上圖，使用者可以看到在關鍵字的部分

會以「紅色」的字呈現出來，馬上便可找到關鍵字所在的位置，當使用者進一步將滑鼠移動到「第一章第三節.PDF」上並按下左鍵，結果如下圖所示：

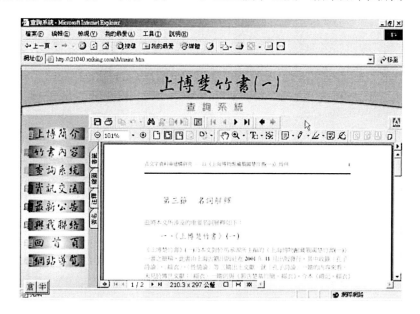

經由上圖，使用者可以在同樣的視窗當中開啓*.pdf 檔的文本資料。如回到上一個步驟，如果使用者將滑鼠移動到「第一章第三節.doc」上並按下左鍵，結果如下圖所示：

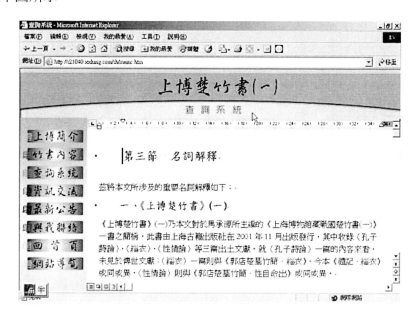

使用者便可以在同樣的視窗當中看到＊.doc 的文本資料。當然，如果使用者要
能夠正常看到上面兩種不同的畫面，首先要確定的是在自己所使用的電腦當
中有無安裝 Acrobat Reader 與 Microsoft Word 等軟體。

透過「站內全文查詢系統」的建置，其背後的意義便是知識管理概念的
具體運用與成果，因為這是一種知識分享的機制，透過這種機制，讓使用者
能獲取所需的資訊並且進一步地加以利用。

5.「站外網頁」

網際網路存在著許多的搜尋引擊，每一個搜尋引擊的運用原理及方式或
有不同，洪銘揚曾將各類的搜尋引擊進行分類，以為可分成四類：第一，分
類登錄式的搜尋引擊（又稱被動式搜尋引擊）；第二，定時自動檢索式的搜尋
引擊（又稱主動式搜尋引擊）；第三，全文檢索式搜尋引擊；第四，混合式的
搜尋引擊。〔註12〕本系統此處利用 ASP，整合了中、英文各大搜尋引擊，提
供單一視窗的查詢模式，讓使用者能輕鬆運用。如下圖所示：

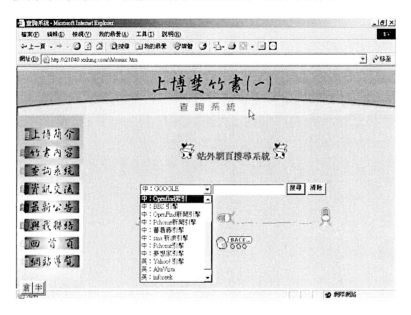

（四）「資訊交流」

在「資訊交流」當中，本系統分為「訪客留言」、「檔案上傳」、「檔案下
載」、「好站相連」等四項進行系統的規劃，如下圖所示：

〔註12〕洪銘揚：《營建工程知識管理系統架構之探討》，頁 5-20～5-21。

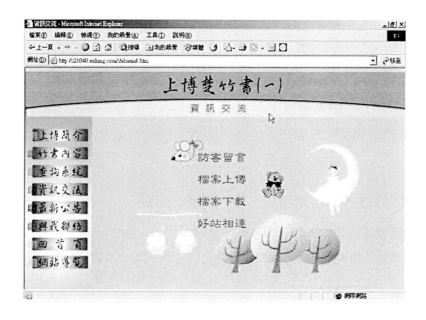

1. 「訪客留言」

　　「訪客留言」設置的目的在於當使用者有意見想要告訴網站管理員及其他使用者相關的訊息時，能有一個相互交流的園地，此處與「與我聯絡」不一樣的地方則在於它是公開性的，任何人都能看到這些資料，這是屬於一種公開式的網路社群。如下圖所示：

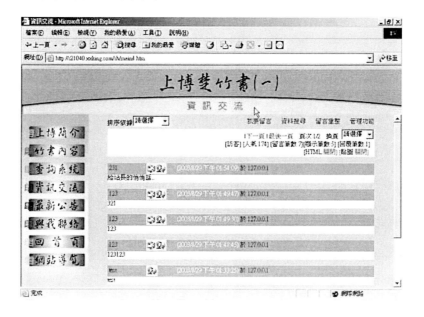

上面提到「訪客留言」是一種公開式的網路社群，只要是有任何問題或意見，使用者均可在此留言，其設立的意旨是希望大家能有個共同的園地進行意見交流，然而如有發言不當的情形，這時必須要能夠進行言論控管，本系統的「管理功能」便提供管理員相關權限加以處理這些情況的發生。

2. 「檔案上傳」

由於本系統是架設在虛擬主機業者所提供的主機上，依照費用的多寡提供相對的服務，礙於經費有限，所以網頁空間並不是很大，因此「檔案上傳」的服務目前只有管理員能夠使用，如下圖所示：

只要管理員能在任何一台可供上網的電腦使用，輸入正確的帳號與密碼，便可進行資料的管理與維護。目前此系統屬於單向的資訊交流，而非雙向的溝通。

3. 「檔案下載」

「檔案下載」則是一種分享的機制，管理者將相關資訊透過檔案下載的方式以進行知識的傳播。如下圖所示：

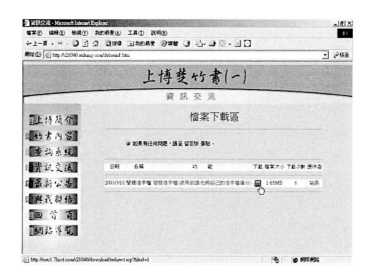

本系統在「檔案下載」的部分提供「楚簡造字檔」,使用者逕自解壓縮後再安裝至自己所使用的電腦上,便可正常使用本系統的各項功能。

4.「好站相連」

「好站相連」則是管理者收集一些相關的網路資源,讓使用者能減少搜尋相關網站的時間。目前暫時提供「古文字的世界」、「異體字字典」、「簡帛研究」、「郭店楚簡資料庫」等四個連結。

(五)「最新公告」

「最新公告」系統是管理者(或版主)公告一些新的訊息給使用者知道。本系統利用 ASP 與 HTML 相互結合所寫的程式,如下圖所示:

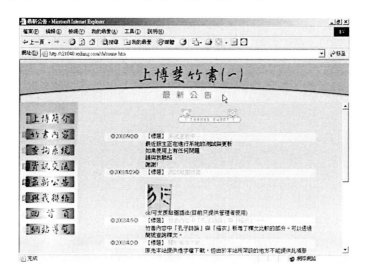

（六）「與我聯絡」、「回首頁」

「與我聯絡」的主要目的是當使用者發現網站或系統有問題時，能提供相關資訊告訴系統管理員，以便加以修改；「回首頁」則是超聯結的使用，可以回到本系統一開始的畫面。

（七）「網站導覽」

「網站導覽」的設計原理，乃是運用網路地圖的概念加以建構而成。網路地圖概念的出現，肇始於現今的網頁資料結構愈來愈複雜，為了能夠讓使用者很快的找到自己所欲瀏覽的網頁，因此網路地圖應運而生。本系統的網站導覽便是基於這種情形之下而設立的，如下圖所示：

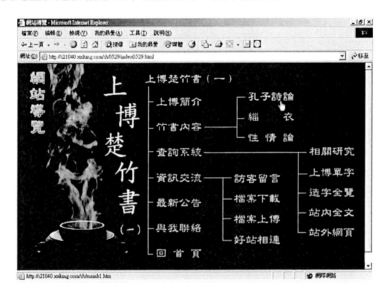

舉例來說，當使用者想要直接進入「竹書內容」當中的「孔子詩論」時，只要將滑鼠移動至「孔子詩論」四字上，字體顏色便由黃色改為白色，此刻再按下滑鼠左鍵，隨即進入「〈孔子詩論〉學者釋文比較查詢系統」的查詢畫面，使得網路瀏覽的效果可以大大的提高。

由此可見，這種網站導覽的功能便是一種網站架構圖，配合著網路地圖的運用，以達成使用者快速瀏覽的目的。

四、小　結

在本節當中，實際展示出一套成功的古文字資料庫知識管理系統。本系

統乃以《上博楚竹書》（一）作爲知識管理系統的對象。首先分析網站系統架構，其次簡單的說明網站系統的開發環境與系統需求，最後則分別介紹網站系統的功能與操作方法，讓使用者能清楚的了解每一項功能的建構意義與目的。下一章中，將利用本系統的各項功能進行文字考釋工作，以文字考釋的過程具體展現網站系統建置的成效。

第四章　《上博楚竹書》（一）文字考釋

　　文字考釋的方法，根據前賢的經驗與研究成果的累積，已經取得極大的成果。如唐蘭在《古文字學導論》一書中總結前人考釋古文字的經驗，歸納爲「辨明形體」、「對照法」、「推勘法」、「偏旁分析」、「歷史考證」、「字義解釋」、「字音探索」等方法，〔註1〕何琳儀在《戰國文字通論》當中則提到戰國文字的釋讀方法可分八種：一、歷史比較；二、異域比較；三、同域比較；四、古文比較；五、諧聲分析；六、音義相諧；七、辭例推勘；八、語法分析。並且提到前四種方法側重於字形考釋，後四種方法側重於字音、字義，及其關係的探討。〔註2〕以上所揭示的方法論，已經成爲學者們在考釋文字時所使用的基本工具，並且確實可行。

　　本文在此以《上博楚竹書》（一）作爲文字考釋的對象，由於此書自從正式公布以來，相關研究成果十分豐富，也有許多精闢的分析與見解出現。因此本文在文字考釋的論述過程當中，先將學者們的看法加以羅列與扼要說明，以見其彼此相同或相異之處；其次再進行文字的偏旁分析，這個部分則是本文想要進一步探索與討論的地方。一個文字的實體存在，乃是基於字形結構的線條展現，在線條的詰詘變化之中則包含著許多未知的變數，這些未知的變數所展現出來的文字現象，則是戰國時代文字的眾多異形。因此，本文透過偏旁分析法的使用，嘗試將偏旁分析法進一步的深化，並試探其可達成的文字考釋成效與其侷限性。最後，配合著其他考釋文字方法的輔助，以求得到一個合理的考釋成果。

〔註1〕　唐蘭：《古文字學導論》，台北：樂天出版社，1970年9月初版，頁13～69。
〔註2〕　何琳儀：《戰國文字通論》，頁246。

　　爲了考釋《上博楚竹書》（一）的需要，本文對於此書進行文字編的編排工作，本文字編的編排方式基本上以《說文》爲主，如《說文》已有之字，則按其卷次排序；如《說文》未見之字，則依偏旁加以排序。如有失當，尚祈斧正。

　　此外，自從《上博楚竹書》（一）在 2001 年 11 月正式公布以來，學者們相關論述頗多，由於大部分學者們發表的時間十分接近，本文在進行論述的過程當中所援引學者們的看法之處，其中如有明確寫作時間，則依寫作時間先後排序，如未能見其明確寫作時間，則以出刊日期先後排序。至於援引資料的部分，原則上如同時發表於正式紙本刊物與網際網路上，本文以正式紙本刊物的資料爲主要援引對象。

第一節　文字考釋舉隅

一、說「葛」

　　根據《上博楚竹書》（一）的隸定，被隸定成「葛」的原簡字形如下：

（03-28-16）

原簡

摹本

其相對的文例如下：

03-28　言谷（欲）植（直）而毋澘（流），居仉（處）谷（欲）牆（壯）葛（？）而毋曼▄〔註3〕

　　「葛」形在《上博楚竹書·性情論》中出現一次，相關的注釋中則提到：

葛，待考。〔註4〕

據上所述，《上博楚竹書》（一）逕自將「葛」形隸定爲「葛」，並言「待考」。

（一）學者對於「葛」字的看法

　　對於「葛」字的解說，學者們的說法或有差異。在此，本文先羅列學者們對於「葛」字的看法。

〔註3〕《上博楚竹書》（一），頁 260。
〔註4〕《上博楚竹書》（一），頁 261。

1. 李零之說

李零在〈上博楚簡校讀記（之三）：性情〉一文中與「𦬆」字相關的文例如下所示：

> 居處欲逸易而毋慢〔註5〕

李零接著又說：

> 「居處欲逸易而毋慢」，「逸」，原從止從兔從肉，乃古文字常見的「逸」字，原書讀「壯」；「易」，原從艸從易，原書隸定爲從艸從易，括注問號。「逸易」是簡單隨便的意思，原文是說，居處最好簡單隨便，但不要輕率無禮。〔註6〕

據上所述，李零以爲「𦬆」字可讀爲「易」，在形構上乃「從艸從易」。

2. 李學勤之說

李學勤在〈釋性情論簡「逸蕩」〉一文中，對「𦬆」字作了一番說明：

> 「𣬷」即「逸」，簡文「逸」與下面那個字顯然構成一詞。「蕩」從「易」聲，即「蕩」字，……〔註7〕

另外，李學勤並引用王國維《觀堂集林》卷一的〈肅霜滌場說〉〔註8〕中「滌場」至「佚宕」等一系的聯綿字觀念，以爲〈性情論〉的「逸蕩」，正是「滌場」至「佚宕」等一系的聯綿字，並言「從『逸』與『佚』同爲喻母質部字看，是容易明白的。這一系聯綿字，王國維認爲其中心意思是廣大，由此也就可以引申出暢達、寬舒之意。……『居處欲逸蕩而毋慢』，是說在生活中要舒暢而不可怠惰，……」〔註9〕

據上可知，李學勤將「𦬆」字隸定成「蕩」，以爲「『蕩』從『易』聲，即『蕩』字」，與「𦬆」字前面一字可釋爲「逸蕩」，有暢達、寬舒之意。

〔註5〕 李零：〈上博楚簡校讀記（之三）：性情〉，（http://www.bamboosilk.org/Wssf/2002/liling03.htm）（2002/01/14）。另見《上博楚簡三篇校讀記》，台北：萬卷樓出版有限公司，2002 年 3 月初版，頁 77。

〔註6〕 李零：〈上博楚簡校讀記（之三）：性情〉，（http://www.bamboosilk.org/Wssf/2002/liling03.htm）（2002/01/14）。另見《上博楚簡三篇校讀記》，台北：萬卷樓出版有限公司，2002 年 3 月初版，頁 78。

〔註7〕 李學勤：〈釋性情論簡「逸蕩」〉，《清華簡帛研究》第二輯，北京：清華大學思想文化研究所，2002 年 3 月，頁 24。

〔註8〕 王國維：《觀堂集林》，河北教育出版社，2001 年，頁 38～39。

〔註9〕 李學勤：〈釋性情論簡「逸蕩」〉，《清華簡帛研究》第二輯，北京：清華大學思想文化研究所，2002 年 3 月，頁 24～25。

3. 李天虹之說

李天虹在〈〈性情論〉文字雜考（四則）〉中提到：〔註10〕

「辮」原作 A：

A ▨

……

「葛」，圖版不甚清晰，仔細分析，應作 B：

B ▨

B 下旁最早見於信陽楚竹書，作 C：

C ▨（1-1）　　　▨（1-7）

李家浩先生釋為「易」，讀作「狄」，可從。〔註11〕若此 B 當隸定為「葛」，於簡文可能應該讀作「易」。

古「易」與「逸」義近。《詩・小雅・何人斯》毛傳：「易，說（悅）。」《中庸》：「故君子居易以俟命，小人行險以徼幸」，鄭玄注：「易，猶平安也。」

綜上，AB 當隸定為「毼葛」，讀作「逸易」。

根據李天虹之說，其以為「葛」字當隸定成「葛」，讀作「易」。

（二）「葛」字偏旁字形比對

根據以上所引用的資料來看，「葛」字上面的「屮」形被隸定成「艸」形是沒有問題的，至於下半部所從的「勿」形則有不同的主張。《上博楚竹書》（一）及李學勤以為「葛」字可以隸定成「葛」，李零及李天虹則以為「葛」字應隸定成「葛」。究竟「葛」字下半部所從的「勿」形到底是「昜」還是「易」？以下本文進一步分析「昜」形與「易」形之別。

「昜」，甲骨文如▨（甲 2078）、▨（甲 456）等形，從日，從示，會日出祭壇上方之意。金文如▨（昜鼎）、▨（沈兒鐘）等形，其中「彡」形或為飾筆，或為彤之初文，表示祭祀。〔註12〕《說文》云：「昜，開也。從日、一、勿。一曰，長也。一曰，彊者眾貌。」（卷九下）

〔註10〕李天虹：〈〈性情論〉文字雜考（四）則〉，《新出楚簡與儒學思想國際學術研討會論文集》（北京清華大學思想文化研究所、台北輔仁大學文學院聯合主辦，2002 年 3 月 31 日～4 月 2 日）

〔註11〕轉引自李學勤：〈長台關竹簡中的《墨子》佚篇〉，《簡帛佚籍與學術史》，台北：時報文化出版企業有限公司，1994 年，頁 342。

〔註12〕何琳儀：《戰國古文字典》，頁 661。

根據以上對於「易」字形構的了解，接著再來看看《上博楚竹書》（一）中被隸定從「易」之字，如下所示：

  荞

（01-17-17） （01-25-01） （03-28-16）

其中「（01-17-17）」字、「（01-25-01）」兩字所從的「易」形，上面均從「日」形，下面則由「从示、彡爲飾筆」訛變爲「從一從勿」之形，基本上符合甲骨、金文一路以來的字形演變。再從這個角度來看「荞」字下半部所從的「彡」形，則不具有「日」形，因此，「荞」字隸定成「易」的可能性並不大。另外，查看《楚系簡帛文字編》所收錄的「易」字，〔註13〕沒有一個「易」形省寫成「彡」形，因此，大大的降低了「荞」字隸定成「易」的可能。

至於「易」字，甲骨文如「𦥑（前6.43.3）」、「分（京津3810）」等形，會傾一皿之水注入另一皿中之意。金文如「𧱸（德鼎）」、「𧱸（弔德簋）」、「𦥯（旅鼎）」、「彡（師𡊨鼎）」、「彡（頌鼎）」、「彡（師酉簋）」等形。《說文》云：「彡，蜥易、蝘蜓，守宮也。象形。祕書說。日月爲易，象陰陽也。一曰，從勿。」（卷九下）在析形與釋義兩方面都是有問題的。

在《上博楚竹書》（一）當中，並沒有出現「易」字。就其他楚簡文字而言，如郭店楚簡中的「易」字共出現十二次，〔註14〕基本上承襲金文中如「彡（頌鼎）」之形而來，至於「彡（郭10.5）」、「彡（郭10.6）」、「彡（郭10.37）」、「彡（郭1.1.25）」等字則將提耳之處改寫成「冫」或「冫」等形，成爲戰國時期楚國文字的一種特殊風格。此外，象水傾注之形的三筆撇畫，有時省作二撇，如「彡（1.1.25）」之形，無論二撇或三撇，於字形表意上均不會造成釋讀的困難，由此也可以窺見此處寫法並沒有受到嚴格的制約。〔註15〕

根據同門陳嘉凌在《楚系簡帛字根研究》當中所收錄的從「易」的偏旁，

〔註13〕滕壬生：《楚系簡帛文字編》，頁735～739。

〔註14〕請參閱張光裕主編、袁國華合編：《郭店楚簡研究・第一卷・文字編》，台北：藝文印書館，1999年1月初版，頁197。

〔註15〕羅凡晸：《郭店楚簡異體字研究》，國立臺灣師範大學國文研究所碩士論文，頁136。

〔註16〕可以看到「易」形在楚系簡帛文字當中，有寫成「⿰ (郭 1.1.25)」、「⿰ (包 2.157)」、「⿰ (郭 1.1.14)」、「⿰ (信 1.010)」、「⿰ (01-02-24)」等，其中「⿰ (信 1.010)」字所從的「易」形便與「⿰」字下半部所從的「⿰」形是相同的，據此可知，在楚簡文字的使用上，「易」形或有下列演變之情形：

$$ ⿰ \longrightarrow ⿰ $$

其中由「易」字本象提耳形的「⿰」形省略了包含在裡頭的兩筆，只保留了外圍的筆畫。

透過以上在字形方面的討論，可以確定的是：「⿰」字隸定成「萲」比隸定成「萲」要好，因此本文在此贊同李零及李天虹對於「⿰」字的釋形。

其中值得注意的是，根據陳嘉凌的看法，其以爲「⿰ (01-02-24)」字下面所從的偏旁亦是「易」形。關於「⿰ (01-02-24)」字，學者們之間也存在著不同的看法，在此透過前文對於「易」形與「易」形的了解，其中「易」形有如「⿰ (包 2.157)」字所從之「易」形者，換言之，在楚系簡帛「易」形象提耳之處的「⿰」形可以寫在主體字形的右邊，也可以寫在主體字形的左邊，這種偏旁左右互換的情形，在楚系簡帛文字的應用當中並非偶見，〔註17〕因此，「⿰ (01-02-24)」字下面所從的形體應爲「易」形。但是還有一個問題，根據《上博楚竹書》（一）對於「⿰ (01-02-24)」字的隸定乃爲「萲」字，那麼，「⿰ (01-02-24)」字下面所從的偏旁到底是「易」形好？還是「豸」形好？在此先看一下《上博楚竹書》（一）對於「⿰ (01-02-24)」字的釋文隸定及相關文例如下：

　　丌（其）訶（歌）紳（壎）而萲（篪）▬〔註18〕

此外，在注釋的部分提到：

> 訶，通作「歌」。《詩・國風・魏風・園有桃》：「心之憂矣，我歌且謠。」毛亨傳云：「曲合樂曰歌，徒歌曰謠。」「紳」和「萲」當指合樂歌吹之物，以此，「紳」宜讀爲「壎」，「萲」則讀作「篪」。「紳」與「壎」爲韻部旁轉，聲紐相近，音之轉變。萲，从艸从豸，以豸爲聲符，《說文》所無。但「萲」與「篪」爲雙聲疊韻，同音通假。
>
> 「篪」亦作「篪」。《說文》云：「篪，管樂也，从龠，虒聲。」《詩・

〔註16〕陳嘉凌：《楚系簡帛字根研究》，頁 489～490。
〔註17〕參閱羅凡晸：《郭店楚簡異體字研究》，頁 222～223。
〔註18〕《上博楚竹書》（一），頁 127。

小雅・何人斯》：「伯氏吹壎，仲氏吹篪。」壎、篪一爲陶製，一爲竹製，皆管樂。如這個解釋可取，則《訟》之樂曲乃以壎、篪相和。〔註19〕

據此，可以看到《上博楚竹書》（一）將「𦯧（01-02-24）」字隸定爲「茅」，並言「茅」字「從艸從豸，以豸爲聲符，《說文》所無。」換言之，「𦯧（01-02-24）」形下面所從的偏旁被隸定成「豸」，可惜的是，《上博楚竹書》（一）並未進一步作更深入的字形方面的解釋。

在此本文接著分析「豸」字形構。

「豸」，甲骨文未見此字，金文有字見於偏旁，作（貉子卣「貉」字所從）、（己侯貉子簋「貉」字所從）等形，《說文》云：「豸，獸長行豸豸然，欲有所司殺形。」（卷九下）

至於在楚系簡帛文字中，到目前爲止似乎還沒看到「豸」字或從「豸」之字。何琳儀在《戰國古文字典》中有收錄一「豸」字之字形，作「豸（睡虎169）」，文例爲「殺虫豸斷而能屬者」。〔註20〕此形與「𦯧（01-02-24）」字下面所從的形體並不相類。

經由以上對於「𦯧（01-02-24）」字的說明，本文以爲將「𦯧（01-02-24）」字隸定成「茅」是有問題的，應該隸定成「蒻」較爲妥當。

綜上所述，對於《上博楚竹書》（一）「𦯧（01-02-24）」、「蒻（03-28-16）」二字的說明，本文以爲《上博楚竹書》（一）應有二個從「易」之字，分別爲：

（01-02-24） （03-28-16）

（三）「蒻」音義的探討

對於「蒻」字的字形有了清楚的了解之後，以下則進一步分析音義。

1. 讀音的審定

《上博楚竹書》（一）以爲「蒻」字「待考」，表現出其嚴謹的一面。李學勤以爲「蒻」字「從艸易聲」，釋形有誤，釋音便也隨之出現了問題。本文則贊同李零與李天虹的看法，以爲「蒻」字「從艸易聲」。

〔註19〕《上博楚竹書》（一），頁128。
〔註20〕何琳儀：《戰國古文字典》，頁758。關於此形，在此據何琳儀之摹形。其所錄之字形根據陳振裕、劉信芳：《睡虎地秦簡文字編》，湖北人民出版社，1993年。

2. 語義的說明

就語義來看，關於「芬」字的文例爲「居仉（處）谷（欲）膌（逸）易
而毋曼▇」。李零以爲『『逸易』是簡單隨便的意思，原文是說，居處最好簡
單隨便，但不要輕率無禮。」李天虹則提到：

> 古「逸」與「佚」通，有閑適、安樂之意。《周禮・夏官・廋人》：「教
> 以阜馬佚特」，鄭玄注：「杜子春云：『佚當爲逸。』……玄謂逸者，
> 用之不使甚勞，安其血氣也。」《文選・張衡〈東京賦〉》：「猶謂爲
> 之者勞，居之則逸」，李善注引薛綜曰：「逸，樂也。」
>
> ……
>
> 古「易」與「逸」義近。《詩・小雅・何人斯》毛傳：「易，說（悅）。」
> 《中庸》：「故君子居易以俟命，小人行險以徼幸」，鄭玄注：「易，
> 猶平安也。」

以上之說可供參考。

二、說「萐」

根據《上博楚竹書》（一）的隸定，被隸定成「萊」的原簡字形如下：

（01-17-24）

原簡

摹本

相對的文例如下：

01-17　萊蓄之惡（愛）婦

「萐」字在〈孔子詩論〉中出現一次。《上博楚竹書》（一）在注釋中提到：

> 萊蓄　詩篇名，今本《毛詩》未載。「之惡婦」三字以下殘缺，文義
> 未全，與今本不能對照比核，所言《萊蓄》之愛，其評述也與婦人
> 有關。〔註21〕

由此可見《上博楚竹書》（一）將此字直接隸定爲「萊」，並沒有再進一步的
說明。

〔註21〕《上博楚竹書》（一），頁148。

(一) 學者對於「葉」字的看法

1. 何琳儀之說

何琳儀在〈滬簡〈詩論〉選釋〉一文中提到：〔註22〕

「菜」，上從「艸」，中從「爪」，下從「木」。其中「木」旁中間豎筆收縮，頗似從「土」旁。類似現象可參見「藝」、「樹」等字所從「木」旁。所以《考釋》隸定爲「菜」，可以信從。

……

簡文「菜萬」應讀「采葛」，即《詩‧王風‧采葛》。詩云「彼采葛兮，一日不見，如三月兮。彼采蕭兮，一日不見，如三秋兮。彼采艾兮，一日不見，如三歲兮。」其詩義與簡文「愛婦」可謂密合無間。《詩序》「采葛，懼讒也。」《詩集傳》以爲「淫奔」，均不如簡文更爲接近詩之本義。

關於「菜」字形體，何琳儀以爲上從「艸」，中從「爪」，下從「木」。

2. 李守奎之說

李守奎在〈楚簡《孔子詩論》中的《詩經》篇名文字考〉一文中提到：〔註23〕

第十七簡有「葺蕎」二字。原釋隸作「菜蕎」，認爲是「《詩》篇名，今本《毛詩》未載。」

「蕎」字又見於第十六簡。原釋隸作「蕎」，認爲與「菜」是一字。我們在《〈戰國楚竹書‧孔子詩論‧邦風〉釋文訂補》〔註24〕一文中討論過這兩個字，只是未能展開。

「葺」字下部與楚文字「倉」有近同之處。包山楚簡「蒼」字作「葺」(179) 天星觀簡「愴」字有「臿」形。〔註25〕把「葺」看作「蒼」

〔註22〕何琳儀〈滬簡〈詩論〉選釋〉，(http://www.bamboosilk.org/Wssf/2002/helinyi01.htm) 02/10/17；另見《上博館藏戰國楚竹書研究》，上海書店出版社，2002年3月，頁251。

〔註23〕李守奎〈楚簡《孔子詩論》中的《詩經》篇名文字考〉，(http://www.bamboosilk.org/Zzwk/2002/L/lishoukui01.htm)；另見《上博館藏戰國楚竹書研究》，上海書店出版社，2002年3月，頁344～345。

〔註24〕李守奎〈戰國楚竹書‧孔子詩論‧邦風〉釋文訂補〉，《古籍整理與研究學刊》2002年第2期。

〔註25〕滕壬生：《楚系簡帛文字編》，頁799。

的省形從字形上能説得過去，但略顯迂曲。我們懷疑「𡴆」為「采」的壞字，在沒有其他佐證的情況下，馬承源先生釋「菜」是可取的。

若以上推論不誤，「𡴆𦬁」當是「菜𦬁」的誤書，當讀為「采葛」，即《國風·王風》中的《采葛》。

竹簡《詩論》論《采葛》是「《采葛》惎（愛）婦」。今本原文是：

> 彼采葛分，一日不見，如三月分。
>
> 彼采蕭分，一日不見，如三秋分。
>
> 彼采艾分，一日不見，如三歲分。

毛傳仍然是貼上「懼讒也」的政治詩標籤。〔註26〕朱熹已看出是首愛情詩，不過他把抒情主人公當做了「淫奔」的女性了。〔註27〕細玩詩之「彼采葛分」，當是男性對女性的愛慕思念。「采葛」的當屬女性，稱其為「彼」的，當然是其戀慕她的男人。《孔子詩論》評之為「愛婦」，甚是允洽。

關於「菜」字形體，李守奎以為「把『𡴆』看作『蒼』的省形從字形上能説得過去，但略顯迂曲。我們懷疑『𡴆』為『采』的壞字，在沒有其他佐證的情況下，馬承源先生釋『菜』是可取的。」

（二）關於「𦬁」字的形體分析

根據何琳儀與李守奎的説法，本文以為何琳儀的説法是正確的。在此進一步就字形方面加以説明。為了看清楚此字的形構，首先將「𦬁」字放大來看，如下所示：

何琳儀提到：

> 「菜」，上從「艸」，中從「爪」，下從「木」。其中「木」旁中間豎筆收縮，頗似從「土」旁。類似現象可參見「藝」、「樹」等字所從「木」旁。

〔註26〕孔穎達《毛詩正義》卷四，《十三經注疏》，中華書局1980年版，頁333。
〔註27〕朱熹《詩集傳》卷二，巴蜀書社1989年版，頁48。

就字形來看，上面所從的「艸」形與中間所從的「爪」形是十分清楚的，唯獨會產生困惑的是下面所從的形體究竟為何。何琳儀以為是「木」旁中間豎筆收縮，頗似從「土」旁，本文以為這是十分正確的分析。至於李守奎的說法，本文以為將「萉」形視為「蒼」的省形，或者懷疑「坔」為「采」的壞字，就字形的認知上可能是有問題的。

另外，何琳儀又提到「木」旁中間豎筆收縮的類似現象可參見「藝」、「樹」等字所從的「木」旁，為了證成何琳儀說法的正確性，筆者查閱何琳儀所編的《戰國古文字典》，其中在「埶」字下有收一「坴（璽彙0172）」字，〔註28〕此字所從的「木」旁便是中間豎筆收縮的情形。雖然《戰國古文字典》沒有收錄「樹」字形體，但在《上博楚竹書‧孔子詩論》當中便有一「樹」字，原書隸定成「查」，為「查（01-15-07）」形，其所從「木」形也是中間豎筆收縮的情形。

除了「藝」、「樹」二字所從「木」形出現中間豎筆收縮的情形之外，《戰國古文字典》「奈」字下收有包山簡「㮈（包山236）」、「㮈（包山239）」、「㮈（包山243）」、「㮈（包山245）」、「㮈（包山247）」及「㮈（陶彙5.374）」等字形，〔註29〕所從「木」形也是中間豎筆收縮的情形。

透過以上的字例，可以看到「萉」字所從「木」形中間豎筆收縮並非是孤例，除了在〈孔子詩論〉本身的字形得到了證成之外，在包山簡、璽彙、陶彙等其他字體上亦有這種現象出現。因此，將「萉」字隸定成「茶」是沒有問題的。

三、說「葵」、「茇」、「莪」

根據《上博楚竹書》（一）的隸定，被隸定成「蓍」、「蓍」等字的原簡字形如下：

	原簡		
原簡	葵	茇	莪
	（01-16-23）	（01-16-43）	（01-17-25）
摹本	葵	茇	莪

〔註28〕何琳儀：《戰國古文字典》，頁909。
〔註29〕何琳儀：《戰國古文字典》，頁946。

相對文例如下所示：

01-16 孔＝（孔子）曰：虖（吾）目（以）蕎🐛尋（得）氏初之詩，民
售（性）古（固）然▄。

01-16 夫蕎之見訶（歌）也，則……

01-17 栗蕎之悉（愛）婦

「蕎」、「蕎」等字在〈孔子詩論〉中合計出現三次，《上博楚竹書》（一）
在相關的注釋中提到：

> 蕎🐛 篇名。「蕎」字據下文也可寫作「蕎」，第十七簡之《栗蕎》也
> 寫作從艸從畬，和第一字從艸從夵不完全相同，但應是同一個字。由
> 於篇名和今本未能對照確認，所以「得氏初之詩」，不易解釋。〔註30〕

> 栗蕎 詩篇名，今本《毛詩》未載。「之悉婦」三字以下殘缺，文義
> 未全，與今本不能對照比核，所言《栗蕎》之愛，其評述也與婦人
> 有關。〔註31〕

由於《上博楚竹書》（一）在討論「蕎🐛」、「栗蕎」時有一些問題沒有加以討
論，因此學者們在這個部分的相關討論十分踴躍。以下爲了論述方便，本文
將學者們討論的相關意見羅列如下，以清眉目。

（一）學者對於「羹」字的看法

1. 李零之說

李零在〈上博楚簡校讀記（之一）——《子羔》篇「孔子詩論」部分〉
一文中提到：

> 《蕎覃》，上字原作「萬」，下字原從古從尋，原書沒有對出（「萬」
> 是匣母月部字，〔註32〕「蕎」是見母月部字，讀音相近；「覃」是定
> 母侵部字，「尋」是邪母侵部字，讀音亦相近，郭店楚簡《成之聞之》
> 簡34「簟席」的「簟」字就是從尋得聲）。〔註33〕

〔註30〕《上博楚竹書》（一），頁145。

〔註31〕《上博楚竹書》（一），頁147。

〔註32〕李零在〈《上博楚簡校讀記》補記〉（http://www.bamboosilk.org/Wssf/2002/
liling04.htm）一文中提到：「……馮勝君先生指出，「萬」是魚部字，不是月
部字，匡予疏忽，也是值得感謝的。」

〔註33〕李零：〈上博楚簡校讀記（之一）：子羔篇「孔子詩論」部分〉，
（http://www.bamboosilk.org/Wssf/2002/liling01-1.htm）（2002/01/04）。另見《上博

《采葛》，見今《王風》，其「葛」字，寫法同於上文簡16「葛覃」
之「葛」，原書沒有對出。〔註34〕

根據上述李零所提的「《葛覃》，上字原作『萬』、《采葛》，……其「葛」字，
寫法同於上文簡16『葛覃』之『葛』」等二句話，將其相應的字形找出來進行
比對，那麼所代表的意義便是：「𦬒（01-16-23）」原作「萬」，〈采葛〉的「𦵦
（01-17-25）」字寫法同於「𦬒（01-16-23）」。依照寬式隸定（即據義隸定）的
標準，這是可從的，但如從窄式隸定（即據形隸定）的標準，「𦬒（01-16-23）」
原作「萬」的隸定似乎還有一些問題，而「𦵦（01-17-25）」字寫法同於「𦬒
（01-16-23）」字，似乎也不是那麼的精確。

此外，再就李零對於簡文的隸定，〔註35〕其意以為「𦬒（01-16-23）」、「𦵦
（01-16-43）」、「𦵦（01-17-25）」等三字均可讀為「葛」字。

2. 劉釗之說

劉釗在〈讀《上海博物館藏戰國竹書（一）》劄記（一）〉一文中提到：

……《采葛》，簡文「采」字寫作「菜」，「葛」字寫作從「艸」從「害」。
古「曷」、「害」二字音近相通，所以從「艸」從「害」可以用為「葛」。
〔註36〕

根據劉釗的說法，比對原簡字形來看，亦即「𦵦（01-17-25）」字從「艸」從
「害」，可以用為「葛」。

3. 馮勝君之說

馮勝君在〈讀上博簡〈孔子詩論〉札記〉一文中提到：〔註37〕

第十六號簡中的篇名《葛覃》以及第十七號簡中的篇名《采葛》，註
釋者均沒有認出，現經多位學者指出並加以論證，〔註38〕確不可易。

楚簡三篇校讀記》，台北：萬卷樓出版有限公司，2002年3月初版，頁25、27。

〔註34〕李零：〈上博楚簡校讀記（之一）：子羔篇「孔子詩論」部分〉，
（http://www.bamboosilk.org/Wssf/2002/liling01-1.htm）（2002/01/04）。另見《上
博楚簡三篇校讀記》，台北：萬卷樓出版有限公司，2002年3月初版，頁34。

〔註35〕李零：《上博楚簡三篇校讀記》，頁25、34。

〔註36〕劉釗：〈讀《上海博物館藏戰國竹書（一）》劄記（一）〉，
（http://www.bamboosilk.org/Wssf/2002/liuzhao01.htm）（2002/01/08）

〔註37〕馮勝君〈讀上博簡〈孔子詩論〉札記〉，（http://www.bamboosilk.org/Wssf/2002/
fengshengjun01.htm）（2002/01/11）（按：網上資料在談論「葛覃」之處有缺漏）；
另見《古籍整理研究學刊》，2002年第2期。

〔註38〕參看「簡帛研究」網站所發表的劉釗師及龐樸、李學勤、李零、陳松長、廖

簡文中應讀爲今本中「萬」字的那個字有如下兩種寫法：

第十六號簡　　　　　　　　　　第十六號簡

對於上述形體的分析，論者間存在不同意見。李零先生將其釋爲
「萬」，從上舉後一種形體來看，這種釋法是有道理的。但李先生認
爲「『萬』〔註39〕是匣紐月部字，『萬』是見紐月部字，讀音相近」，
〔註40〕則不確。「萬」從「禹」得聲，在上古音中屬魚部字，李先生
將其歸入月部，未知何據。魚部、月部遠隔，讀音並不相近，所以
「萬」字無從讀爲「萬」。劉釗師在文章中指出這個字從艸害聲，可
信。只是劉釗師在文章中沒有對此加以詳細論證，而且簡文中另有
讀爲「曷」的與上引簡文所從形體不同的「害」字，二者之間的關
係，也有加以說明的必要。

先看簡文中讀爲「曷」的「害」字，其形體主要寫作：

第八號簡　　　　　　　　　　第七號簡

這種形體的「害」字，在甲骨文中寫作 ￠（《小屯南地甲骨》上冊
第二分冊 790 頁 4462 號「䕫」所從），何琳儀師以爲象矛頭之形，
是「矡」字的初文。〔註41〕《說文》：「矡，矛屬。從矛，害聲。」
兩周金文作 ￠、￠（《金文編》531 頁）。

而上引簡文中讀爲「萬」的那個字，嚴格來說應該分析爲從艸從萬，

　　　　明春、白於藍等先生的文章。（http://www.bamboosilk.org/Wssf/2002/Wssf.htm）
　　　　以及《上海博物館藏戰國楚竹書（一）》127 頁。
〔註39〕馮勝君在〈讀上博簡〈孔子詩論〉札記〉（《古籍整理研究學刊》，2002 年第
　　　　2 期。）一文中誤植爲「萬」，本文據李零《上博楚簡三篇校讀記》頁 27
　　　　改正之。
〔註40〕參看「簡帛研究」網站所發表的劉釗及龐樸、李學勤、李零、陳松長、廖明
　　　　春、白於藍等先生的文章。（http://www.bamboosilk.org/Wssf/2002/Wssf.htm）
〔註41〕何琳儀：《戰國古文字典》，頁 898。

隸定爲「萬」。《說文》中的「羍」字就是「萬」字的訛體。「萬」字
甲骨文作𠂤、𠂤等形（《甲骨文編》511～512 頁）。〔註42〕在戰國楚
文字中寫作𠂤形（《長沙楚帛書文字編》78 頁），上引簡文就是這種
形體的訛變（從「禹」的那種形體是在此基礎上的進一步省變），可
以與〈孔子詩論〉簡中「蠚」字的形體演變相對比：

第十一號簡　　　　　　　　　第十五號簡

楚帛書　　　　　　　第十六號簡「萬」字所從

「萬」字在甲骨文及楚帛書中均讀爲傷害之「害」。「萬」與「萬」在
上古音中一屬喉音月部字，一屬牙音月部字，讀音非常接近。《說文》：
「瑝，石之似玉者。从玉，羍聲。讀若曷。」亦可證羍、曷聲系相通。
所以〈孔子詩論〉簡文中的「萬」字可以讀爲「葛」，〈萬覃〉可以讀
爲〈葛覃〉，〈采萬〉可以讀爲〈采葛〉。值得注意的是，由於「害」
與「萬」音、義皆近（「害」字不僅讀爲「曷」，也經常用爲傷害之「害」，
如郭店〈老子〉甲二十八號簡及〈語叢四〉二十一號簡中的「害」），
所以其字形亦受「萬」字的影響，如上引第七號簡中的「害」字，其
上部就從「五」之訛形，嚴格來說應該隸定爲「𡧛」。

據上所述，在隸定的問題上，馮勝君將「𠂤（01-16-23）」、「𠂤（01-16-43）」
等形隸定成「萬」，至於「𠂤（01-16-43）」形下面所從的「禹」形則爲「萬」
形的進一步省變。

4. 李學勤之說

李學勤在〈〈詩論〉與〈詩〉〉一文中提到：〔註43〕

考釋未釋的有兩個篇名。

〔註42〕裘錫圭：〈釋「蚩」〉，《古文字論集》，中華書局，1992 年，第 12～13 頁。

〔註43〕李學勤：〈〈詩論〉與〈詩〉〉（附：詩論分章釋文），中國社會科學院歷史所「楚
簡詩論學術研討會」，2002 年 1 月 14 日。另見《經學今詮三編》（《中國哲學》
第二十四輯），瀋陽：遼寧教育出版社，2002 年 3 月；《清華簡帛研究》第二
輯，北京：清華大學思想文化研究所，2002 年 3 月。

其一是「〈牆又薺〉」，……

其二是「〈菜蒿〉」，後一字應隸定爲從「萬」即《說文》「韋」字，其
字，其字讀爲「轄」，溪母祭部，故通見母祭部的「葛」字。〔註44〕

此篇名即今傳本〈采葛〉。〔註45〕

根據李學勤的說法，「🈂️（01-17-25）」應隸定爲從「萬」，換句話說，加上「艸」
形，或可隸定爲「薦」，且可通見母祭部的「葛」字。

5. 周鳳五之說

周鳳五在〈《孔子詩論》新釋文及注解〉一文中提到：〔註46〕

簡十六「葛覃」：原缺釋。按，上字從艸，害聲，讀爲「葛」。關於
「害」字，裘錫圭有專文考之，論證詳密。下字從尋，讀爲「覃」，
考釋已見上文「申而尋」條。聞李天虹亦釋「葛覃」，其說未見。

根據其說，配合原簡字形，即「🈂️（01-16-23）」字「從艸害聲」，讀爲「葛」。

6. 何琳儀之說

何琳儀〈滬簡〈詩論〉選釋〉一文中，在討論〈孔子詩論〉十六簡「虗
（吾）以薦（葛）尋（覃）叟（得）氏初之詩，民眚（性）古（故）然。」
時提到：〔註47〕

「薦」，從「艸」，從「萬」。「萬」從倒「趾」，從「禹」。「萬」亦見
楚帛書：

　　　　　　　上海簡《詩論》16

　　　　　　　楚帛書乙5・6〔註48〕

兩相比較不難看出，上海簡「萬」旁是楚帛書「萬」之省簡。這類

〔註44〕李天虹博士清華講讀班論文。

〔註45〕《經學今詮》，頁123。

〔註46〕周鳳五：〈《孔子詩論》新釋文及注解〉，（http://www.bamboosilk.org/Wssf/2002/
zhoufengwu01.htm）（2002/01/16）；另見《上博館藏戰國楚竹書研究》，上海
書店出版社，2002年3月。

〔註47〕何琳儀：〈滬簡〈詩論〉選釋〉，（http://www.bamboosilk.org/Wssf/2002/helinyi01.
htm（2002/1/17））；另見《上博館藏戰國楚竹書研究》，上海書店出版社，2002
年3月，頁249～251。

〔註48〕李家浩說，引曾憲通《長沙楚帛書文字編》78頁，中華書局，1993年。

簡體亦見《璽彙》0904。

甲骨文早已出現「萬」，睡虎地秦簡也有「萬」。根據《説文解字繫傳》（《四部叢刊》影印宋鈔本）「轄」從「萬」，可知「萬」讀若「害」。〔註49〕

「尋」之右旁似從「古」形，疑乃小篆「尋」所從「工」、「口」之濫觴。「尋」及從尋之字，參見下列晚周文字：

尋　　　　上海簡《詩論》16　　　　　　　　甚六鐘

籀　　　　郭店簡《成之聞之》34〔註50〕

簡文「萬（害）尋」，可讀「葛覃」。

首先，「害」與「曷」聲系相通。《書·湯誓》「時日曷喪。」《孟子·梁惠王》上引「曷」作「害」。《逸周書·度邑》「害不寢。」《史記·周本紀》作「曷爲不寢。」《管子·地數》「而葛盧之山發而出水。」《漢書·高帝紀》注引「葛」作「割」。是其佐證。而《易·損》「曷之用二簋。」帛書本「曷」作「萬」，更是簡文「萬」可讀若「曷」的佳證。

其次，「尋」與「覃」聲系相通。《淮南子·天問訓》「火上蕈。」注「蕈讀若《葛覃》之覃。」《淮南子·原道訓》「故雖遊于江潯海裔。」注「蕈讀若《葛覃》之覃。」《爾雅·釋言》「流，覃也。覃，延也。」《釋文》「覃本又作𢒉。」是其佐證。或隸定「尋」爲「𢾁」，與「覃」之讀音亦近。

綜上，簡文「萬尋」，應讀「葛覃」，即《詩·周南·葛覃》。

又，何琳儀在分析〈孔子詩論〉十六簡的「夫（扶）萬（蘇）之見訶（歌）也」時提到：

「萬」，《考釋》闕釋。《説文》「萬，艸也。從艸，禹聲。」

簡文「萬」，疑讀「蘇」。二字均屬魚部，聲紐分別爲牙音和齒音。牙音和齒音偶爾也可相通，如「渠」與「疽」可以通假。〔註51〕而《周禮·考工記·輪人》「萬知以視其匡也。」注「萬，鄭司農云，

〔註49〕裘錫圭：〈釋蚩〉，《古文字學論集》初編，香港中文大學，1983年。

〔註50〕李零：〈郭店楚簡校讀記〉，《道家文化研究》17輯，1999年。

〔註51〕高亨：《古字通假會典》，齊魯書社，1989年版，頁872。

《書》或作矩。」可資參證。

簡文「夫萬」，疑讀「扶蘇」，即《詩·鄭風·山有扶蘇》之「扶蘇」。
檢《詩論》中載《詩》之篇名，往往可以省簡。例如：

今本	簡本
《十月之交》	《十月》（8）
《遵大路》	《遵路》（9）
《山有扶蘇》	《扶蘇》（16）
《將仲子》	《將仲》（17）
《無將大車》	《將大車》（21）

《詩序》「刺忽也。所美非美然。」其中「美」與《詩論》之「美」
恰可互證。這也說明上文對「扶蘇」的考釋，並非是無根之談。

《詩·鄭風·山有扶蘇》「山有扶蘇，隰有荷華。不見子都，乃見狂
且。山有橋松，隰有遊龍。不見子充，乃見狡童。」《詩序》和《詩
論》之「美」，顯然是美男子「子都」、「子充」。《詩論》意謂「見到
美色必然想返回人之本性，這是《扶蘇》之所以被歌詠的原因啊。」

又，何琳儀在分析〈孔子詩論〉十七簡的「茉（采）萬（葛）之愛婦」時提
到：

「萬」所從「禹」，疑「萬」之省簡，即少一弧筆。如果這一推測不
誤，「萬」可直接讀「葛」。參見上文 16 號簡。

還有一種可能，「萬」讀若「葛」。二字均屬牙音，但「萬」屬魚部，
「葛」屬月部。關於魚部與月部相通，曾侯乙墓出土編鐘樂律名「割
先」讀「姑洗」，是其例證。這一現象已有學者做過討論，〔註52〕
茲不贅述。

簡文「茉萬」應讀「采葛」，即《詩·王風·采葛》。詩云：「彼采葛
兮，一日不見，如三月兮。彼采蕭兮，一日不見，如三秋兮。彼采
艾兮，一日不見，如三歲兮。」其詩義與簡文「愛婦」可謂密合無
間。《詩》序：「采葛，懼讒也。」《詩集傳》以爲「淫奔」，均不如
簡文更爲接近詩之本義。

關於「葵（01-16-23）」、「茇（01-16-43）」、「茇（01-17-25）」等三字，其中

〔註52〕裘錫圭、李家浩：《曾侯乙墓鐘磬銘文釋文與考釋》，引《曾侯乙墓》，文物出
版社，1989 年版，頁 554～555。

「葛（01-16-23）」字隸定成「萬」，讀爲「葛」；「蕚（01-16-43）」字隸定成「萬」，疑讀「蘇」；至於「蕚（01-17-25）」字，何琳儀隸定成「萬」，首先從字形上推測，以爲「萬」所從「禹」，疑「萬」之省簡，即少一弧筆。如果不誤，「萬」可直接讀「葛」。其次提到還有一種可能，即「萬」讀若「葛」，「萬」屬魚部，「葛」屬月部，魚部與月部有相通的例子存在。

7. 黃德寬、徐在國

　　黃德寬、徐在國兩人在〈《上海博物館藏戰國楚竹書（一）·孔子詩論》釋文補正〉一文中提到：〔註53〕

　　145頁第十六簡：「吾以葛𦥑得氏初之詩。」

　　按：葛字原隸作「蒿」，誤，此字應爲從「艸」「萬」聲。古文字「萬」或從「萬」之字作：

虫（萬）：𠂤　𠂤　甲骨文

萬：𠂤　楚帛書　𠂤郭店·尊德義26　𠂤五行35

蠆：𠂤　天星觀簡　𠂤隨縣10

偈：𠂤　九年衛鼎

上錄「萬」及從「萬」之字並從裘錫圭先生釋。裘先生指出甲骨文「虫」字是傷害本字，是「萬」字的初文，「萬」跟「韋」應該是一字的異體。〔註54〕關於《郭店·五行》35簡中的「𠂤」字，原書釋爲「夌」。裘先生按語說：「此字上部與『夌』字上部有別，疑是『萬（害）』之訛形，本書《尊德義》二六號簡『萬』字作𠂤，可參照。故此字似當從帛書本讀爲『害』。」〔註55〕裘先生的這些意見都是非常正確的。「葛（01-16-23）」字所從的𠂤，上部與《郭店·五行》𠂤字同。所從的「禹」即「禹」字，郭店簡「禹」字作𠂤、𠂤（從「土」乃是繁體）可證。

　　如上所述，「葛（01-16-23）」字當隸作「萬」，即菁字，在簡文中當讀爲「葛」。「曷」、「害」、「萬」古通。如：《書·湯誓》：「時日曷喪。」

〔註53〕黃德寬、徐在國：〈《上海博物館藏戰國楚竹書（一）·孔子詩論》釋文補正〉，《安徽大學學報》（哲學社會科學版），2002年3月（第26卷第2期）。

〔註54〕裘錫圭：〈釋「虫」〉，《古文字論集》，中華書局，1992年，第12～13頁。

〔註55〕荊門市博物館：《郭店楚墓竹簡》注45，文物出版社，1998年，第153、第13頁。文中簡稱《郭店》。

《孟子‧梁惠王上》引「曷」作「害」。《逸周書‧度邑》「害不寢。」
《史記‧周本紀》作「曷爲不寢」。《易‧損》：「曷之用二簋。」漢
帛書本「曷」作「萬」。因此，簡文「萬」（菁）可讀爲「葛」。

……

總之，簡文「萬（菁）覃」當讀爲「葛覃」，爲《詩經》篇名。見於
今本《詩‧國風‧周南‧葛覃》。……

146 頁第十七簡「菜蕱之愛婦……」。147 頁注釋：「菜蕱，詩篇名，
今本《毛詩》未載。」

按：此說不確。「菜」後之字簡文作 ，又見於簡十六「夫 之見
歌也。」145 頁注釋中認爲與「萬」是一字，是正確的。此字當分
析爲從「艸」「禹」聲，隸作「萬」。裘錫圭先生説：「『萬』音『害』，
『害』與『禹』古音也相近。『害』爲匣母字，『禹』爲于母（喻母
三等）字。于母古歸匣母。『禹』屬魚部，『害』屬祭部，韻似遠隔。
但是從古文字資料看，『害』的古音跟魚部實有密切的關係。所以『萬』
字由從『虫』變爲『禹』，可能也有兼取『禹』字以爲音符的用意。」
從簡文「萬」字或作「萬」可證裘先生之説是正確的。〔註 56〕

簡文「菜萬（萬）」當讀爲「采葛」，爲《詩經》篇名，即今本《詩‧
國風‧王風‧采葛》。

……

根據上述，黃德寬、徐在國兩人以爲「（01-16-23）」字當隸作「萬」，即菁
字，在簡文中當讀爲「葛」。至於「（01-16-43）」、「（01-17-25）」二字
當分析爲從「艸」「禹」聲，隸作「萬」。

8. 俞志慧之説

俞志慧在〈〈孔子詩論〉五題〉一文中提到：〔註 57〕

「孔子曰吾以」下二字，李學勤、李零、劉釗等先生釋爲「葛覃」，
諸前輩又將簡十七「之愛婦」前二字釋爲「采葛」，考諸《諸》三百

〔註 56〕荊門市博物館：《郭店楚墓竹簡》注 45，文物出版社，1998 年，第 153、第
13 頁。文中簡稱《郭店》。

〔註 57〕俞志慧：〈〈孔子詩論〉五題〉，《上博館藏戰國楚竹書研究》，上海書店出版社，
2002 年 3 月，頁 313～314。

篇，誠爲不易之論。筆者於此提供一點補證，此二字前一字作上下結構，上有屮，下部有變體，此字在本簡「夫」下及簡十七共出現三次，本簡第一次出現時，其起筆與郭店簡《尊德義》簡六的二個「禹」字以及《唐虞之道》簡十的「禹」字同，惟郭店簡「禹」有土底字，《說文》及先秦傳世文獻則無，故此字可以隸定爲「萬」。馬校亦謂其字形雖不完全相同，但應是同一個字，並隸定爲「蕎」或「蕎」，其實後者已見於《說文》，乃「萬」的古文。《說文・屮部》：「萬，草也，從草，禹聲。」段注：「王巨切，五部。《考工記》故書：『禹之以眡其匡。』先鄭讀爲萬，鄭云『萬蔞』，未詳何物。」「萬」下一字，左邊爲長的反書，右邊與金文「覃」字同形，《說文》：「覃，長味也。」段注：「引伸之凡長皆曰覃。」《廣雅・釋詁》：「覃，長也。」如此，其左邊係該字義符，右邊亦聲。筆者以爲「萬」即「葛」之借字，「葛」從曷得聲，「萬」從禹得聲，曷在古音月部匣母，禹在古音魚部匣母，同聲通轉。馬王堆帛書《六十四卦》損卦「禹之用」今本作「曷之用」，大有卦「初九，無交禹」，今本作「無交害」，「害」、「曷」一聲之轉，此皆可爲「萬」即「葛」字之證。

當然，文字隸定時不必改「萬」爲「葛」，要能明其假借可也。

據上所述，俞志慧將「𦮙（01-16-23）」、「𦮙（01-16-43）」、「𦮙（01-17-25）」等隸定爲「萬」，以爲「萬」即「葛」之借字，並言「文字隸定時不必改『萬』爲『葛』，要能明其假借可也。」

9. 李守奎之說

李守奎在〈楚簡《孔子詩論》中的《詩經》篇名文字考〉一文中提到：[註58]

第十七簡有「𦮙𦮙」二字。原釋隸作「菜蕎」，認爲是「《詩》篇名，今本《毛詩》未載。」

「𦮙」字又見於第十六簡。原釋隸作「蕎」，認爲與「𦮙（01-16-23）」是一字。我們在《〈戰國楚竹書・孔子詩論・邦風〉釋文訂補》[註59]

〔註58〕李守奎：〈楚簡《孔子詩論》中的《詩經》篇名文字考〉，（http://www.bamboosilk.
　　org/Zzwk/2002/L/lishoukui01.htm）；另見《上博館藏戰國楚竹書研究》，上海
　　書店出版社，2002 年 3 月。

〔註59〕李守奎《〈戰國楚竹書・孔子詩論・邦風〉釋文訂補》，《古籍整理與研究學刊》

一文中討論過這兩個字，只是未能展開。

「**茀**」與「**葽**（01-16-23）」從字形上看，一個是「萬」，一個是「薊」（即「薈」），〔註60〕二字都見於《玉篇》的艸部。但在第十六簡，從詞例上看，顯然是當做同一個字使用的。這就有兩種可能：一是二者本是一字，「**茀**」是「**葽**（01-16-23）」的省形或訛變之形。二是原本兩字，因二字字形相近，使用者混訛筆誤。在第十六簡的釋讀中，拙文認爲混訛的可能性大，故釋「**葽蚰**」爲「萬蚰」而讀爲「禹籲」，義爲禹被諷誦。董蓮池先生指出：「萬蚰」應讀爲「萬覃」，是《國風·周南》中的篇名。拙文讀「萬蚰」爲「禹籲」是考慮到「蚰」的聲讀和詩評的內容的緣故。不論「**茀**」「**葽**（01-16-23）」同字異形，還是「萬」「薈」形近互混，「**茀**」都可以用同「薈」，讀爲「葛」。「害」「曷」古音均是匣紐月部，異文之例不勝枚舉。

……

若以上推論不誤，「**茝茀**」當是「**采葽**」的誤書，當讀爲「采葛」，即《國風·王風》中的《采葛》。

據上所述，李守奎以爲「**茀**」與「**葽**（01-16-23）」從字形上看，一個是「萬」，一個是「薊」（即「薈」），並以爲不論「**茀**」「**葽**（01-16-23）」同字異形，還是「萬」「薈」形近互混，「**茀**」都可以用同「薈」，讀爲「葛」。最後提到：「**茝茀**」當是「**采葽**」的誤書，當讀爲「采葛」。

10. 許全勝之說

許全勝在〈《孔子詩論》零拾〉一文中提到：〔註61〕

第十七簡云：……

第十六簡云：……

兩簡（十六簡、十七簡）皆見「萬」字，「禹」另一寫法見長沙楚帛書「禽於其王」之「禽」，李家浩先生讀爲傷害之「害」。馬王堆帛

2002 年第 2 期。
〔註60〕 裘錫圭《古文字論集·釋蚰》，中華書局，1996 年第一版。
〔註61〕 許全勝：〈《孔子詩論》零拾〉，《新出楚簡與儒學思想國際學術研討會論文集》（北京清華大學思想文化研究所、台北輔仁大學文學院聯合主辦，2002 年 3 月 31 日～4 月 2 日）；另見《上博館藏戰國楚竹書研究》，上海書店出版社，2002 年 3 月。

書《周易》之《損》卦「曷之用二簋可用享」之「曷」，《大有》卦「無交害」之「害」皆爲此字之變體。裘錫圭師指出「禹」、「萬」、「曷」、「害」古音皆近，「萬」字下部在甲骨文中作「虫」，而有時即以「虫」（古與「虺」同音）爲「萬」，兩字古音亦近。〔註62〕

愚按《古文四聲韻》引《古老子》「害」字，從女，聲旁與前舉讀爲「害」之字相近（此字頭與上博簡文極近）；又引「割」字，從刀，蟲聲。可證裘、李二先生所論極是。因此簡文兩形均應讀爲「萬」，「菜萬」即「采萬」。「萬黏」則讀爲「萬草」，「尋」、「覃」古音近。〔註63〕

根據上面所述，許全勝將「𦾔（01-16-23）」、「𦳱（01-16-43）」、「𦳱（01-17-25）」等隸定爲「萬」，至於「𦾔（01-16-23）」形下面的形體則爲「禹」的另一寫法。

11. 張桂光之說〔註64〕

張桂光在〈《戰國楚竹書·孔子詩論》文字考釋〉一文中提到：

𦾔，見第十六簡，𦳱，見第十六、十七簡。原釋文分別隸定作「蕎」、「蕎」，以爲同字異體，並以「蕎𩇕」、「菜蕎」爲《詩》之篇名，均大致可信。不過，對𦾔、𦳱究竟當釋什麼的問題，我覺得還有進一步探討的餘地。因爲從字形的比較上看，我覺得𦾔字之所從，與長沙楚帛書羣字之作𥪰者頗爲相近，聯繫天星觀簡「轈」字所從之𥪰及曾侯乙墓簡「轈」字所從之𥪰、「鑣」字所從之𥪰等變體看，𥪰與它們也應該是同字異體，𥪰當釋「羣」、𦾔及其省體𦳱並當隸作「蕈」是顯而易見的。由於曷、羣同爲匣母月部字，「蕈」可讀作「萬」也是沒有疑問的。那麼，「菜蕎」可以讀爲《詩》之篇名《采萬》也就不難理解了。至於「萬𩇕」當爲《詩》中哪一篇名，以「夫萬之見歌也」一語看，極有可能指的是《萬覃》，因爲《萬屨》、《萬𦾔》、《萬生》諸篇均不如《萬覃》一篇歌萬之純粹，但因𩇕字未能確識，所以不敢妄下斷語。𩇕之字形或與敢有聯繫。「敢」與「覃」有侵、

〔註62〕參裘錫圭《古文字論集》，中華書局1992年版，11～14頁。

〔註63〕參李學勤《續釋「尋」字》，《故宮博物院院刊》2000年第6期。「尋」字還見於《秦公簋》、丹徒出土編鐘等器，參《江蘇丹徒背頂山春秋墓出土鐘鼎銘文釋證》，《文物》1989年第4期。此條材料蒙李家浩先生指示，謹謝。

〔註64〕張桂光：〈《戰國楚竹書·孔子詩論》文字考釋〉，《上博館藏戰國楚竹書研究》，上海書店出版社，2002年3月。

談旁轉關係，可惜定、見聲紐相隔太遠，不易說通。

據上所述，張桂光以爲「䓊及其省體䒦並當隸作『藼』是顯而易見的」。

12. 呂文郁之說

呂文郁在〈讀《戰國楚竹書‧詩論》札記〉一文中提到：〔註65〕

> 蒿字在本簡（本文按：十六簡）中出現兩次，在第十七簡中出現一
> 次，兩簡中的蒿雖字形稍異，但可確定爲同一字，對此馬承源先生
> 也有相同的看法。此字從艸，曷聲，實爲葛字。曷字在馬王堆漢墓
> 帛書《周易》中先後出現兩次。第一次出現在《損》卦中，……第
> 二次出現在《大有》卦中，……帛書《周易》中的兩個曷字的字形
> 與《詩論》中的蒿字下部相同，可見把此字釋爲葛是有根據的。

據上所述，可見呂文郁基本上同意《上博楚竹書》（一）的說法，以爲「蒿」
字「從艸，曷聲，實爲葛字。」

（二）形構分析

透過以上學者們的看法，從中可以看到幾個問題焦點：第一，文字隸定
的問題；第二，文字通讀的問題。

第一，關於文字隸定的問題，本文根據學者們的看法，歸納如下表所示：

原簡字形	隸定形體	主　　張　　者
䓊 （01-16-23）	蒿	《上博楚竹書》（一）
	薯	李零、俞志慧、許全勝
	萬	馮勝君、何琳儀、黃德寬、徐在國、李守奎
	薯	周鳳五
	藼	張桂光
	葛	呂文郁
䒦 （01-16-43）	蒿	《上博楚竹書》（一）
	萬	馮勝君
	萬	何琳儀、黃德寬、徐在國、俞志慧、李守奎、許全勝
	藼	張桂光
	葛	呂文郁

〔註65〕呂文郁：〈讀《戰國楚竹書‧詩論》札記〉，《新出土文獻與古代文明研究國際
學術研討會會議論文》，上海：上海大學，2002 年 7 月 28 日～30 日。

	萵	《上博楚竹書》（一）
 （01-17-25）	萬	李零、何琳儀、黃德寬、徐在國、俞志慧、李守奎、許全勝
	薯	劉釗
	蠆	馮勝君、李學勤
	蘽	張桂光
	葛	呂文郁

根據上表的歸納結果，就「萵（01-16-23）」字而言，有隸定成「萵」、「萬」、「蠆」、「薯」、「蘽」、「葛」等；「萵（01-16-43）」字而言，有隸定成「萵」、「萬」、「蠆」、「蘽」、「葛」等；就「萵（01-17-25）」字而言，有隸定成「萵」、「萬」、「薯」、「蠆」、「蘽」、「葛」等。

這些眾多的隸定異體，究竟何者是正確的呢？有無標準的隸定可從？從「據義隸定（即寬式隸定）」的標準來看，這些隸定都是可從的，也似乎言之成理，然而這樣的分析並不能徹底解決形構的問題。如從「據形隸定（即窄式隸定）」的標準來看：

第一，隸定成「葛」是有問題的，因為「萵（01-16-23）」、「萵（01-16-43）」二形下面所從的形體並非「曷」形。〔註66〕

第二，隸定成「萵」形是不妥的，因為如隸定成「喬」字所從「夭」形的楚國文字寫法，〔註67〕與「萵（01-16-23）」字所從的「夵」形是不相類的，因此在據形隸定的原則下，隸定成「萵」字，其所從「夭」形於形無據。

第三，隸定成「萵」形乃據形隸定的第一步，如果「萵（01-16-43）」字所從偏旁無法找到相應的字形，那麼這種隸定方式是沒有問題的，但是關於「萵（01-16-43）」字下面所從與「禹」形相同，〔註68〕因此，隸定成「萵」並不是最佳的隸定方式。

第四，「萵（01-16-43）」字如隸定為「萬」，單就字形來看，上從「艸」，下從「禹」，原則上是沒有問題的。只是此字從「禹」的意義究竟為何？學者或從形聲字的角度分析，如李零以為「『萬』是匣母月部字，〔註69〕『葛』是

〔註66〕關於從「曷」之形的寫法，可參何琳儀《戰國古文字典》頁 900～902。

〔註67〕見滕壬生：《楚系簡帛文字編》，頁 783～784「喬」字。

〔註68〕可參張光裕主編、袁國華合編：《郭店楚簡研究・第一卷・文字編》，頁 135「禺」字所從「禹」形。

〔註69〕李零在〈《上博楚簡校讀記》補記〉（http://www.bamboosilk.org/Wssf/2002/

見母月部字，讀音相近。」又何琳儀以爲「『萬』讀若『葛』。二字均屬牙音，但『萬』屬魚部，『葛』屬月部。關於魚部與月部相通，曾侯乙墓出土編鐘樂律名『割先』讀『姑洗』，是其例證。」或從假借字的角度分析，如俞志慧以爲「『萬』即『葛』之借字，『葛』從曷得聲，『萬』從禹得聲，曷在古音月部匣母，禹在古音魚部匣母，同聲通轉。」

第五，將「萲（01-16-23）」、「莪（01-16-43）」二形隸定成「薯」者，如劉釗、周鳳五等人。我們參見前文轉引馮勝君文之處有提到「害」字上頭所從的形體與「萲（01-16-23）」、「莪（01-16-43）」二形中間所從形體有相互使用的例子，然而「萲（01-16-23）」、「莪（01-16-43）」二形除了「艸」形之外，下面並不從「害」字，因此將此二形隸定成「薯」形尚有一隔。

第六，將「萲（01-16-23）」、「莪（01-16-43）」二形隸定成「藋」者，如張桂光，其據楚帛書、天星觀簡、曾侯乙墓簡等相關偏旁作爲字形比對，以爲「萲及其省體莪並當隸作『藋』是顯而易見的」，但「藋」字所從「羣」形的來由則沒有加以說明清楚。

第七，將「萲（01-16-23）」、「莪（01-16-43）」二形隸定成「蒀」、「萬」者，如何琳儀、馮勝君、黃德寬、徐在國等人，主要隸定的基礎均是在建立在裘錫圭〈釋「虫」〉一文的基礎之上，本文以爲可從。

綜上所述，本文贊同何琳儀、馮勝君、黃德寬、徐在國等人的隸定，將「萲（01-16-23）」隸定爲「蒀」，將「莪（01-16-43）」隸定爲「萬」。至於「萲（01-16-23）」、「莪（01-16-43）」二字所從的「萬」、「禹」兩形，或爲省變，或爲互用，或爲訛混，在楚系文字的使用上都存在著可能性。

其次，關於通讀的問題。「萲（01-16-23）」、「莪（01-16-43）」兩字，就文例來看，前一字的文例相當於今本《詩經》中〈葛覃〉的篇名，後一字的文例相當於今本《詩經》中〈采葛〉的篇名，這種看法在學者們相繼討論之中，幾乎已經成爲定論，據此，「萲（01-16-23）」、「莪（01-16-43）」二字讀爲「葛」是沒有問題的。至於「莪（01-16-43）」字的通讀，大多數學者亦讀爲「葛」，何琳儀則讀爲「蘇」，與「莪（01-16-43）」字前一字「夫」合起來

liling04.htm） 一文中提到：「……馮勝君先生指出，「萬」是魚部字，不是月部字，匡予疏忽，也是值得感謝的。」至於魚部與月部可否相通，裘錫圭、李家浩等人曾提出相關說明（裘錫圭、李家浩：《曾侯乙墓鐘磬銘文釋文與考釋》，引《曾侯乙墓》，文物出版社，1989年版，頁554～555。）

通讀爲〈扶蘇〉，以爲乃《詩經》中〈山有扶蘇〉的省稱，可備爲一說。

四、說「𦵑」

根據《上博楚竹書》（一）的隸定，被隸定成「𠂤」的原簡字形如下：

（01-24-03）
原簡　　　　　　　　　摹本

其相對文例如下：

01-24　目（以）□薪之古（故）也■。

「薪」字在〈孔子詩論〉中出現一次，《上博楚竹書》（一）在相關說明的文字中提到：〔註70〕

> 本簡第二字失去半側，不能隸定。第三字从艸作薪形，字書所無，
> 因而辭意未明。

（一）學者對於「𦵑」字的看法

由於簡文不甚清楚，因此《上博楚竹書》（一）以嚴謹的態度來看待這個問題。至於學者們對於此字或有一些看法，條列如下。

1. 李零之說

李零在〈上博楚簡校讀記（之一）：〈子羔篇〉「孔子詩論」部分〉一文中提到：〔註71〕

> 「𦸉薪」，皆從艸，前者左下殘，右下似是「氏」字；後者左下不清，
> 右下從女，疑相當今本的「蔽芾」。

根據其說，「𦵑」形左下不清，右下從女，疑爲「芾」。

2. 陳劍之說

陳劍在〈孔子詩論補釋一則〉一文中提到：〔註72〕

〔註70〕《上博楚竹書》（一），頁153。

〔註71〕李零：〈上博楚簡校讀記（之一）：〈子羔篇〉「孔子詩論」部分〉，
（http://www.bamboosilk.org/Wssf/2002/liling01-1.htm）（2002/01/04）。另見《上博楚簡三篇校讀記》，台北：萬卷樓出版有限公司，2002年3月初版，頁28。

〔註72〕陳劍：〈孔子詩論補釋一則〉，《國際簡帛研究通訊》第二卷第三期，2002年1

闕文之第一字左半已殘，其上所從當爲「艸」，右下所從沒有問題是「氏」，可隸定作「蚳」。第二字原隸定爲「鞍」。細審圖版，將左下所從隸定爲「束」，實際上是把右下方「女」字左邊一筆的一部分誤認爲了屬於左下方部分。其左下所從實當爲四斜筆中加一豎筆形。〔註73〕戰國文字中跟這種形體最接近的字是「丰」，所以我們將它隸定作「䢔」。字形和文意兩方面結合考慮，「蚳䢔」當讀爲「絺綌」。從讀音上看「蚳」的聲符氏跟「絺」、「䢔」的聲符丰跟「綌」上古音都很接近。「氏」及大部分從氏得聲的字都是端母脂部字。「絺」是透母字，其韻部一般根據聲符希歸爲微部。端透鄰紐，脂微二部關係密切。〔註74〕「絺」跟從氏得聲的「坻」、「泜」、「蚳」等字中古音的韻、開合口、等呼都相同，也反映出它們上古音的接近。今本《老子》第四十一章「大音希聲」，郭店簡《老子》乙本「希」寫作從兩𦥑相抵形的古文「祇」字，裘錫圭先生的按語已指出「祇」、「希」音近。〔註75〕這是氏聲字跟希聲字相通更直接的例子。「丰」在戰國文字中常作「戟」字的聲符，「戟」有寫作從各聲的，裘錫圭先生曾指出「似丰聲在古代有與各相近的一種讀法」，〔註76〕這一點已經爲新出楚簡所證實。〔註77〕「戟」與「各」及「格」古音都在見母鐸部，「綌」古音在溪母鐸部，「綌」跟「戟」在中古還都是開

月。另見《經學今詮三編》（《中國哲學》第二十四輯），瀋陽：遼寧教育出版社，2002 年 3 月；另見《上博館藏戰國楚竹書研究》，上海書店出版社，2002 年 3 月，頁 374～376。

〔註73〕 中間兩斜筆右方起筆處頓筆較重，容易被連起來誤認爲筆畫。

〔註74〕 按照首先明確主張脂、微分立的王力先生的意見，除少數字外，《廣韻》脂、微、齊、皆、灰五韻（舉平以賅上去）上古分屬於脂、微兩部，「齊韻應劃入古音脂部；微、灰兩韻應劃入古音《微》部；脂、皆兩韻是古音脂、微兩部雜居之地，其中的開口呼的字應歸古音脂部，合口呼的字應劃歸古音微部」。見王力《古韻脂微質物月五部的分野》，《王力語言學論文集》，齊務印書館，2000 年版，173～174 頁，又《上古韻母系統研究》，《王力語言學論文集》，118 頁。按「絺」字中古音脂韻開口三等，據上準其上古音應歸入脂部。「絺」在先秦古書中似未見用韻腳的材料，將其歸入微部的主要理由是根據其諧聲偏旁希。

〔註75〕 《郭店楚墓竹簡》，文物出版社，1998 年版，119 頁。

〔註76〕 《古文字論集》，中華書局 1992 年版，417 頁。

〔註77〕 簡本〈緇衣〉跟今本《禮記·緇衣》中從各聲的「格」和「略」對應的字均以丰爲聲符。見《郭店楚墓竹簡》圖版二〇：三八、三九；《上海博物館藏戰國楚竹書》（一），194～195 頁。

口三等字。從丰得聲的「⿱艹⿰丰攴」字可以跟「綌」相通也是沒有問題的。根據陳劍的說法，以為「」形「其左下所從實當為四斜筆中加一豎筆形。戰國文字中跟這種形體最接近的字是『丰』，所以我們將它隸定作『⿱艹⿰丰又』。」此外，並以「丰」為聲符，與「綌」的上古音接近。

3. 俞志慧之說

俞志慧在〈〈孔子詩論〉五題〉一文中提到：〔註 78〕

> 第二十四簡「以□蔌之故也」，□之右邊尚完整，上為屮，下為王，可能是「蘳」字。蔌，馬校將右下邊隸定作「女」，此部分之構形應是「又」，從又或從攵在金文、簡書中並沒有十分嚴格的區分，所以隸定該字可從敕去考慮。《說文》無「蔌」字，在辵部有「遬」，附於「速」字下，謂係「速」的籀文，在艸部又有「藗」字，云：「牡茅也。從草，遬聲。」《爾雅・釋草》有「藗」，亦釋謂「牡茅」。郝懿行《爾雅義疏》：「《說文》：『藗，牡茅也。』……陸璣疏云：『茅草之白者，古用包裹禮物，以充祭祀，縮酒用之。』」〔註 79〕筆者以為因為敕、欶二字易混，書手遂將下部的「欶」當作「敕」，終於將右下邊寫成了「又」。簡文上的「蔌」則當是《說文》所收的「藗」之省。陸機揭出的包茅之禮對理解〈葛覃〉一詩很有啓發意義，又可與孔子的「夫葛之見歌也，則以□蔌之故也」對勘。與古代的祭祀禮儀相關聯，不論用之以包裹還是藉墊，〈葛覃〉的重要性都不待言而自明，「后稷之見貴」、「文武之德」或皆因這祭祀禮儀帶出。

據上所述，俞志慧以為「」形隸定為「蔌」，當是《說文》所收的「藗」之省。至於「」形從「欶」之因乃敕、欶二字易混，書手遂將下部的「欶」當作「敕」，終於將右下邊寫成了「又」。

4. 胡平生之說

胡平生在〈讀上博藏戰國楚竹書《詩論》劄記〉一文中提到：〔註 80〕

〔註 78〕俞志慧：〈〈孔子詩論〉五題〉，《上博館藏戰國楚竹書研究》，上海書店出版社，2002 年 3 月，頁 316。

〔註 79〕《爾雅義疏・釋草》，中國書店 1982 年版，54 頁。

〔註 80〕胡平生：〈讀上博藏戰國楚竹書《詩論》劄記〉，（http://www.bamboosilk.org/Zzwk/2002/H/hupingsheng01.htm）。另見北京語言文化大學「戰國楚竹書孔子詩論與先秦詩學」學術研討會，2002 年 1 月 12 日。；另見《上博館藏戰國楚竹書研究》，上海書店出版社，2002 年 3 月。

第 24 簡起首數句文作：「以□菽之故也。后稷之見貴也，則以文武
之德也。」考釋云：「本簡第二字失去半側，不能隸定。第三字從艸
作菽形，字書所無，因而辭意未明。下云『后稷之見貴也，則以文
武之德也』是論《詩・大雅・生民》。……《生民》是後稷配天的頌
歌，之所以『見貴』，實因文武之有『德』。以此，所論當爲《生民》。」
按：考釋判定所論爲《大雅・生民》，甚確。今試補首句殘字，並改
進解釋。

第二字雖殘去左半，但存有右半。其字上爲草頭，下爲壬形，清楚
可辨。第三字從艸從束從女，隸定爲「菽」，應當是正確的，字應從
束得聲，今試讀爲「菽」。上古音「束」爲書母屋部字，「叔」爲書
母覺部字，聲同韻近，可以相通。《詩經》中屋部、覺部或合韻。如
《豳風・東山》：「蜎蜎者蠋（屋部），烝在桑野（魚部）。敦彼獨宿
（覺部），亦在車下（魚部）。」王力先生《詩經韻讀》指出此爲「屋
覺合韻」。因此，簡文第二、三字應當連讀爲「荏菽」。《大雅・生民》
云：「誕實匍匐，克嶷克岐，以就口食。蓺之荏菽，荏菽旆旆，禾役
穟穟。麻麥幪幪，瓜瓞唪唪。」毛傳：「荏菽，戎菽也。」（據阮元
校改本）鄭箋：「蓺，樹也。戎菽，大豆也。就口食之時，則有種殖
之志，言天性也。」是后稷種植之始即爲「荏菽」。疑該簡「以」前
文字可能是「蓺之」。「蓺之以荏菽故也」，可能是評述後稷之初始，
有種植之天性。而下句「后稷之見貴也，則以文武之德也」，是評后
稷的發展興旺，則依靠的是「文武之德」。「文武之德」者，非周之
文王、武王之有德，乃謂后稷能文能武，文武雙全，兼有文德與武
德。《生民》中有后稷稼穡之描述，是所謂武德；有祭祀上帝的描述，
是所謂文德。

據上所述，胡平生以爲「菽」形從艸從束從女，隸定爲「菽」，應當是正確的，
字應從束得聲，今試讀爲「菽」。

5. 廖名春之說

廖名春在〈上海博物館藏詩論簡校釋箚記〉一文中提到：〔註81〕

〔註81〕廖名春：〈上海博物館藏詩論簡校釋箚記〉（http://www.bamboosilk.org/Zzwk/
2002/L/liaominchun/liaominchun01.htm）；另見《上博館藏戰國楚竹書研究》，
上海書店出版社，2002 年 3 月，頁 264。

「締」，馬承源不能隸定，〔註82〕李零以爲原字上從艸，左下殘，右下似是「氏」，〔註83〕陳劍以爲當從「氏」得聲，讀爲《葛覃》篇之「絺」，氏爲脂部端母，絺爲微部透母，音近相通。「綌」，原字馬承源隸作「莪」，陳劍以爲當從「女」得聲，讀爲《葛覃》篇之「綌」，女爲魚部泥母，綌爲鐸部溪母，音近相通。〔註84〕

案：陳說是。簡文稱后稷之被人尊重，是因爲他的後人周文王、周武王之功德；而「葛」之被人稱頌，是因爲它可以「爲絺爲綌，服用無斁」。《葛覃》一詩稱「言告言歸」、「歸寧父母」，有不忘本之意。簡文說「后稷之見貴也，則以文武之德也」，也是歌頌周文王、周武王不忘本，也是「見其美必欲返其本」，致使始祖顯貴。鄭《箋》「欲見其性亦自然」、「猶不忘孝」有可參之處。

據上所述，廖名春贊同陳劍在 2002 年 1 月 14 日於中國社科院歷史研究所小禮堂召開的「楚簡《詩論》學術研討會」會上的發言。值得注意的是，根據廖名春的轉引，陳劍在此會議以爲「莪」形從「女」得聲，讀爲《葛覃》篇之「綌」，女爲魚部泥母，綌爲鐸部溪母，音近相通。這種看法與陳劍所發表的〈〈孔子詩論〉補釋一則〉（見上文轉引）裡的看法，在聲符的看法上有所不同。

6. 王志平之說

王志平在〈《詩論》箋疏〉一文中提到：〔註85〕

24・以葉（？）蔞（？）之故也。「后稷」之見貴也，則以文武之德也。吾以《甘棠》得宗廟之敬，民性固然。甚貴其人，必敬其位。悅其人，必好其所爲。惡其人者亦然

……

王志平在此逕自將「莪」形讀爲「蔞」，但持懷疑的態度。

7. 濮茅左之說

濮茅左在〈〈孔子詩論〉簡序解析〉一文中，將「莪」形隸定爲「莪」。

〔註82〕馬承源主編：《上海博物館藏戰國楚竹書（一）》，145 頁。

〔註83〕李零：《上博楚簡校讀記（之一）──《子羔》篇「孔子詩論」部分》。

〔註84〕見陳劍 2002 年 1 月 14 日在中國社科院歷史研究所小禮堂召開的「楚簡《詩論》學術研討會」會上的發言。

〔註85〕王志平：〈《詩論》箋疏〉，《上博館藏戰國楚竹書研究》，上海書店出版社，2002 年 3 月，頁 224。另名爲〈《詩論》札記〉（Http://www.bamboosilk.org/Zzwk/2002/W/wangzhiping01.htm）。

〔註86〕但並沒有作任何的字形解說。

（二）「䔃」字形構分析

關於「䔃」形，主張隸定爲「薕」形者，如《上博楚竹書》（一）、胡平生等人；主張隸定爲「菣」者，如陳劍、廖名春等人；主張隸定爲「萩」者，如俞志慧；主張隸定爲「蒛」者，如濮茅左。

1.「䔃」形所從「𣜩」形

關於「䔃」形所從「𣜩」形，主張隸定成「束」形者，如《上博楚竹書》（一）、俞志慧、胡平生、濮茅左等人；主張隸定成「丰」形者，如陳劍、廖名春等人。

（1）「𣜩」形爲「束」形者

「束」，甲骨文如「𣜩（甲 2289）」形，金文如「𣜩（智鼎）」、「𣜩（束中子父簋）」等形，〔註87〕《說文》云：「𣜩，縛也。从口木。凡束之屬皆从束。」（卷六下）

至於楚系簡帛文字所從「束」形，如「𣜩（包 2.135，速）」、「𣜩（包 2.247，速）」、「𣜩（天卜）」等形，就這些所從「束」形的特色來看，楚系簡帛文字「束」形上面與「屮」形相同，下面則與「婦」字所從「帚」形下面相同，就這個角度來看，雖然「𣜩」形左半有些殘缺，但是大體看來，與「束」形相同的機會並不太大。

（2）「𣜩」形爲「丰」形者

陳劍提到：「細審圖版，將左下所從隸定爲『束』，實際上是把右下方『女』字左邊一筆的一部分誤認爲了屬於左下方部分。其左下所從實當爲四斜筆中加一豎筆形。」「戰國文字中跟這種形體最接近的字是『丰』。」此外，在文後注釋中提到：「中間兩斜筆右方起筆處頓筆較重，容易被連起來誤認爲筆畫。」乍看之下，陳劍之言似乎頗具說服力，然而進一步查看楚系簡帛文字中從「丰」之形，根據陳嘉凌的歸納，〔註88〕「丰」形的寫法多爲二撇一豎或三撇一豎，還沒有出現四撇一豎的情形。因此從嚴格的角度來看，將「𣜩」形隸定爲「丰」形還有一些繼續探討的空間。

〔註86〕濮茅左：〈《孔子詩論》簡序解析〉，《上博館藏戰國楚竹書研究》，頁 46。

〔註87〕季師旭昇在《說文新證》「束」字下有清楚的說明，頁 512。

〔註88〕陳嘉凌：《楚系簡帛字根研究》，頁 755。

2. 「」形所從「」形

關於「」形，或以爲「女」形，或以爲「欠」形，或以爲「攴」（「又」）形。就楚系簡帛文字來看，「」形視爲「女」形是沒有問題的。〔註 89〕「」形隸爲「欠」或「攴（又）」，於形無據。

由於「」形左下角所從「」形有些許殘缺，因此關於此字的隸定出現了不同的看法，本文以爲陳劍之說在眾多的說法當中最爲可信。

五、說「」

根據《上博楚竹書》（一）的隸定，被隸定成「罙」的字形如下：

（02-15-22）

原簡

摹本

其相對的文例如下：

02-15　《吕型（刑）》員（云）：「罙型（刑）之由（迪）■。」

「」字在〈緇衣〉中出現一次。關於「」字，《上博楚竹書》（一）隸定成「罙」，並且在注釋中提到：〔註 90〕

> 「罙」，「蹯」之古字。《正字通》：「罙，古蹯字。」簡文从冖从釆。郭店簡作「翻」，今本作「播」。

根據上面的說法，以爲「罙」乃「蹯」之古字。在字形的解釋方面，則以爲「」字「從冖从釆」。

（一）學者對於「」字的看法

1. 李零之說

李零在〈上博楚簡校讀記（之二）：緇衣〉一文中提到：〔註 91〕

〔註 89〕參見滕壬生：《楚系簡帛文字編》，頁 855～857。

〔註 90〕《上博楚竹書》（一），頁 191。

〔註 91〕李零：〈上博楚簡校讀記（之二）：緇衣〉，（http://www.bamboosilk.org/Wssf/2002/liling02.htm）（2002/01/12）。另見《上博楚簡三篇校讀記》，台北：萬卷樓出版有限公司，2002 年 3 月初版，頁 56～57。另見《上博館藏戰國楚竹書研究》，上海書店出版社，2002 年 3 月。

「播」，原作「畓」，原書引《正字通》以爲古「蹯」字，其實這是
《說文》卷二上釆部「番」字的古文（字從丑作其實是從爪作），字
與「蹯」、「播」等字相通。參看《汗簡》第六頁正、八十一頁正和
《古文四聲韻》卷三第十五頁背「番」字（從丑從釆），《古文四聲
韻》卷四第三十一頁背（注意《籀韻》所引）和《玉篇・丑部》「播」
字（從匚從釆），同播。此字，郭店本的釋文是隸定爲從番從月，所
謂月旁可能是匚旁的變形。

根據李零的說法，「羽」字原作「畓」，爲《說文》卷二上釆部「番」字的古
文，字與「蹯」、「播」等字相通。

2. 徐在國、黃德寬之說

徐在國、黃德寬兩人在〈《上海博物館藏戰國楚竹書（一）緇衣・性情論》
釋文補正〉一文中提到：〔註92〕

191 頁第十五簡「畓型（刑）之由（迪）」。注釋：「畓」，蹯之古字。
《正字通》：「畓，古蹯字。」簡文从匚从釆。郭店簡作「翻」，今本
作「播」。

按：「畓」字簡文作羽，當分析爲從「匚」「釆」聲，乃「番」字古
文。《說文》番字古文作田，當源於羽形。簡文假「番」爲「播」。

根據兩人按語所言，「羽」爲從「匚」「釆」聲，乃「番」字古文。並以爲「《說
文》番字古文作田，當源於羽形。」

3. 陳斯鵬之說

陳斯鵬在〈初讀上博楚簡〉一文中提到：〔註93〕

《呂刑》云：「羽刑之迪。」（《緇衣》15）

羽，原書以爲「蹯」字之古字，並引《正字通》爲證。其實，此字
從釆從月，只是「釆」訛作似「米」形，「月」則作如「夕」形並借
用「釆」右上一撇。此字郭店簡寫成從番從月，今本作「播」。頗疑
「番」本象以手播種于田之形，即「播」之本字。益以「月」旁屬
於加注聲符。「番」爲元部字，與「月」字爲對轉。上博簡省「田」，

〔註92〕 徐在國、黃德寬：〈《上海博物館藏戰國楚竹書（一）緇衣・性情論》釋文補
正〉，《古籍整理研究學刊》，2002 年第 2 期（2002 年 3 月），頁 3。
〔註93〕 陳斯鵬：〈初讀上博楚簡〉
（http://www.bamboosilk.org/Wssf/2002/chensipeng01.htm）（2002/02/05）

亦爲「播」之異構。《正字通》所謂古文「蹯」，實即源於這種寫法
的「播」字。

根據陳斯鵬的說法，在釋形上，以爲「𤕦」字「從釆從月」，只是「釆」訛作
似「米」形，「月」則作如「夕」形並借用「釆」右上一撇，益以「月」旁則
屬於加注聲符的情形。

（二）「𤕦」字形體分析

透過以上的說明，可以看到李零、徐在國、黃德寬等人以爲「𤕦」字即
「番」字古文，本文以爲這是十分正確的看法。就形體分析來看，《上博楚竹
書》（一）以爲「𤕦」字「從冂从釆」，李零沒有明確提及，徐在國、黃德寬
兩人則以爲「從冂釆聲」，陳斯鵬則以爲「從釆從月」。究竟那一種說法較爲
正確？

1.「𤕦」字所從的「冂」形

關於「𤕦」字所從的「冂」形，《上博楚竹書》（一）、李零、徐在國、黃
德寬等人，均將「冂」形隸定爲「冂」形，就據形隸定的原則來看，是沒有
太大的問題的。然而「冂」形相當於那個偏旁或形體呢？《上博楚竹書》（一）、
徐在國、黃德寬等人並沒有加以說明。

李零則提到《郭店楚墓竹簡・緇衣》相對於《上博楚竹書・緇衣》「𤕦」
字之處寫成「𧵓（郭 3.29）」字，隸定成「翻」，而「𧵓（郭 3.29）」字「所謂
月旁可能是冂旁的變形」。根據李零的說法，可見其透過不同文本的字形比
較，以爲「翻」字所從的「月」旁可能是「𤕦」字所從「冂」旁的變形，但
是「冂」旁究竟要如何解釋？李零並沒有明確的加以解說。但是李零曾經提
到「𤕦」字同於「番」字《說文》古文，作「𤰫」形，「字從丑作其實是從爪
作」，如果從這個角度加以推測其說，「𤕦」形同於「𤰫」形，「𤰫」形乃從「爪」
形，那麼，「𤕦」形所從的「冂」形便是「爪」形。但就本文所見，「爪」形
寫成「冂」形似乎尚未得見，如果說「冂」形乃「爪」形的省形或訛變，似
乎還有一些問題存在。

至於陳斯鵬則以爲「𤕦」字「從釆從月，……『月』則作如『夕』形並
借用『釆』右上一撇」，根據他的說法來看，所謂的「月」作「夕」形，「夕」
形借用「釆」形右上一撇，因此，在「𤕦」字當中的「月」作「夕」形當指
「冂」形，與「𤕦」字所從「米」形右上部分的筆畫產生了共筆的現象。此外

陳斯鵬亦引用《郭店楚墓竹簡・緇衣》中「🔣（郭 3.29）」字，並提到「頗疑『番』本象以手播種于田之形，即『播』之本字。益以『月』旁屬於加注聲符。『番』為元部字，與『月』字為對轉。」換言之，在肯定「🔣」字從「月」旁的基礎之上，進一步以為「月」旁屬於加注聲符。

　　根據以上的討論，本文以為在字形的解說上，將「⺼」形直接隸定成「冂」形固然可從，但是「冂」形意義不明。在此，本文較贊同陳斯鵬的說法，以為「🔣」字從「月」，「月」作「夕（⺼）」形，而「夕」形的中間一筆與「⺰」形右上部分的筆畫存在著共筆的現象。

　　2. 「🔣」字所從的「⺰」形

　　至於「🔣」字中間所從的「⺰」形，《上博楚竹書》（一）隸定成「釆」，而李零則隸定成「米」。如隸定為「米」，乃為單純的據形隸定的情形，並不能說不對，只是對於字義的了解可能稍有所隔。如隸定為「釆」，則較符合楚系文字的用字特色，根據陳嘉凌對於從「釆」之字的形體歸納，到目前為止，除了《上博楚竹書・孔子詩論》二十九簡當中有一「𢆶」字所從的「釆」形在上面有一撇筆之外，其他的楚系文字從「釆」之形絕大多數都寫成「米」形，〔註94〕因此，配合著對於字形與字義的了解，本文以為，將「⺰」形隸定成「釆」形更能看出其在文字形體當中所具有的意義。

　　（三）「🔣」字的隸定問題

　　透過上面的討論，如將「🔣」字隸定成「冞」，只是單純的據形隸定，無法彰顯形構意義；如將「🔣」字隸定成「𡇢」，「𡇢」形所從的「釆」形更合乎楚系文字的隸定方法，且能彰顯形構意義，因此則較隸定成「冞」為佳，可惜的是，無論隸定成「𡇢」還是「冞」，所從的「冂」旁未能見其形構意義。在此，基於陳斯鵬對於「🔣」字分析成「從釆從月」的形構分析上，本文以為，「🔣」字或可隸定成「䏪」。

　　解決了隸定的問題，接著便是面臨釋讀的問題。

　　關於「🔣」字，學者們基本上同意此字即為「番」字古文。陳斯鵬以為「🔣」字「從釆從月」，「益以『月』旁屬於加注聲符。『番』為元部字，與『月』字為對轉。」換句話說，「🔣」字乃「從釆從月，月亦聲。」值得注意的是，徐在國、黃德寬兩人將此字分析成「從冂釆聲」，「釆」、「番」同為「並紐元

〔註94〕陳嘉凌：《楚系簡帛字根研究》，頁 468～470。

韻」，因此，在「䏩」字當中，「釆」當成聲符是沒有問題的，而陳斯鵬益以爲「月」旁屬於加注聲符，「月」爲「疑紐月韻」，「元」韻與「月」韻對轉之說當然可從，只是「番」與「月」的聲紐相隔遠了些，因此要將「月」視爲加注聲符，還存在著討論的空間。

綜上所述，本文以爲「䏩」乃「番」之異體，「從月釆聲」。

順便一提的是，在《戰國古文字典》提到一「朐」字，收錄以下字形：〔註95〕

　　　（璽彙 0464）　　　　　（璽彙 0465）

　　　（璽彙 0701）　　　　　（璽彙 2061）

　　　（璽彙 3791）　　　　　（璽彙 4063）

這些字形根據何琳儀的歸納，均屬於晉系私璽，同門闕曉瑩在《《古璽彙編》考釋》當中曾對「璽彙 2061」的「　」形作過討論，以爲維持《古璽彙編》原釋，亦即隸定成「泪」爲宜。〔註96〕在這些形體當中，《璽彙》4063 作「　」形，這個形體與「䏩」形最大的差別則在於「釆」形中間是否有圓點，如果加了圓點，在「䏩」字當中隸定成「釆」是沒有問題的，然而如果將「釆」形中間的圓點省略，則變成了「水」形。我們知道戰國楚系簡帛文字中「圓點」的存在與否，有時乃爲具有形構意義的實筆，有時則作爲裝飾性的飾筆之用，其間的分野並不十分嚴謹，如果從這個角度來看，《璽彙》4063 的「　」字似乎也有可能同於「䏩」字，存在著讀爲「番」字的可能性。至於《璽彙》3791 的「　」字「水」形與「月」形有共筆的現象，那麼反過來思考一下，所謂的「水」形有無可能爲「釆」形呢？果眞如此的話，或可能出現下面所示的形體演變關係圖：

　　　「䏩」 ⟶ 「　」 ⟶ 「　」

如此看待，似乎也存在著些許的可能性。根據這種看法，將「　、　、　、　、　、　」等字讀爲「番」的可能性似乎又大了些。

至於何琳儀在《戰國古文字典》一書中引用《字彙補》「朐，與陰同。」

〔註95〕何琳儀：《戰國古文字典》，頁 1400。

〔註96〕闕曉瑩：《《古璽彙編》考釋》，國立臺灣師範大學國文所碩士論文，2000 年 6月，頁 205。

〔註97〕的說法，而將《璽彙》0464、0465、0701、2061、3791、4063 等六個
字形隸定成「枂」。這六個字形就文例來看，均作爲人名之用，雖然隸定成「汨」
是合理的，並且「枂」字在《字彙補》中曾出現過，但《字彙補》乃清代吳
任臣所編著，時代上似乎晚了些，因此在先秦時代是否有「枂」字的出現是
可以再考慮的。

在此僅將這個問題拋出，有待將來進一步的證據出現。

六、說「逪」、「逪」、「逪」

關於「逪」字，《上博楚竹書·孔子詩論》當中共出現三次，分別在第十
一簡、第十三簡以及第二十七簡，相關釋文如下：

　　鵲棟之遙（歸），則逪者……（第十一簡）〔註98〕

　　鵲棟出吕（以）百兩不亦又逪摩（乎）（第十三簡）〔註99〕

　　可斯雀之矣，逪丌所悉（愛），必曰虐（吾）奚舍之賓贈氏（是）也。

　　（第二十七簡）〔註100〕

以下表列這三簡當中被隸定成「逪」字的原簡字形：

原簡			
	（01-11-37）	（01-13-22）	（01-27-08）
摹本	逪	逪	逪

此外，《上博楚竹書》（一）在第十一簡的注釋部分提到：

　　逪　「逪」從辵从啇。「啇」似「虫」而非是，簡文另有「虫」字。
　　此字形有兩角交叉綫，和「虫」不同，與金文「叀」的主體相近，
　　如《井人妄鐘》和《楚簋》銘等，疑讀爲「叀」。《楚簋》「叀揚天子
　　丕顯休」，「叀揚」相應於「對揚」，《獣簋》「旣在位作叀在下」，「作
　　叀」和「作配」相應；又《詩·大雅·皇矣》「帝作邦作對」，「作叀」
　　和「作對」義相同。簡文可能是匹配之意，配者即指新人。〔註101〕

〔註97〕何琳儀：《戰國古文字典》，頁 1400。
〔註98〕《上博楚竹書》（一），頁 141。
〔註99〕《上博楚竹書》（一），頁 176。
〔註100〕《上博楚竹書》（一），頁 157。
〔註101〕《上博楚竹書》（一），頁 141～142。

根據《上博楚竹書》（一）的說法，其將「🀄（01-11-37）」、「🀄（01-13-22）」、「🀄（01-27-08）」等形隸定爲「𨘝」，「从辵从嗇」，以爲「簡文可能是匹配之意」。

關於「🀄（01-11-37）」、「🀄（01-13-22）」、「🀄（01-27-08）」等形，爲便於解說，如果沒有會造成困擾的地方，逕舉「🀄（01-11-37）」形以作爲代表。

（一）學者對於「🀄」字的看法

對於「🀄」字的解說，學者們的說法或有差異。在此本文先羅列學者們對於「🀄」字的看法。

1. 李零之說

李零在〈上博楚簡校讀記（之一）：〈子羔〉篇「孔子詩論」部分〉一文中提到：〔註102〕

> 「離」，原作「🀄」，從字形看，其聲旁部分乃「離」字所從，這裏讀爲「離」，指離而嫁人。

關於「🀄」字，李零將其讀爲「離」字，以爲「從字形看，其聲旁部分乃『離』字所從」，其意「指離而嫁人」。

2. 李學勤之說

李學勤在〈《詩論》說〈關雎〉等七篇釋義〉一文中提到：〔註103〕

> 〈鵲巢〉出以百兩，不亦有離乎？
>
> 〈鵲巢〉之歸，則離者……
>
> 《公羊傳》隱公二年：「婦人謂嫁曰歸。」《說文》也訓「歸」爲「女嫁也」。該詩云：「之子于歸，百兩（輛）御之。」毛傳：「百兩，百乘也。諸侯之子嫁於諸侯，送御皆百乘。」
>
> 「離」疑讀爲「麗」，意思是「美」，見《中山策》注。《詩序》：「〈鵲巢〉，夫人之德也。國君積行累功，以致爵位，夫人起家而居有之。」也以爲是贊頌之詩。

根據李學勤的說法，其將🀄字隸定爲「離」，疑讀爲「麗」，「美」之意。

〔註102〕李零：〈上博楚簡校讀記（之一）：子羔篇孔子詩論部分〉，（http://www.bamboosilk.org/Wssf/2002/liling01-1.htm）（2002/01/04）。另見《上博楚簡三篇校讀記》，台北：萬卷樓出版有限公司，2002 年 3 月初版，頁 27。

〔註103〕李學勤：〈《詩論》說〈關雎〉等七篇釋義〉，《清華簡帛研究》第二輯，北京：清華大學思想文化研究所，2002 年 3 月。另見：《齊魯學刊》2002 年第 2 期（總第 167 期），頁 92。

3. 胡平生之說

胡平生在〈讀上博藏戰國楚竹書《詩論》劄記〉一文中提到：〔註104〕

第十一簡末句「鵲巢之歸，則 遊者……」。「者」前一字，考釋說：「似『叓』而非是，簡文另有『叓』字。此字形有兩角交叉線，和『叓』不同，與金文『叀』的主體相近」，「疑讀爲『叀』」；「簡文可能是匹配之意，配者即指新人。」按，此字即「遹」字，從辵從離省。《說文》云：「離，山神也，獸形。從禽頭，從厹，從屮。」「從屮」，段注說「當從山」。今簡文乃「離」之省變。

《鵲巢》三章云：「之子于歸，百兩禦之」；「之子于歸，百兩將之」；「之子于歸，百兩成之」。所謂「歸者」，實爲女子出嫁而「遹」去。

又，「遹」字又見於第二十七簡，字義十分妥帖。簡文云：「可斯雀之矣，離其所愛，必曰吾奚舍之賓贈是也。」考釋指出「可斯」應讀爲「何斯」，但未能確認與今本詩篇之對應者，雖已列出《召南·殷其雷》詩句，卻又說：「詩義與評語難以銜接，今闕釋。」與正確的解釋失之交臂，殊爲可惜。

《殷其雷》曰：「殷其雷，在南山之陽。何斯違斯，莫敢或遑。振振君子，歸哉歸哉。」三章反復歌詠，所敘正是君子離其所愛之情景。《小序》云：「召南大夫遠行從政，不遑寧處，其室家能閔其勤勞，勸以義也。」朱熹則說：「婦人以其君子從役在外而思念之。」值得注意的是，在阜陽雙古堆漢簡《詩經》裏，該篇寫作「印其離」。拙文《阜陽漢簡詩經異文初探》在探討異文別義時指出：「印（殷）其離，傷痛別離也。林義光說，前一『斯』字及『違』，『皆離也』；後一『斯』字訓爲『此』，『言何故離此也』，則文意恰與『印其離』相承，可以參考。……『歸哉歸哉』，姚際恒說『是望其歸之辭』。前有別離，後乃望歸，前後正相呼應。」〔註105〕至於「離其所愛」之後，「必曰吾奚舍之賓贈是也」的意義，還須斟酌。「賓贈」是出使

〔註104〕 胡平生：〈讀上博藏戰國楚竹書《詩論》劄記〉，（http://www.bamboosilk.org/Zzwk/2002/H/hupingsheng01.htm）。另見北京語言文化大學「戰國楚竹書孔子詩論與先秦詩學」學術研討會，2002 年 1 月 12 日。另見《上博館藏戰國楚竹書研究》，上海書店出版社，2002 年 3 月。

〔註105〕 胡平生：《阜陽漢簡詩經研究》，43 頁，上海古籍出版社，1985 年。

他國之禮儀活動，全句大概而言可能是說，君子遠離所愛從政在外，

雖然有夫人望歸，必答道：我怎能捨棄禮儀、公務呢！

根據胡平生的說法，⿺辶⿱离 字即「邎」字，從辵從離省，乃「離」之省變。

4. 周鳳五之說

周鳳五在〈《孔子詩論》新釋文及注解〉一文中提到：〔註106〕

> 簡十一「儷者」：簡文從辵，離省聲，原缺釋。按，當讀爲「儷」，
> 匹也，偶也。其詩首章言「百兩禦之」，迎親也；次章言「百兩將之」，
> 送親也；迎送皆以百兩，則夫與婦身分相當，故謂之「儷」以美之
> 也。〈小序〉：「國君積行累功以致爵位，夫人起家而居有之，德如鳲
> 鳩，乃可以配焉。」與簡文大旨相同。簡十三：「〈鵲巢〉，出以百兩，
> 不亦有儷乎？」明言其「出以百兩」，意尤顯豁，可以參看。又，簡
> 二七「離其所愛」，謂捨其所愛之物，以爲餽贈賓客之幣帛。「離」，
> 去也，捨也，另是一義。

根據周鳳五的說法，「⿺辶⿱离」字爲「從辵，離省聲」。第十一簡及第十三簡中的
「⿺辶⿱离」釋讀爲「儷」，匹也，偶也；而第二十七簡的「⿱离」則讀爲「離」，去
也，捨也。

5. 何琳儀之說

何琳儀在〈滬簡〈詩論〉選釋〉一文中提到：〔註107〕

> 「⿺辶⿱离」，《考釋》闕釋。按，此字又見27號簡。所從「⿱离」金文習見，
> 以下舉例比較：
>
> 　⿺辶⿱离　⿺辶⿱离　上海簡《詩論》11　　　⿱离　上海簡《詩論》27
>
> 　⿱离　Ⓥ　紳卣　　　　　　　　　　　⿱离　邵鍾（《集成》230）
>
> 值得注意的是，邵鍾「⿱离」之上所從「十」形，與上海簡吻合。這可
> 能是飾筆，也可能屬「形聲標音」。〔註108〕（「⿱离」、「十」均屬舌音。）

〔註106〕周鳳五：〈《孔子詩論》新釋文及注解〉，（http://www.bamboosilk.org/Wssf/
2002/zhoufengwu01.htm）（2002/01/16）；另見《上博館藏戰國楚竹書研究》，
上海書店出版社，2002 年 3 月，頁 160。

〔註107〕何琳儀：〈滬簡〈詩論〉選釋〉，（http://www.bamboosilk.org/Wssf/）
2002/helinyi01.htm）02/01/17）；另見《上博館藏戰國楚竹書研究》，上海書店
出版社，2002 年 3 月。

〔註108〕何琳儀：《戰國文字通論》，北京：中華書局，1989 年，頁 202。

「遷」，可讀「蕩」。《禮記・曲禮》下「天子邑。」《春秋繁露・執贄》「天子用暢。」《史記・封禪書》「草木暢茂。」《漢書・郊祀志》引「暢」作「邑」。是其佐證。《左傳》襄公二十九年「美哉蕩乎。」疏「寬大之意。」

根據何琳儀的說法，「遷」隸定爲「遷」，可讀爲「蕩」。

6. 姜廣輝之說

姜廣輝在〈《上海博物館藏戰國楚竹書》（一）幾個古異字的辨識〉一文中，對「遷」字作了一番說明：〔註109〕

「遷」，學者辨識不一，李學勤先生、李零先生釋讀爲「離」；周鳳五先生於第一、二例釋讀爲「儷」，於第三例釋讀爲「離」；何琳儀先生釋讀爲「蕩」；俞志慧先生釋讀爲「遠」；等等，筆者以爲，除了何琳儀先生指出此字從「邑」外，諸家所釋於此字之形、義差之較遠。

先辨字審音。此字從彳從止從午從邑，可以隸定爲「鐷」，「邑」爲古「邑」字，見於《殷虛書契前編》一・二三・七；二・三七・七；四・十七・七以及《戩壽堂所藏殷虛文字》二五・十；四三・五等，《說文通訓定聲》：「邑，釀黑黍爲酒曰邑，築芳草以煮曰鬱。」邑鬱用於祭祀降神和敬奉賓客。「丨」或「十」在上古是「午」的兩種寫法，《儀禮・大射儀》「度尺而午」注：「一縱一橫曰午。」疏：「午，十字。」因此，「鐷」是一個會意兼形聲字，從彳從止，通常可以寫爲「辵」（辶），其義爲「走」；也可以理解爲「行」和「止」，此字取此義，合「邑」字而言，意謂「敬迎」，迎至而止。而「午」爲聲符，「午」古音疑母魚部上聲，與「御」爲同音字，「御」甲骨文寫作「御」，從午從卩，亦由「午」得聲，古音亦是疑母魚部上聲，因而「鐷」通「御」。兩字的區別在一從「邑」，一從「卩」，閒宥曾

〔註109〕姜廣輝：〈《上海博物館藏戰國楚竹書》（一）幾個古異字的辨識〉，《新出楚簡與儒學思想國際學術研討會論文集》（北京清華大學思想文化研究所、台北輔仁大學文學院聯合主辦，2002 年 3 月 31 日～4 月 2 日）。同樣的內容亦見於姜廣輝：〈關於古《詩序》的編連、釋讀與定位諸問題研究〉，（http://www.bamboosilk.org/Zzwk/2002/J/jiangguanghui02.htm）。另見《經學今詮三編》（《中國哲學》第二十四輯），瀋陽：遼寧教育出版社，2002 年 3 月，頁 154～156。

指出，「卩」古寫象人跪而迎迓形。後來「御」字通行，而「𢓨」字遂廢而不用。

再從以上三例觀其文義。此字在第一、二例中作迎迓解。「出以百兩，不亦有御乎？」意謂「出 (送) 以百兩」「御 (迎) 者」亦當「百兩」。「《鵲巢》之歸，則御者……」復原其句當爲「《鵲巢》之歸，則御者百兩矣。」正是對「不亦有御乎？」的回答。

第三例是關於《有杕之杜》一詩的，此詩寫招待賢士以酒食，引伸之義爲納賢賜爵。按：「御」除了「迎」的意義外，還包含如下數義：一、勸侑也。《禮記·曲禮上》：「御食於君」注：「勸侑曰御。」二、進用也。《荀子·禮論》：「時舉而代御」注：「御，進用也。」三、給與充用也。《詩·小雅·吉日》：「以御賓客，且以酌醴。」疏：「御者，給與充用之辭。」以此數義來看「御其所愛，必曰：吾悉舍之，賓贈是已」一語，將此字釋讀爲「御」字，與文義非常貼切。

據上可知，姜廣輝以爲「𢓨」字「是一個會意兼形聲字」，「此字從彳從止從午從邑，可以隸定爲『𢓨』」，並以爲「𢓨」讀爲「御」。

7. 許全勝之說

許全勝在〈《孔子詩論》零拾〉一文中提到：〔註110〕

「迿」字凡三見，第十一簡云：

鵲楝 (巢) 之歸，則迿者下缺

第十三簡云：

鵲楝 (巢) 出以百兩，不以又 (有) 迿乎？

按：龍節傳遞之「傳」字，從辵從《說文》古文叀 (又見於長沙帛書、曾侯乙墓二一二號簡)。簡文此字亦從辵，聲旁似從叀，若爲前一字之省，則十一、十三簡文當讀爲傳代、傳世之「傳」，亦與〈鵲巢〉送新孃出嫁之詩旨契合。而第二十七似應讀爲「斷其所愛」，與

〔註110〕許全勝：〈《孔子詩論》零拾〉，《新出楚簡與儒學思想國際學術研討會論文集》(北京清華大學思想文化研究所、台北輔仁大學文學院聯合主辦，2002年3月31日～4月2日)；另見《上博館藏戰國楚竹書研究》，上海書店出版社，2002年3月，頁369。

「截之矣」文義相貫。篇名〈可斯〉對應今本《小雅・何人斯》，此
篇爲一絕交詩，正合與簡文之旨。

根據許全勝的看法，對於「{{字}}」字的隸定爲「遚」或「遚」，其中第十一、十
三簡可讀爲「傳」，第二十七簡則應讀爲「斷」。

8. 王志平之說

王志平在〈《詩論》箋疏〉一文中提到：〔註111〕

> 「惠」，下「《鵲巢》出以百兩，不亦有惠乎？」、「惠其所愛，必曰：
> 吾奚舍之？賓贈是已。」同。此「惠」訓愛，《詩・北風》：「惠而好
> 我。」《傳》：「惠，愛也。」

據此可知王志平將「{{字}}」字逕自隸定成「惠」，並以爲「惠」訓愛。

9. 俞志慧之說

俞志慧在〈〈孔子詩論〉五題〉一文中提到：〔註112〕

> 第十一簡「鵲巢之歸則」下一字，與十三簡「不亦有」下及二十七
> 簡「其所前之字同形，皆有辵底或彳旁，與郭店簡《老子》甲簡十、
> 《成之聞之》簡三十七釋爲「遠」之字形似，以句義度之，釋爲「遠」
> 於本組簡文有此字之其他二簡意義亦無違忤。

由此可見俞志慧以爲{{字}}、{{字}}、{{字}}等字可釋爲「遠」。

10. 張桂光之說

張桂光在〈《戰國楚竹書・孔子詩論》文字考釋〉一文中提到：〔註113〕

> {{字}}，見第十一簡；{{字}}，見第十三簡；{{字}}，見第二十七簡。原釋文
> 以爲字當釋「產」，並謂第十一簡「鵲巢之歸，則產者……」的「產」
> 取匹配義，而「產者」即指匹配的新人。於十三簡、二十七簡則
> 無說。考「產」字古文字多見，甲骨文作{{字}}（《合集》三七五〇〇）、
> {{字}}（《合集》三七七七四）、{{字}}（《合集》三七七五八）等形，金文
> 作{{字}}（《秦公簋》）、{{字}}、{{字}}（《楚簋》）等形，陶文作{{字}}，睡虎地秦簡

〔註111〕王志平〈《詩論》箋疏〉，《上博館藏戰國楚竹書研究》，上海書店出版社，2002
年3月。另名爲〈《詩論》札記〉（Http://www.bamboosilk.org/Zzwk/2002/W/
wangzhiping01.htm）

〔註112〕俞志慧：〈〈孔子詩論〉五題〉，《上博館藏戰國楚竹書研究》，上海書店出版社，
2002年3月。

〔註113〕張桂光：〈《戰國楚竹書・孔子詩論》文字考釋〉，《上博館藏戰國楚竹書研究》，
上海書店出版社，2002年3月，頁339～340。

作 ⚇ ，中部都呈 ⊕ 若 ⊞ 狀，其作兩角交叉者，實僅《井人鐘》之 ⚇ 字一例而已，且其兩角交叉之上爲全封閉，與簡文之作 ⚇ 若 ⚇ 者絕不相類，釋「疐」顯然未妥。古文字中作兩角交叉而又上部不封閉者，實得 ⚇ （禽，《禽簋》）、 ⚇ （卤，《叔卤》）、 ⚇ （離，古璽）、 ⚇ （曷，古璽）、 ⚇ （兇，楚帛書）等幾個偏旁而已，而與簡文字形最爲相近的，應該還是 ⚇ 字。因此，我認爲該字乃是從辵離省聲的形聲字，是戰國時楚人爲離開的「離」造的專字，自然以釋「離」爲是。第十一簡「鵲巢之歸，則離者……」歸、離正好相對，歸於夫家，離者自然是娘家了；第十三簡「鵲巢出以百兩，不亦有離乎」，離指離巢，乃謂今日出百輛以迎親的鵲巢雖好，其自家的女兒不也有離巢出嫁之日嗎？第二十七簡「離其所愛，必曰吾奚舍之，賓贈是已」的「離」是指離棄，意謂丟棄原先所愛之物，也一定要說「我哪裏會舍棄她呢？不過將它做貴重禮品贈予他人罷了」。

據上所述，透過偏旁比對，張桂光以爲 ⚇ 、 ⚇ 、 ⚇ 等字乃是從辵離省聲的形聲字，是戰國時楚人爲離開的「離」造的專字。

11. 黃德寬、徐在國之說

黃德寬、徐在國二人在〈《上海博物館藏戰國楚竹書（一）·孔子詩論》釋文補正〉一文中提到：〔註114〕

181頁第十一簡「則疐者……」……

按：第二字簡文作 ⚇ ，又見於簡十三、二十七中，分別作 ⚇ 、 ⚇ ，此字讀「疐」誤。《郭店·尊德義》24有字作 ⚇ ，我們曾釋爲「罹」，認爲字從「心」「离」省聲。〔註115〕「 ⚇ 」字似應分析爲從「辵」「离」聲，隸作「遹」，釋爲「離」。「離」有離別義，故字可從「辵」。《廣韻·支韻》：「離，近曰離，遠曰別。」簡文「〈鵲巢〉之歸，則離者……」，十二簡爲「〈鵲巢〉出以百兩，不亦又離乎」，二十七簡爲「何斯雀之矣，離其所愛。」

據上所述， ⚇ 、 ⚇ 、 ⚇ 等字可分析爲從「辵」「离」聲，隸作「遹」，釋爲「離」。

〔註114〕黃德寬、徐在國：〈《上海博物館藏戰國楚竹書（一）·孔子詩論》釋文補正〉，《安徽大學學報》（哲學社會科學版），2002年3月（第26卷第2期）。
〔註115〕黃德寬、徐在國：〈郭店楚簡文字續考〉，《江漢考古》1999年第2期，頁76。

（二）「遾」字偏旁字形比對

　　根據以上所引學者的看法，從中可以發現幾個問題：第一，學者們對於字形本身的釋形存在著不同的看法；第二，根據不同的釋形與隸定，而有不同的通讀方法，相對的，所引用的證據也有所不同。以下本文則針對「遾」字的字形作進一步的分析與說明。

　　1.「遾」字所從的「辶」形

　　關於「遾」字所從的「辶」形，就形體來看，「辶」形「從彳從止」，隸定成「辵」形是沒有問題的。﹝註116﹞此外，也有「辶」形所從「彳」形與「止」形分開隸定的，如《上博楚竹書》（一）將「遾」字隸定成「遾」，這種隸定方式也是合理的。卻也因爲「從彳從止」可以合併隸定或分開隸定，造成學者們在隸定「辶」形時的結果不盡相同。這種情形尤見於隸定先秦文字的字書中，站在字書使用者的立場來看，其實是十分不方便的。在此本文以爲字形如見於《說文》中者，則依《說文》的隸定，如未見於《說文》者，就「辶」形而言，隸定成「辵（辵）」是較符合《說文》的體例。

　　2.「遾」字所從的「宯」形

　　關於「遾」字所從的「宯」形，論者頗多：主張「宯」形爲「宯」形者，如《上博楚竹書》（一）；主張「宯」形爲「离」形者，如李零、李學勤、胡平生、周鳳五、張桂光、黃德寬、徐在國等人；主張「宯」形爲「曑」形者，如何琳儀；主張「宯」形爲「從午從曑」者，如姜廣輝；主張「宯」形爲「重」形者，如許全勝、王志平等人；主張「遾」形爲「遠」者，如俞志慧。

　　（1）主張「宯」形為「宯」形者

　　主張此說者爲《上博楚竹書》（一），這種說法爲單純的據形隸定，從其所隸定的形體則無法進一步得知此形構所提供的其他訊息，在毫無頭緒的情形之下，此種方式是可從的。但如有其他的可能，這種隸定方式則有修改的空間存在。

　　（2）主張「宯」形為「离」形

　　主張此說者眾多，如李零、李學勤、胡平生、周鳳五、張桂光、黃德寬、徐在國等人。李零以爲「『離』，原作『遾』，從字形看，其聲旁部分乃『離』

﹝註116﹞可參《郭店楚簡研究》一書中「辵」部下所收錄的字形（張光裕主編、袁國華合編：《郭店楚簡研究・第一卷・文字編》，頁 386～387。）

字所從」，換句話說，「⚲」形為「離」字所從的「聲旁部分」，即「离」形。李學勤對於形構部分則沒有進一步說明，逕將「遷」字釋為「離」。胡平生則以為「從離省」。周鳳五、張桂光則將「遷」字視為從辵，離省聲，換句話說，「⚲」形乃為「離」省，並作為聲符之用。黃德寬、徐在國二人則以為「⚲」即為「离」，並作為聲符之用。根據以上說明，雖然有「⚲」形有「離」之省形或「离」形等不同的看法，但總體來看，這些學者均認同「⚲」形即為「离」形。

　　關於「⚲」形之所以可以視為「离」形的原因，張桂光、黃德寬、徐在國等人引用相關字形作為說明。張桂光首先論證「遷」字讀為「覃」字是不可從的（參見上文所轉引張桂光之說），本文贊同其說。其次提到「古文字中作兩角交叉而又上部不封閉者」，有「禽」、「罔」、「離」、「曷」、「兒」等五個偏旁所從之形，最後以為上博簡「遷（01-13-22）」字與「遷（01-27-08）」字所從的「⚲」、「⚲」等形與「⚲（離，古璽）」形最近，而以為「⚲」形即「离」形。根據張桂光引證的過程，可以發現其以偏旁分析法作為論述的理論基礎，這種方式是當文字考釋者面對一個未知的字形時所進行的第一個步驟，可惜的是，張桂光但言「⚲」、「⚲」等形與「⚲（離，古璽）」形最近，而沒有說明「⚲」形和「⚲」形「最接近」的原因。根據其說，從字形的相似度來看，可以發現「⚲」形和「⚲」形上面部分的確是十分的接近，但是「⚲」形下面所從的「凵」形和「⚲」形下面所從的「內」形則有天壤之別，在楚系文字當中，似乎還沒有「凵」形和「內」形互用的情形，因此其「最接近」一語，就字形本身來看，說服力似有不足之處。

　　至於黃德寬、徐在國二人則引用《郭店・尊德義》24有字作「⚲」，以為此字從「心」「离」省聲，據此以為「遷」字似應分析為從「辵」「离」聲，隸作「邁」，釋為「離」。就《郭店・尊德義》24「⚲」字所從「⚲」形與「遷」字所從「⚲」形相互比較，「⚲」形下面則多了「凵」形。至於「凵」形能否省略？可以肯定的是，「叀」形下面的形體的確有省略的例子存在，〔註117〕從這個角度來看，「凵」形似乎存在著省略的情形。至於「⚲」形或「⚲」形為何為「离」形？此二人則沒有進一步的說明。

（3）主張「⚲」形為「罔」形者

　　此說為何琳儀所提出。何琳儀透過偏旁分析的方法，以為「邵鍾『罔』

〔註117〕羅凡晸：《郭店楚簡異體字研究》，頁190～191。

之上所從『十』形，與上海簡吻合。這可能是飾筆，也可能屬『形聲標音』。（「龠」、「十」均屬舌音。）」並據此將「遷」字讀爲「蕩」。可謂爲一說。

（4）主張「毒」形為「從午從邑」者

此說爲姜廣輝在何琳儀將「毒」形釋爲「邑」形的基礎之上，進一步以爲「毒」形上面所從的「♦」形爲「午」字，「邑」形則爲「邑」字，因此，「遷」字便從彳從止從午從邑，在這種偏旁分析之下，姜廣輝則據以隸定爲「𨖈」，通「御」，「『𨖈』與『御』兩字的區別在一從『邑』，一從『卩』」，「後來『御』字通行，而『𨖈』字遂廢而不用。」這種看法乍看之下頗爲言之成理，但仍有一些問題存在：第一，楚簡文字「午」或從「午」之形，似不作「♦」形，「♦」形在楚簡文字使用上，釋爲「十」較可從；〔註118〕第二，從「邑」形與從「卩」形偏旁通用的例子本文尚未得見，因此在沒有強而有力的證據之下，這種說法的說服力不足。

（5）主張「毒」形為「重」形者

主張此說者如許全勝、王志平等人。王志平於字形方面未作任何說解，許全勝則以爲「毒」形似從重，並引龍節傳遞之「傳」字、《說文》古文斷、長沙帛書、曾侯乙墓二一二號簡等例子加以說明。關於從重之說不可信，《上博楚竹書》（一）提到「遷」形所從「𣄸」似『重』而非是，簡文另有『重』字。此字形有兩角交叉綫，和『重』不同」，本文贊同《上博楚竹書》（一）之說。進一步查看楚系文字從「重」之形，中間形體上端均作包合之形而無一例外者。〔註119〕

至於從「重」之形與「毒」形相同的地方，則在於「毒」形下面所從形體的寫法是相同的。這或許是許全勝等人將「毒」形視爲「重」形的主要原因吧！

（6）主張「遷」形為「遠」者

主張此說者爲俞志慧。俞志慧以爲「遷」形與郭店簡《老子》甲簡十、《成之聞之》簡三十七釋爲「遠」之字形似，然而查看這兩個字形，分別寫成「𨕯（《老子》甲簡十）」、「𨖗（《成之聞之》簡三十七）」之形，與「遷」形相比，

〔註118〕參見陳嘉凌對於「午」形及「十」形的歸納（陳嘉凌：《楚系簡帛字根研究》，頁616～617「午」下、頁746「十」下。）

〔註119〕見陳嘉凌對於從「重」之形的歸納（陳嘉凌：《楚系簡帛字根研究》，頁614～615。）

除了同樣具有「從彳從止」的「辵」形之外，其他形體並不相同，因此其說不可信。

綜上所述，本文以爲「（01-11-37）」、「（01-13-22）」、「（01-27-08）」等形就字形本身的分析過程而言，何琳儀的說法最具有說服力。至於「」可讀爲何字，本文在此則持保留的態度，有待將來進一步資料的證明。

七、說「弜」

在《上博楚竹書・孔子詩論》第十六簡當中，有一字形如下：

（01-16-24）

原簡

摹本

其相對的文例如下：

01-16 孔＝（孔子）曰：虗（吾）目（以）蒿弜旻（得）氏初之詩，民眚（性）古（固）然■。

《上博楚竹書》（一）在相關的注釋中提到：〔註120〕

蒿弜 篇名。「蒿」字據下文也可寫作「蓄」，第十七簡之《菜蒿》也寫作從艸從㝵，和第一字從艸從卜不完全相同，但應是同一個字。

由於篇名和今本未能對照確認，所以「得氏初之詩」，不易解釋。

據上所述，《上博楚竹書》（一）逕自依原簡字形摹寫，而不作進一步的隸定。

（一）學者對於「弜」字的看法

關於「弜」字，學者討論十分的踴躍。以下爲了論述方便，本文將學者們討論的相關意見羅列如下，以清眉目。

1. 李零之說

李零在〈上博楚簡校讀記（之一）——《子羔》篇「孔子詩論」部分〉一文中提到：

《萬覃》，上字原作「萬」，下字原從古從尋，原書沒有對出（「萬」

是匣母月部字，〔註121〕「萬」是見母月部字，讀音相近；「覃」是定母侵部字，「尋」是邪母侵部字，讀音亦相近，郭店楚簡《成之聞之》簡34「簟席」的「簟」字就是從尋得聲）。〔註122〕

據上所述，李零以為「𢾿」字從古從尋，可讀為「覃」，並引用郭店楚簡《成之聞之》簡34「簟席」的「簟」字作為旁證。

2. 劉釗之說

劉釗在〈讀《上海博物館藏戰國竹書（一）》劄記（一）〉一文中提到：〔註123〕

> ……一個是「葛覃」，簡文「覃」字從「尋」作，這種寫法的「尋」字還見於郭店楚簡《成之聞之》的「君子簟席之上」的「簟」字，此字由李學勤先生首發其覆。古「尋」、「覃」音近可通，甲骨文「尋」字就是在象兩手展開形（兩手展開的長度就是一「尋」）上累加象竹席的「簟」聲而成。

根據劉釗的說法，「𢾿」字讀為「覃」，簡文「覃」字從「尋」作，並提到此字由李學勤先生首發其覆。

3. 周鳳五之說

周鳳五在〈《孔子詩論》新釋文及注解〉一文中提到：〔註124〕

> 簡十六「葛覃」：原缺釋。按，上字從艸，害聲，讀為「葛」。關於「害」字，裘錫圭有專文考之，論證詳密。下字從尋，讀為「覃」，考釋已見上文「申而尋」條。〔註125〕聞李天虹亦釋「葛覃」，其說未見。

〔註121〕李零在〈《上博楚簡校讀記》補記〉（http://www.bamboosilk.org/Wssf/2002/liling04.htm）一文中提到：「……馮勝君先生指出，「萬」是魚部字，不是月部字，匡予疏忽，也是值得感謝的。」

〔註122〕李零：〈上博楚簡校讀記（之一）：子羔篇「孔子詩論」部分〉，（http://www.bamboosilk.org/Wssf/2002/liling01-1.htm）（2002/01/04）。另見《上博楚簡三篇校讀記》，台北：萬卷樓出版有限公司，2002年3月初版，頁25～27。

〔註123〕劉釗：〈讀《上海博物館藏戰國竹書（一）》劄記（一）〉，（http://www.bamboosilk.org/Wssf/2002/liuzhao01.htm）（2002/01/08）

〔註124〕周鳳五：〈《孔子詩論》新釋文及注解〉，（http://www.bamboosilk.org/Wssf/2002/zhoufengwu01.htm）（2002/01/16）；另見《上博館藏戰國楚竹書研究》，上海書店出版社，2002年3月，頁161、頁156～157。

〔註125〕本文按：參見下一段引文。

簡二「申而尋」：申、尋二字皆訓「長也」，與「安而遲」、「深而遠」文義相應。申字訓長，毋庸多贅。「尋」字甲骨文象人兩臂伸展之形，或加直畫，乃尺之象形，《說文》：「一說：度人之兩臂爲尋」，亦即「八尺爲尋」是也；引申而爲「繹理」，見《說文》本義。簡十六所見《詩經》篇名〈葛覃〉之「覃」左旁作「尋」，以聲音通假爲覃。右旁所從似古非古，及門顏世鉉君以爲「由」字，可從。由、餘紐幽韻，爲「尋」之疊加聲符。《鄂君啓節》「逾油」、《中山王壺》「親蒙皋胄」所從與簡文近，似可參看。郭店《尊德義》簡三十七「夫唯是，故德可覃而施可轉也」之「覃」則從左右手，正像「舒兩肱」之形，可以參照。〔註126〕《爾雅・釋言》：「覃，延也。」與「尋」訓「繹理」音義皆通。與此相關者，另有郭店〈成之聞之〉簡二十四：「其淫也固矣」之「淫」，簡三十四：「君子衽席之上，讓而處幽」之「衽」，〈性自命出〉簡六十五：「退欲忍而毋輕」之「忍」，〈六德〉簡三十六：「君子言靭焉爾」之「靭」，《老子甲》簡三十四：「未知牝牡之合淫怒」之「淫」，均以音近通假。《古文四聲韻》下平「侵」韻收「尋」、「淫」二字古文形構近似，亦是一證。

據上所述，周鳳五以爲「𰠻」字「從尋從由」，「由爲疊加聲符」，讀爲「覃」。

4. 何琳儀之說

何琳儀〈滬簡〈詩論〉選釋〉一文中，在討論〈孔子詩論〉十六簡「虗（吾）以萬（葛）尋（覃）夏（得）氏初之詩，民眚（性）古（故）然。」時提到：〔註127〕

……

「尋」之右旁似從「古」形，疑乃小篆「尋」所從「工」、「口」之濫觴。「尋」及從尋之字，參見下列晚周文字：

尋　𰠻　上海簡《詩論》16　　　𰠻　甚六鐘

〔註126〕 本文此處引文轉引自《上博館藏戰國楚竹書研究》一書。又，周鳳五先前發表在簡帛研究網站上的資料，從「右旁所從似古非古」句以下至《爾雅・釋言》句以上，原作「其上半直畫象尺形，點、橫皆羨筆；其下之「甘」，則疊加聲符。」據此可見，周先生或改其前說，以爲顏世鉉之說可從。

〔註127〕 何琳儀：〈滬簡〈詩論〉選釋〉，（http://www.bamboosilk.org/Wssf/2002/helinyi01.htm（2002/1/17））；另見《上博館藏戰國楚竹書研究》，上海書店出版社，2002 年 3 月，頁 249～251。

籙　🖋️　郭店簡《成之聞之》34〔註128〕

簡文「蔑（害）尋」，可讀「葛覃」。

……「尋」與「覃」聲系相通。《淮南子・天問訓》「火上蕁。」注
「蕁讀若《葛覃》之覃。」《淮南子・原道訓》「故雖遊于江潯海裔。」
注「蕁讀若《葛覃》之覃。」《爾雅・釋言》「流，覃也。覃，延也。」
《釋文》「覃本又作𡩡。」是其佐證。或隸定「尋」爲「敢」，與「覃」
之讀音亦近。

綜上，簡文「蔑尋」，應讀「葛覃」，即《詩・周南・葛覃》。
根據何琳儀的說法，「🖋️」字可隸爲「尋」，「尋」之右旁似從「古」形，疑乃
小篆「尋」所從「工」、「口」之濫觴。「🖋️」讀爲「覃」。

5. 黃德寬、徐在國〔註129〕

黃德寬、徐在國兩人在〈《上海博物館藏戰國楚竹書（一）・孔子詩論》
釋文補正〉一文中提到：〔註130〕

關於「🖋️」字，左邊所從的「多」乃「尋」，參上「蕁」字條。〔註131〕
右邊所從疑是「由」，郭店簡由字作𠧢、𠧢可證。「🖋️」字當隸作「尋」，
從「尋」聲，在簡文中當讀爲「覃」。從「尋」聲之字與「覃」相通，
例見上文，此不贅舉。「禫」與「導」、「道」通。如：《禮記・喪大紀》：
「禫而内無器者。」鄭注：「禫或皆作道。」《儀禮・士虞禮》：「中月
而禫。」鄭注：「古文禫或爲導。」「迪」、「道」古通。如：《書・益
稷》：「各迪有功。」《史記・夏本紀》「迪」作「道」。《書・君奭》：「我
道惟寧王德延。」《釋文》：「道，馬本作迪。」可見由、道、覃關係
密切。疑「尋」所從的「由」乃是贅加的聲符。

總之，簡文「蔑（菅）尋」當讀爲「葛覃」，爲《詩經》篇名。見於
今本《詩・國風・周南・葛覃》。

〔註128〕李零：〈郭店楚簡校讀記〉，《道家文化研究》17 輯，1999 年。
〔註129〕黃德寬、徐在國：〈《上海博物館藏戰國楚竹書（一）・孔子詩論》釋文補正〉，
　　　　《安徽大學學報》（哲學社會科學版），2002 年 3 月（第 26 卷第 2 期）。
〔註130〕黃德寬、徐在國：〈《上海博物館藏戰國楚竹書（一）・孔子詩論》釋文補正〉，
　　　　《安徽大學學報》（哲學社會科學版），2002 年 3 月（第 26 卷第 2 期），頁 4、
　　　　頁 1。
〔註131〕本文按：見下引文。

又，在分析「**艸**」字時提到：

……**艸**，似應分析爲從「艸」「尋」聲，釋爲「葦」。古文字中「尋」
或從「尋」之字作：

尋　　　**図**〔註132〕　　**図**〔註133〕　　《甲骨文編》661、734 頁

　　　　図尋伯匜　　**図**尋仲匜　　**図**秦公簋〔註134〕

鄩　　　**図**鬲鎛　　**図**包山 157　　**図**包山 169

　　　　図包山 157 反〔註135〕

菣　　　**図**包山 120

簟　　　**図**郭店・成之聞之 34
〔註136〕

《說文》：「度人之兩臂爲尋，八尺也。」《小爾雅》：「尋，舒兩肱也。」
古文字「尋」象兩臂量物形。楚文字「尋」字或作**図**、**図**、**図**、**図**等形，
略有省變。「**艸**」字所的「**図**」上部**図**形反寫作**図**，與包山 157 反**図**字
下部**図**形反寫作**図**相類，亦「尋」字或體。如此，「**艸**」應釋爲「葦」。
〔註137〕

「葦」字見於《說文》，在簡文中似應讀爲「覃」。李學勤先生說：「按
『尋』聲的字每每與『覃』聲的字通用，如《說文通訓定聲》所說，
『葦』或作『薄』，『樳』或作『橝』。這是由於『覃』是定母侵韻字，
故與『尋』相通。」其說可從。典籍中「覃」與從「尋」聲之字相
通，如《淮南子・天文》：「火上葦，水下流。」高誘注：「葦，讀若
《萬覃》之覃也。」《爾雅・釋言》：「流，覃也。覃，延也。」《釋
文》：「覃本又作婦。孫叔然云：『古覃字』。」〔註138〕《說文》：「覃，

〔註132〕此形爲「佚 137」之形（《甲骨文編》頁 661。）

〔註133〕「明藏 453」（《甲骨文編》頁 734。）

〔註134〕從李零釋，《郭店楚簡校讀記》，《道家文化研究》第十七輯，三聯書店，1999
　　　　年，第 515、520、539 頁。

〔註135〕從李學勤釋。《續釋「尋」字》，《故宮博物院院刊》，2000 年第 6 期，第 11
　　　　頁。

〔註136〕從李零、李學勤之說。

〔註137〕本文以爲「**艸**」字應爲從艸從易。見本文第四章第一節「說『易』」之處。

〔註138〕高亨：《古字通假會典》，齊魯書社，1989 年，第 239～240 頁。

長味也。」《廣雅・釋詁二》：「覃，長也。」《詩・大雅・生民》：「鳥
乃去矣，后稷瓜矣。實覃實訏，厥聲載路。」毛傳：「覃，長。」

根據上述，黃德寬、徐在國兩人以爲「𢆉」字當隸作「𦍌」，讀爲「覃」。

6. 俞志慧之說

俞志慧在〈〈孔子詩論〉五題〉一文中提到：〔註139〕

> 「孔子曰吾以」下二字，李學勤、李零、劉釗等先生釋爲「萬覃」……，
> 誠爲不易之論。筆者於此提供一點補證，……「萬」下一字，左邊
> 爲長的反書，右邊與金文「覃」字同形，《說文》：「覃，長味也。」
> 段注：「引伸之凡長皆曰覃。」《廣雅・釋詁》：「覃，長也。」如此，
> 其左邊係該字義符，右邊亦聲。

根據俞志慧的看法，「𢆉」字所從「彡」形爲「長」之反書，「𢆉」字所從「古」
形與金文「覃」字同形。換句話說，俞志慧或以爲「𢆉」字「從長從覃，覃
亦聲。」

7. 李守奎之說

李守奎在〈楚簡《孔子詩論》中的《詩經》篇名文字考〉一文中提到：
〔註140〕

> ……在第十六簡的釋讀中，……，故釋「萯𢆉」爲「萬𣶒」而讀爲
> 「禹籀」，義爲禹被諷誦。董蓮池先生指出：「萬𣶒」應讀爲「葛覃」，
> 是《國風・周南》中的篇名〔註141〕。拙文讀「萬𣶒」爲「禹籀」是
> 考慮到「𣶒」的聲讀和詩評的內容的緣故。……

據其所言，「𢆉」釋爲「𣶒」，讀爲「籀」。

8. 許全勝之說

許全勝在〈《孔子詩論》零拾〉一文中提到：〔註142〕

〔註139〕 俞志慧：〈〈孔子詩論〉五題〉，《上博館藏戰國楚竹書研究》，上海書店出版社，
2002 年 3 月，頁 313～314。

〔註140〕 李守奎：〈楚簡《孔子詩論》中的《詩經》篇名文字考〉，（http://www.bamboosilk.
org/Zzwk/2002/L/lishoukui01.htm）；另見《上博館藏戰國楚竹書研究》，上海
書店出版社，2002 年 3 月。

〔註141〕 關於董蓮池之說，本文尚未得見。

〔註142〕 許全勝：〈《孔子詩論》零拾〉，《新出楚簡與儒學思想國際學術研討會論文集》
（北京清華大學思想文化研究所、台北輔仁大學文學院聯合主辦，2002 年 3
月 31 日～4 月 2 日）；另見《上博館藏戰國楚竹書研究》，上海書店出版社，
2002 年 3 月，頁 367。

「萬䢅」則讀爲「葛覃」，「尋」、「覃」古音近。

另外，許全勝在〈《孔子詩論》逸詩說難以成立——與馬承源先生商榷〉一文中提到：〔註143〕

> 十六簡篇名「葛」下一字從尋從古，如讀爲「尋」聲，篇名爲《葛覃》，因「尋」、「覃」二字古音很近；如讀爲「古」聲，篇名則疑是《葛屨》，「古」、「屨」古音也近，而左邊「尋」字可能是古文字「舄」之訛形，在此作形符。另外，從簡本文義來看，與今本《葛覃》、《葛屨》詩旨似皆不甚吻合，而《小雅·大東》第二章也有「糾糾葛屨，可以履霜？」之句，且其詩義與簡本有相合處，故疑簡本對應今本《大東》。

據上所述，許全勝以爲「𩰚」字從尋從古，如讀爲「尋」聲，篇名爲《葛覃》；如讀爲「古」聲，篇名則疑是《葛屨》；如從簡本文義來看，則疑簡本對應今本《大東》。

9. 張桂光之說

張桂光在〈《戰國楚竹書·孔子詩論》文字考釋〉一文中提到：〔註144〕

> 至於「葛𩰚」當爲《詩》中哪一篇名，以「夫葛之見歌也」一語看，極有可能指的是《葛覃》，因爲《葛屨》、《葛藟》、《葛生》諸篇均不如《葛覃》一篇歌葛之純粹，但因𩰚字未能確識，所以不敢妄下斷語。𩰚之字形或與敢有聯繫。「敢」與「覃」有侵、談旁轉關係，可惜定、見聲紐相隔太遠，不易說通。

據其所言，張桂光以爲「𩰚」字未能確識，「𩰚」之字形或與「敢」有聯繫。又言：「敢」與「覃」有侵、談旁轉關係，可惜定、見聲紐相隔太遠，不易說通。

10. 顏世鉉之說

顏世鉉在〈上博楚竹書散論（一）〉一文中提到：〔註145〕

〔註143〕許全勝：〈孔子詩論逸詩說難以成立——與馬承源先生商榷〉，《文匯報》2002年1月12日。

（另見於 http://www.whb.com.cn/20020327/xl/.%5C200201120108.htm）

〔註144〕張桂光：〈《戰國楚竹書·孔子詩論》文字考釋〉，《上博館藏戰國楚竹書研究》，上海書店出版社，2002年3月。

〔註145〕顏世鉉：〈上博楚竹書散論（一）〉

（http://www.bamboosilk.org/Wssf/2002/yanshixuan01.htm）（2002/04/14）

《孔子詩論》簡一六「《葛覃》」，此篇名，原整理未釋出；已有多位學者指出即是《周南・葛覃》。〔註146〕「覃」字，原作𩰫之形，李零先生說：字原從「古」從「尋」，讀爲「覃」。周鳳五先生說：從「尋」，讀爲「覃」。

按，此字乃從「尋」、〔註147〕從「由」，兩者皆爲聲符。《周易・豫・九四》：「由豫」，上博楚竹書作「猷余（豫）」，〔註148〕馬王堆帛書本作「尤餘（豫）」，張立文先生說：

> 「尤」《唐韻》：「以周切。」《集韻》、《韻會》：「夷周切。」《正韻》：「于求切。」並音由。「尤」、「由」古音同，相通。」朱駿聲《說文通訓定聲》曰：「尤，聲轉亦讀如『由』，緩行之狀也。」……尤豫，即猶豫。《後漢書・來歙傳》：「尤豫不決。」李賢注：「尤豫，狐疑也。」《後漢書・竇武傳》：「太后尤豫未忍。」李注曰：「尤豫不定也。」《後漢書・馬援傳》：「尤豫未決。」李注：「遲疑未定也。」《說文解字段注》曰：「古籍內尤豫義同猶豫。」是尤豫爲猶豫。〔註149〕

《說文》：「尤，尤尤，行皃。」段注：「『尤尤』，各本作『淫淫』，今依《玉篇》、《集韻》、《類篇》正。……古籍內『尤豫』，義同『猶豫』。巴東　瀨堆亦曰『猶豫』，《坤元錄》作『尤豫』，《樂府》作『淫豫』。然則『尤』是遲疑躊躇之濫矣。」朱駿聲《說文通訓定聲》云：「按，讀如『淫』，故今本《說文》作『淫淫，行皃。』聲轉亦讀如『由』，緩行之狀也。」由此可見，「由」可與「尤」、「淫」之字相通假。〔註150〕

〔註146〕龐樸，《上博藏簡零箋（二）》；李零，《上博楚簡校讀記（之一）—〈子羔〉篇「孔子詩論」部分》；李學勤，《上海博物館藏楚竹書〈詩論〉分章釋文》；周鳳五，《〈孔子詩論〉新釋文及注解》；以上諸文均見於「簡帛研究」網站。

〔註147〕有關「尋」字字形的考釋，可參李學勤，《續釋「尋」字》，《故宮博物院院刊》，2001年第6期（總第92期），頁8～11。

〔註148〕廖名春，《上海博物館藏楚簡〈周易〉管窺》，《新出楚簡試論》（台北：台灣古籍出版有限公司，2001年），頁283～286。

〔註149〕張立文，《帛書周易註譯》（鄭州：中州古籍出版社，1992年），頁256～257。

〔註150〕由爲余紐幽部，尤和淫爲余紐侵部，（郭錫良，《漢字古音手冊》，頁179、234）。二者爲聲紐爲雙聲。

其次，從「尤」、「淫」、「尋」、「覃」爲聲旁之字，均音近可相通，關係密切。〔註151〕以下就以高亨、董治安《古字通假會典》所引之例來說明：

> 《荀子・勸學》：「瓠巴鼓瑟而流魚出聽。」流當作沈。《大戴禮・勸學》作沈。《淮南子・説山》作淫。

> 《淮南子・説山》：「瓠巴鼓瑟而淫魚出聽。」《三國志・蜀志・郤正傳》裴注、《文選・魏都賦》李注引淫作鱏，《論衡》亦作鱏。《説文》引「《傳》曰」同。

> 《史記・齊悼惠王世家》：「事浸潯，不得聞於天子。」《漢書・高五王傳》浸潯作寖淫。〔註152〕

陳復華、何九盈《古韻通曉》：

> 「猶豫」或作「淫豫」、「尤豫」。林義光作幽、侵對轉。陸志韋以此例證明「侵覃跟幽宵的通轉確有點蛛絲馬迹」。張世祿認爲《陳涉世家》的「涉之爲王沈沈者」，「沈沈」是「覃覃」的假借。又作「潭潭」，陳亮《與葉丞相》：「亮積憂多畏，潭潭之府所不敢登。」〔註153〕

總結來説，由從「由」諧聲之字與從「尤」、「淫」、「尋」、「覃」諧聲之字的材料，以及古音學者所歸納出的看法，「由」和「尋」二者確有相近的語音關係。故簡文「尋」字，加上「由」爲聲符，作爲標音作用，這是很有可能的。

據上所述，顏世鉉以爲「𩏣」字乃從「尋」、從「由」，兩者皆爲聲符。

11. 呂文郁之説

呂文郁在〈讀《戰國楚竹書・詩論》札記〉一文中提到：〔註154〕

〔註151〕尋爲邪紐侵部，覃爲定紐侵部，（郭錫良，《漢字古音手冊》，頁248、193），「尋」、「覃」爲齒頭、舌頭鄰紐，疊韻。從「尤」、「淫」、「尋」、「覃」諧聲之字的通假關係，可參高亨、董治安《古字通假會典》所引之例，頁235～240。

〔註152〕高亨、董治安，《古字通假會典》，頁236。

〔註153〕陳復華、何九盈，《古韻通曉》（北京：中國社會科學出版社，1987年），頁382。按，文中所提三位學者的説法的出處，據其注，分別爲：林義光《文源》、陸志韋《古音説略》、張世祿《古代漢語》60頁。

〔註154〕呂文郁：〈讀《戰國楚竹書・詩論》札記〉，《新出土文獻與古代文明研究國際

……的右半部爲「早」字之倒寫，左半部字形則未詳。作爲詩的篇名，應即《周南》中的〈葛覃〉。

據上所述，呂文郁在字形解說上，以爲「」字的右半部爲「早」字之倒寫，左半部字形則未詳。

（二）「」字形構分析

透過對於學者看法的介紹，本文作了以下的歸納：主張「」爲「尋」、「䩞」、「䩜」、「㽕」等，讀爲「覃」者，如李零、周鳳五、何琳儀、黃德寬、徐在國、俞志慧、許全勝、顏世鉉、季師旭昇〔註 155〕等；主張「」爲「蕈」，「從尋作」者，如劉釗；主張「」爲「㽕」，讀爲「籀」，如李守奎；不明「」字形構者，如《上博楚竹書》（一）、張桂光、呂文郁等。

1. 「」字所從的「」形

就「」字所從「」形隸定的方法，大體而言可概分爲四種：

第一，將「」形視爲「長」之反書者，如俞志慧。本文以爲此說有誤。就陳嘉凌歸納楚系文字從「長」之偏旁，無一形與「」形相同。〔註 156〕因此俞志慧釋形之見，不可信。

第二，以爲「」形可能是古文字「舄」之訛形，如許全勝。所引「舄」字形體，〔註 157〕與「」形並不相同。因此其釋形之說不可信。

第三，將「」形隸定爲「兆」形者，如李守奎。

關於「兆」形，季師旭昇提到「此字甲骨从二「止」涉「水」，即後世「涉」之本字，……。其後假爲卜兆義，與涉水義漸分。」〔註 158〕

就楚簡文字來看，《楚系簡帛文字編》一書收有「兆（𠧞）」字，寫成「（包 2.265）」形，〔註 159〕其所從的「兆」旁與「」形並不相同。此外，就

學術研討會會議論文》，上海：上海大學，2002 年 7 月 28 日～30 日。

〔註 155〕季師旭昇之說參見《說文新證》（上冊），頁 222。文章中提到「」「从『尋』从『古』，兩者皆聲」，關於「」從「古」，季師告知當初所據乃依李零〈上博楚簡校讀記（之一）——《子羔》篇「孔子詩論」部分〉一文之見，至於「」從「由」聲亦可言之成理。

〔註 156〕陳嘉凌：《楚系簡帛字根研究》，頁 27。

〔註 157〕季師旭昇：《說文新證》（上冊），頁 239。

〔註 158〕季師旭昇：《說文新證》（上冊），頁 300～301。

〔註 159〕原簡此形有點模糊，作「」形（詳見湖北省荊沙鐵路考古隊編：《包山楚簡》，文物出版社，圖版一一四），所引字形乃據滕壬生《楚系簡帛文字編》頁 283 中所摹之形，然而與何琳儀在《戰國古文字典》頁 311 中所摹字形作

《包山楚簡文字編》一書的歸納，在「邞」字下有收錄「𦮔（包157）」、「𦮔（包157反）」等字形，﹝註160﹞其中「𦮔（包157）」字右邊所從偏旁與「𦱰」字所從「𢎃」形相同。由於李守奎逕自將「𦱰」字隸定爲「妯」形，並未將隸定的原因加以申說，因此無從查考其由。

究竟可否將「𢎃」形隸定成「兆」形呢？本文以爲：如果「𦮔（包157）」形隸定成「邞」字是沒有問題的，﹝註161﹞那麼「𦱰」字左邊的偏旁或可隸定爲「兆」字。但是就「兆」形的甲骨文字形具有「止」形的這個角度來看，演變到楚系文字當中，「止」形會因此改寫或訛變成「𢎃」形嗎？況且楚系文字「止」形的寫法與「𢎃」形絕不相類，根據以上的推論，本文以爲將「𢎃」形隸定成「兆」形是有問題的。

第四，將「𢎃」形隸定爲「尋」者，如李零、周鳳五、何琳儀、黃德寬、徐在國、顏世鉉、季師旭昇等。

關於「尋」字，甲骨文如「𦥑（佚831）」、「𠬝（粹30）」等形，金文如「𩵋（鬻鑄，「郡」）」所從左旁之形，《說文》云：「𢇅，繹理也。從工、從口、從又、從寸——工、口，亂也；又、寸，分理也——彡聲。此與㬅同意。度人之兩臂爲尋，八尺也。」（卷三下）

根據何琳儀之論，其提到晚周時「尋」及從「尋」之字除了上博簡「𦱰」字之外，尚有「𦥑（甚六鐘）」、「𥷴（《郭店簡・成之聞之》34）」等形亦從「尋」旁。就字形的比對來看，「𩵋（鬻鑄，「郡」）」形所從左旁與「𦥑（甚六鐘）」形所從左旁形體相同，因此「𦥑（甚六鐘）」形從「尋」是沒有問題的。值得注意的是，《郭店簡・成之聞之》第三十四簡的「𥷴」形，原釋文隸定成「簚」卻沒有進一步解釋。李零在〈郭店楚簡校讀記〉一文中提到：﹝註162﹞

「衽」，原「簚」，從照片看似從竹從尋從攴（參看秦公簋銘文的「尋」字），疑讀「簟」或「衽」（「簟」是定母侵部字，「衽」是日母侵部字，「尋」是邪母侵部字，讀音相近），參看朱起鳳《辭通》（上海古

「𣥨」有些不同。

﹝註160﹞張光裕主編、袁國華合編：《包山楚簡文字編》，台北：藝文印書館，1992年11月初版，頁390。

﹝註161﹞關於此字，李學勤將其隸定爲「郡」，此說可從。（參見李學勤：〈續釋「尋」字〉，《故宮博物院院刊》，2000年第6期，第11頁。）。

﹝註162﹞李零：〈郭店楚簡校讀記〉，《道家文化研究》第十七輯，北京：三聯書店，1999年8月第1版，頁515。

籍出版社，1982 年），下冊 2570～2571 頁。

根據李零所言，其引用秦公簋的字形作爲對照，以爲「𥳑」形左下所從之形或爲「尋」形。這種見解在李學勤〈續釋「尋」字〉一文中得到進一步的證實，〔註163〕論證至此，郭店簡的「𥳑」形左下所從之形爲「尋」形已被加以肯定。而黃德寬、徐在國二人則在此基礎之上，進一步以爲「楚文字『尋』字或作弓、弓、弓、豸等形，略有省變。」本文查驗黃、徐二人所引《包山楚簡》原書字形，就包山 157、169、157 反等字形來看，黃、徐二人所摹「弓」、「弓」、「弓」等偏旁是可從的，至於根據包山 120 所摹「豸」形則不夠精確，所摹「豸」形下亦應作「勿」形而非「勿」形，似「爪」形之反作。換句話說，在楚簡文字當中被視爲「尋」形的形體，到目前爲止，均寫成兩個爪形，一個在上，一個在下，爪形開口或朝同一邊，如「弓」形；爪形開口或分別朝向左右兩邊，如「弓」形。

綜上所述，本文以爲「𥳑」字所從「弓」形隸定成「尋」是十分合理的。

2.「𥳑」字所從的「古」形

就「𥳑」字所從「古」形隸定的方法，大體而言可概分爲四種：

第一，以爲「古」形爲「早」字之倒寫，如呂文郁。如果進一步查閱楚系文字，「早」字寫法如「棗（16.12）」、「棗（15.19）」等形，從日、棗聲，〔註164〕與「古」形並不相同。因此其說不可信。

第二，以爲「古」形與金文「覃」字同形，如俞志慧。筆者查閱《金文編》「覃」字，形體如下所示：〔註165〕

　棗（父乙卣）　棗（共覃父乙簋）　棗（父丁爵）　棗（父己爵）

就以上四個「覃」字形體來看，與「古」形絕不相類。不知俞志慧所據爲何？

第三，將「古」形隸定爲「古」形者，如李零、何琳儀、許全勝等。

關於「古」形，李零、許全勝但言「𥳑」字右旁乃從「古」，並沒有做進一步的形構說明。何琳儀則提到：「『尋』之右旁似從『古』形，疑乃小篆『尋』所從『工』、『口』之濫觴。」

關於「古」形，《上博楚竹書》（一）中的〈孔子詩論〉裡共出現七次，均寫成「古」形，無一例外；又，《上博楚竹書》（二）中的〈子羔〉裡出現四

〔註163〕李學勤：〈續釋「尋」字〉，《故宮博物院院刊》，2000 年第 6 期，第 11 頁。

〔註164〕季師旭昇：《說文新證》（上冊），頁 533。

〔註165〕參《金文編》「覃」字，頁 380。（字形引用黃沛榮教授所編製之金文編字形，特此說明。）

次「古」形，亦均寫成「⿱止口」形；在《上博楚竹書》（二）中的〈魯邦大旱〉第五簡當中，有一「沽」字，所從「古」形亦寫成「⿱止口」形。根據李零及相關整理上博所藏楚簡的學者們的看法，〈孔子詩論〉、〈子羔〉、〈魯邦大旱〉等字體相同，或爲同一位書者所寫，如果從這個角度切入，則可發現就「⿱止口」形而言，這位書者所寫的形構是固定的，並沒有出現不同的異體。

根據筆者的歸納，「古」形共出現二十一次，〈孔子詩論〉出現七次，〈緇衣〉共出現九次，〈性情論〉共出現五次，在這些字例當中，可以看到「古」形所從「口」形或可寫成「甘」形，並且不是少數的例子，因此可以說「古」形所從「口」形可以寫成「甘」形。但是根據上文對於〈孔子詩論〉書者所寫「古」形的歸納來看，其所寫「古」形下之「口」形並不曾出現「甘」形，可見〈孔子詩論〉書者所寫的「口」形與「甘」形並未見混用之例。就嚴謹的個人書寫風格來看，同樣是〈孔子詩論〉書者所寫的「⿰糸古」字，右旁所從之形雖然釋成「古」形並無不可，但爲「古」形的可能性也因此降低了一些。

至於「⿰糸古」字右旁所從的「⿱止口」形有無可能釋成「古」形呢？何琳儀懷疑「⿱止口」形可能是小篆「尋」字從「工」從「口」的濫觴；至於許全勝則提到「如讀爲『古』聲，篇名則疑是《葛屨》，『古』、『屨』古音也近，……另外，從簡本文義來看，與今本《葛覃》、《葛屨》詩旨似皆不甚吻合，而《小雅・大東》第二章也有「糾糾葛屨，可以履霜？」之句，且其詩義與簡本有相合處，故疑簡本對應今本《大東》。」以上諸說暫列於此，僅供參考。

第四，將「⿱止口」形隸定爲「由」形者，如周鳳五、黃德寬、徐在國、顏世鉉等。

關於「由」的形構，何琳儀在《戰國古文字典》一書中提到：[註166]

由，甲骨文作⿱止口（類纂〇七三二），構形不明。金文作⿱止口、⿱止甘（見下胄字所從由旁）。戰國文字承襲金文，或加飾筆作⿱止甘、⿱止口，或作⿱止甘與古字相混。《說文》無由，見於偏旁者則作⿱田、，漢代文字作⿱田、⿱田（秦漢九八四），訛變甚鉅。或說象盛土器之形，或說象頭盔之形。

其中值得注意的是，何琳儀提到「戰國文字承襲金文，或加飾筆作⿱止甘、⿱止口，或作⿱止甘與古字相混。」何琳儀所提出的「由」形與「古」形相混的情形，就〈孔子詩論〉中「⿰糸古」字所從「⿱止口」形而言，正是面臨這種問題。關於「⿱止口」形從「古」形的可能性，本文已於上文討論過，至於「⿱止口」形有無可能是「由」形呢？

〔註166〕何琳儀：《戰國古文字典》，頁209。

在《上博楚竹書・孔子詩論》中除了「𦥑」形可能從「由」之外，未見其他從「由」之形。至於在《上博楚竹書・緇衣》中有兩個從「由」之形，分別見於第十一簡「𠩺（克）」字所從的「由」形寫成「甶」與第十五簡的「甶（由）」形，此二形與〈孔子詩論〉「𦥑」字所從「甶」形相似，從這個角度來看，「甶」形似可隸定成「由」。

但是查看〈緇衣〉中的「古」形亦有寫成「甶（02-12）」形者，與第十五簡的「甶（由）」形完全相同，這是一種典型的「同形異字」的情形，無怪乎何琳儀會提到戰國時代「由」形與「古」形有相混的情形，如果從這個角度切入思考，將「甶」形視爲「古」形亦無不可。

至於主張「𦥑」字所從「甶」形爲「由」的主要原因，除了「甶」形與「由」形相同之外，就字音問題，學者們找了許多文獻資料，以爲「由」和「尋」二者確有相近的語音關係。〔註167〕因此將「甶」形視爲「由」形，作爲疊加聲符或贅加聲符之用，亦無不妥之處。

綜合以上的討論，「𦥑」字所從的「彡」形隸定成「尋」是沒有問題的，至於「𦥑」字所從的「甶」形到底是「古」形好還是「由」形好？本文以爲，「甶」形隸定成「古」形或「由」形均存在著可能性，但是如果再將〈孔子詩論〉書者個人的書寫風格這個條件考慮進來，〈孔子詩論〉「古」形相當的一致化，不若〈緇衣〉書者「古」形的字體多變，那麼，加上這個判斷條件，本文以爲「甶」形隸定成「由」形略勝一籌。因此，本文較贊同將「𦥑」字隸定成「䌚」，讀爲「覃」。

八、說「𦥑」

根據《上博楚竹書》（一）的隸定，被隸定成「𦥑」的原簡字形如下：

（01-20-37）

原簡

摹本

〔註167〕聞最早提出這種看法的是沈培，但本文尚未得見。至於顏世鉉則找了許多材料加以說明「由」與「尋」兩者之間的關係，可參看。

其相對的文例如下：〔註168〕

01-20　丌（其）言又（有）所載而后內（納），或前之而后交，人不可觓
　　　　也。

「觓」字在〈孔子詩論〉中出現一次，《上博楚竹書》（一）釋文隸定成「觓」，在注釋的部分則提到「觓《說文》所無，待考。」〔註169〕並未加以進一步說明。

（一）學者對於「觓」字的看法

對於「觓」字的解說，學者們的說法或有差異。在此，本文先羅列學者們對於「觓」字的看法。

1. 李零之說

李零在〈上博楚簡校讀記（之一）：子羔篇孔子詩論部分〉一文中提到：〔註170〕

> 「人不可觓也」，疑讀「人不可捍也」，形容其感染力之深，爲聽者
> 所不可抗拒。

根據李零的說法，「觓」字乃隸定成「觓」，讀爲「捍」。

2. 何琳儀之說

何琳儀在〈滬簡詩論選釋〉一文中，將〈孔子詩論〉第二十簡的釋文重新作了隸定，並且作了一番說明：〔註171〕

> 丌（其）言又（有）所載而後內（納），或前之而後，交（佼）人不
> 可盰也。（20）

根據其釋文隸定，句讀的方式與《上博楚竹書》（一）不同，此外並言：

> 《考釋》句讀及釋字均誤。簡文「交人」，讀「佼人」，見《詩·陳
> 風·月出》「月出皎兮，佼人僚兮。舒窈糾兮，勞心悄兮。」《詩論》
> 往往截取《詩》中之句，以代《詩》之篇名。……

〔註168〕《上博楚竹書》（一），頁149。

〔註169〕《上博楚竹書》（一），頁149。

〔註170〕〈上博楚簡校讀記（之一）：子羔篇孔子詩論部分〉，（http://www.bamboosilk.
org/Wssf/2002/liling01-1.htm）（2002/01/04）。另見《上博楚簡三篇校讀記》，
台北：萬卷樓出版有限公司，2002年3月初版，頁24。

〔註171〕何琳儀：〈滬簡詩論選釋〉，（http://www.bamboosilk.org/Wssf/2002/helinyi01.
htm）02/10/17）；另見《上博館藏戰國楚竹書研究》，上海書店出版社，2002
年3月，頁252。

《說文》「盰，目多白也。一曰，張目也。」簡文「交（佼）人不可
盰也。」意謂「不可以盯著美人瞧」，這與《詩序》「刺好色也。在
位不好德而說（悅）美色焉。」的詮釋是十分吻合的。

據上可知，何琳儀將「🜊」字隸定成「盰」而非「觡」；換言之，何琳儀以爲
「🜊」字上面所從的形體爲「目」形而非「角」形，下面所從的形體則爲「干」。

3. 周鳳五之說

周鳳五在〈《孔子詩論》新釋文及注解〉一文中提到：〔註172〕

簡二十「人不可干也」：「干」，簡文從角、干聲。原缺釋。按，當讀
爲「干」。《公羊傳・定公四年》：「以干闔廬」，注：「不待禮見曰幹。」
古者相見必以贄，《周禮・太宰》「幣帛之式」，鄭注：「幣帛，所以
贈勞賓客者。」簡二七：「離其所愛，必曰：『吾奚舍之？賓贈是也。』」
謂捨其所愛以爲賓贈，所論與此有關，可以參看。簡文論〈木瓜〉
之朋友贈答，連類論及賓客幣帛之不可廢，蓋指〈有杕之杜〉而言。
詳下文。

據上可知，周鳳五贊同《上博楚竹書》（一）的隸定，將「🜊」字隸定成「觡」，
以爲「🜊」字「從角干聲」，且進一步將「觡」讀爲「干」。

4. 廖名春之說

廖名春在〈上海博物館藏詩論簡校釋箚記〉一文中提到：〔註173〕

「人不可皐也」，周鳳五的解釋非常好。「皐」當讀爲「干」，指通好
不以贄爲禮。「人不可干也」，就是人通好不可不以贄，也就是說人
通好而「幣帛之不可去也」。「贄」，也作「摯」。古時賓主相見，賓
送主人之見面禮曰摯。《禮記・表記》：「無禮不相見也。」鄭玄注：
「禮，謂摯也。」是賓見主必有摯。摯有玉、帛、禽等之別。《儀禮・
士相見禮》：「士相見之禮，摯冬用雉，夏用腒。」鄭玄注：「摯，所
執以至者，君子見於所尊敬，必執摯以將其厚意也。」《左傳・莊公
二十四年》：「男贄：大者玉帛，小者禽鳥，以章物也。女贄：不過

〔註172〕〈《孔子詩論》新釋文及注解〉，（http://www.bamboosilk.org/Wssf/2002/
zhoufengwu01.htm）（2002/01/16）；另見《上博館藏戰國楚竹書研究》，上海
書店出版社，2002 年 3 月，頁 162。

〔註173〕廖名春：〈上海博物館藏詩論簡校釋箚記〉（http://www.bamboosilk.org/Zzwk/
2002/L/liaominchun/liaominchun01.htm）；另見《上博館藏戰國楚竹書研究》，
上海書店出版社，2002 年 3 月，頁 265～266。

　　榛、栗、椇、脩，以告虔也。」是禮有大小而摯有不同。禮畢主人
　　還其摯。《儀禮・士相見禮》：「主人複見之以其摯，曰：『鄙者吾子
　　辱，使某見。請還摯於將命者。』」鄭玄注：「禮尚往來也。」《木瓜》
　　詩的「投之以木瓜」、「投之以木桃」、「投之以木李」，就是「執摯以
　　將其厚意」；「報之以瓊琚」、「報之以瓊瑤」、「報之以瓊玖」，就是「還
　　摯」。「投」、「報」就是「往來」。「幣帛之不可去也」，「人不可干也」，
　　就是通好「尚」「往來」之「贄」禮。
根據廖名春的說明，其贊同周鳳五之說，可將「羊」字讀爲「干」，隸定成「𦍋」。
就隸定來看，廖名春隸定成「𦍋」，與《上博楚竹書》（一）隸定成「觓」相
較，一爲上下構形，一爲左右構形；就此字而言，隸定成上下構形的「𦍋」
字比隸定成左右構形的「觓」字妥當。

5. 張桂光之說

張桂光在〈《戰國楚竹書・孔子詩論》文字考釋〉一文中提到：〔註174〕

　　羊，見第二十簡。原釋文隸作「觓」，謂《說文》所無，待考。細審
　　字形，上部從角，可無疑問，但下半之干卻不像干，倒像是主，因此，
　　字似釋「觟」更妥。「觟」字《龍龕手鑑》以爲「觝」之俗字，按「觝」
　　與「觸」義同音別，「觟」可解作觸，亦可解作觝，考慮到「主」與
　　「觸」之音有章昌旁紐、侯屋對轉關係，把「觟」解爲「觸」字異體
　　似比「觝」之俗字更爲合理」。簡文讀作「人不可觸也」，亦自暢順。
根據張桂光對於文字的隸定，以爲「羊」字上部從角，下部從「主」，而將其
隸定爲「觟」字，可讀作「觸」。

6. 魏宜輝之說

魏宜輝在〈讀上博簡文字劄記〉一文中提到：〔註175〕

　　我們認爲諸家對「羊」字字形的分析都有誤，「羊」上部從角，而
　　下部所從既非干，也非虫，應爲牛。楚簡文字中的「牛」字下部短
　　橫有時變作圓點，寫作「牛」（《郭店・窮達以時》簡五）所以我們
　　認爲「羊」應爲「觓」，即「觸」字。《古文四聲韻》引崔希裕《纂

〔註174〕張桂光，〈《戰國楚竹書・孔子詩論》文字考釋〉，《上博館藏戰國楚竹書研究》，
　　　　頁341。
〔註175〕魏宜輝：〈讀上博簡文字劄記〉，《上博館藏戰國楚竹書研究》，頁390。

古》「觸」字即作「牰」。〔註176〕

「觸」字在簡文裏似乎應讀作「屬」，訓作逮。《尚書・禹貢》「涇屬
渭汭」，注：「屬，逮也。」「人不可屬也」，似乎是講人們無法把握
詩所言之志。

根據魏宜輝的看法，「🐂」字上部從角，而下部所從則應爲「牛」，另外，將
「🐂」字讀作「屬」，訓作「逮」。

7. 俞志慧之說

俞志慧在〈《戰國楚竹書・孔子詩論》校箋（下）〉一文中則先對〈孔子
詩論〉第二十簡作釋文：〔註177〕

20、……幣帛之不可去也，民性古然其隱志必又以俞也，其言又所
載而後入或前之而後交人不可蜀也吾以折杜得雀……

〔校箋〕「隱」和「喻」之隸定請見簡一校箋。

入，讀如「內」，《鄂君啓舟節》中也有幾個「內」通「入」的例子，
唯這裏是「入」通「內」，內是「納」的古字，其意或爲通過幣帛等
禮物，使其內心思想得以表達，然後其言説也因此有了傳遞的媒介
而可能被接受；「前之」指幣帛等禮物，「後交」指情。這一段話是
孔子「吾於《木瓜》，見芭苴之禮行」的另一版本。蜀，此字形已見
於郭店簡《老子》甲簡二一「獨立不改」、《五行》簡十六「君子慎
其獨也」、《性自命出》簡七「獨行」「獨言」，彼皆逕釋爲「獨」，於
義無誤，但「蜀」本有「獨」之義（見簡十六校箋），鄙意不煩改字。
孔子對《木瓜》的解釋可見其對古人在禮尚往來中培養的樂群精神
的重視。

據此可知，俞志慧將「🐂」字釋文「蜀」字，以爲「蜀」本有「獨」之義。

8. 王志平之說

王志平在〈《詩論》箋疏〉一文中提到：〔註178〕

〔註176〕李零、劉新光整理：《汗簡・古文四聲韻》，北京：中華書局，1983 年，頁 73
上。

〔註177〕俞志慧：〈《戰國楚竹書・孔子詩論》校箋（下）〉（http://www.bamboosilk.org/
Wssf/2002/yuzhihui01-2.htm）

〔註178〕王志平：〈《詩論》箋疏〉，《上博館藏戰國楚竹書研究》，上海書店出版社，2002
年 3 月，頁 222。另名爲〈《詩論》札記〉（http://www.bamboosilk.org/Zzwk/

20‧幣帛之不可去也，民性固然，其容志必有以俞（偷）也。其言
有所載（采）而後納，或前（親？）之而後交，人不可（解？）也。
吾以《杕杜》得爵

……

「解」，疑爲從角從牛之字。《氓》：「士之耽兮，猶可說也。女之耽
兮，不可說也。」《箋》：「說，解也。」《淮南子‧泰族》：「待媒而
結言，聘納而取婦，紱絻而親迎，非不煩也，然而不可易者，所以
防淫也。」

根據王志平的看法，其將「」字隸定爲「解」，疑爲「從角從牛」。

9. 曹峰之說

曹峰在〈試析上博楚簡孔子詩論中有關「木芇」的幾支簡〉一文中提到：
〔註179〕

「人不可皨也」與「毋相褻」可以對應起來。說的是人對此相見之
禮或者說相互之間不可有所褻瀆。「皨」字，上博本作「豣」，未釋。
李零先生讀爲「捍」，「不可捍」意爲「不可抗拒」。范毓周先生從之。
〔註180〕周鳳五先生讀爲「干」，引《公羊傳》定公四年「以干闔廬」
之注「不待禮見曰干」爲解。〔註181〕廖名春先生從之。〔註182〕這
種解釋雖與禮有關，但《公羊傳》定公四年「以干闔廬」中「干」

2002/W/wangzhiping01.htm）

〔註179〕曹峰：〈試析上博楚簡孔子詩論中有關「木芇」的幾支簡〉，《新出土文獻與古
代文明研究國際學術研討會會議論文》，上海：上海大學，2002 年 7 月 28 日
～29 日。

〔註180〕李零：〈上博楚簡校讀記（之一）：子羔篇孔子詩論部分〉，（http://www.
bamboosilk.org/Wssf/2002/liling01-1.htm）（2002/01/04）。另見《上博楚簡三篇
校讀記》，台北：萬卷樓出版有限公司，2002 年 3 月初版。范毓周：〈上海博
物館藏楚簡《詩論》的釋文、簡序與分章〉，（http://www.bamboosilk.org/Wssf/
2002/fanyuzhou01.htm）（2002/02/03）；另見《上博館藏戰國楚竹書研究》，上
海書店出版社，2002 年 3 月。

〔註181〕周鳳五：〈《孔子詩論》新釋文及注解〉，（http://www.bamboosilk.org/Wssf/
2002/zhoufengwu01.htm）（2002/01/16）；另見《上博館藏戰國楚竹書研究》，
上海書店出版社，2002 年 3 月。

〔註182〕廖名春：〈上海博物館藏詩論簡校釋箚記〉（http://www.bamboosilk.org/Zzwk/
2002/L/liaominchun/liaominchun01.htm）；另見《上博館藏戰國楚竹書研究》，
上海書店出版社，2002 年 3 月。

字的字意是「強見」，帶有「犯」的意思，那樣的話，只能將「人不可骭」解爲「人不可犯」，與此處文意不合。何琳儀先生將字隸作「骭」，斷句爲「交（佼）人不可骭也」將「交（佼）人」視作《詩經》月出篇之「佼人」，「交（佼）人不可骭也」，意爲「不可以盯著美人看」。〔註183〕張桂光先生認爲此字從「角」從「主」，隸作「𦝄」，讀爲「觸」。〔註184〕魏宜輝先生認爲該字從「角」從「牛」，隸爲「觕」，讀爲「屬」，並將「人不可屬」解爲「人們無法把握詩所言之志」。〔註185〕王志平先生也疑該字爲從「角」從「牛」，但他讀爲「解」。〔註186〕從字形上講，筆者贊同魏宜輝先生的意見，認爲該字從「角」從「牛」，當隸作「觕」。「觕」即「觸」字，在此可能讀爲「瀆」的假借，「觸」「瀆」二字均在屋部，可以相育，「人可瀆也」意爲「人不可褻瀆也」。《禮記》表記有「欲民之毋相褻也」，也有「欲民之毋相瀆也」。可見「褻瀆」二字可以互換，意義相同。用「人不可褻瀆也」解「人不可觕也」，是與前文相應的最貼切的解釋。

根據上文可知，曹峰基本上贊同魏宜輝的意見，認爲該字從「角」從「牛」，當隸作「觕」，並以爲「觕」即「觸」字，可能讀爲「瀆」的假借。

（二）「觕」字偏旁字形比對

根據以上所引學者的看法，可以發現幾個問題：第一，學者們對於字形本身的釋形存在著不同的看法；第二，根據不同的釋形與隸定，而有不同的通讀方法，相對的，所引用的證據也有所不同。以下本文則針對「觕」字的字形作進一步的分析與說明。

1.「觕」字上半部所從的「⌓」形

就字形來看，「觕」字上半部所從的形體，主張「⌓」形爲「目」形者，

〔註183〕 何琳儀：〈滬簡詩論選釋〉，（http://www.bamboosilk.org/Wssf/2002/helinyi01.htm）02/10/17）；另見《上博館藏戰國楚竹書研究》，上海書店出版社，2002年3月。

〔註184〕 張桂光：〈《戰國楚竹書·孔子詩論》文字考釋〉，《上博館藏戰國楚竹書研究》，上海書店出版社，2002年3月。

〔註185〕 魏宜輝：〈讀上博簡文字箚記〉，《上博館藏戰國楚竹書研究》，上海書店出版社，2002年3月。

〔註186〕 王志平：〈《詩論》箋疏〉，《上博館藏戰國楚竹書研究》，上海書店出版社，2002年3月。

如何琳儀；主張「」形爲「角」形者，如《上博楚竹書》（一）、李零、周鳳五、廖名春、張桂光、魏宜輝、俞志慧、王志平、曹峰等人。

（1）以〈孔子詩論〉作爲字形比對的第一層

究竟「𩠗」字上半部所從的「」形是「目」形還是「角」形呢？下面先來看一看〈孔子詩論〉本身相關從「目」的字根形體：

（01-03-21）　　　（01-07-01）　　　（01-07-35）　　　（01-16-34）

根據上面的字形來看，這些字所從的「目」形，與「𩠗」字所從的「」形均不相類。至於〈孔子詩論〉當中，有一字爲下列之形：

（01-29-13）

《上博楚竹書》（一）將其隸定爲「角」。「（01-29-13）」與「𩠗」字所從的「」形最大的差別則在於上面有無一橫畫，其餘則完全相同。那麼，是否可將「」形隸定爲「角」呢？

關於「角」字，甲骨文如 𓄧（《前》4.35.3）、 （《粹》1244）等形，羅振玉在《增訂殷虛書契考釋》中〔註187〕則以爲此象角形，∧象角上橫理，其說可從。金文如 （角戊父字鼎）、 （牆盤）、 （噩侯鼎）、 （伯角父盉）等形，部分形體開始在頂端加上一橫筆，或作爲飾筆之用，至於 （曾侯乙鐘）上面所從的形體則更具裝飾性。《說文》云：「𩠗，獸角也。象形。角與刀、魚相似。凡角之屬皆从角。」（卷四）

經由以上對於「角」字甲骨、金文字形的舉隅說明，本文以爲「（01-29-13）」字應是繼承著金文在頂端加上一橫筆的這個特色而來，隸定爲「角」是絕對沒有問題的。至於「𩠗」字所從的「」形頂端上雖無一橫筆，然而由「角」字的甲骨、金文字形一路看下來，亦存在頂端不加一橫筆的風格，因此「」形如果將其視爲「角」形，單就形構的相似度而言，並沒有太大的問題。

〔註187〕羅振玉：《增訂殷虛書契考釋》中，頁31。

（2）以同批材料作爲比對的對象

由於上海博物館所收購的楚簡來源，根據馬承源所說或爲同一批材料，因此本文所謂的「同批材料」，指的是上海博物館所收購的楚簡而言。以下，本文僅以《上博楚竹書》（一）中的〈緇衣〉及〈性情論〉作爲比對的對象。

〈緇衣〉及〈性情論〉單字中有從「目」形之字者，如下所示：

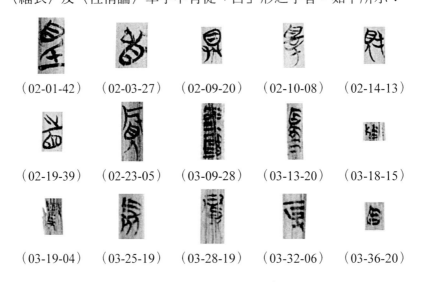

| （02-01-42） | （02-03-27） | （02-09-20） | （02-10-08） | （02-14-13） |

| （02-19-39） | （02-23-05） | （03-09-28） | （03-13-20） | （03-18-15） |

| （03-19-04） | （03-25-19） | （03-28-19） | （03-32-06） | （03-36-20） |

從以上諸形來看，其所從的「目」形除了「䀠」字的「目」形較爲特殊之外，〔註188〕其他的「目」形與「䀠」字所從的「❀」形均不相類。至於《上博楚竹書》（一）中〈緇衣〉與〈性情論〉兩篇，並有沒從「角」形之字，所以無法與「❀」形相互比對。

（3）以其他出土楚簡作爲比對的對象

就楚系其他簡帛文字來看，「角」字如「▲（包2.18）」、「▲（包180）」等形，基本上承襲著金文上端加上一橫筆作爲飾筆的這個特色而來。至於從「角」之字，如包山楚簡中的「解」字，有寫作「▲（包2.144）」、「▲（包2.157）」等形，可以看到「角」形上端的一橫筆有無與否並不會影響隸定的結果，可見在當時，「角」形上端的一橫筆可寫可不寫。

〔註188〕何琳儀在《戰國文字通論（訂補）》第四章第五節「同化」中有提及「目」形
有作「▲」者。（見何琳儀：《戰國文字通論（訂補）》，南京：江蘇教育出版
社，2003年1月第1版，頁249。）另外，關於「䀠」字，本文亦有相關論
述，請參見第四章第一節「說『䀠』」。

另外，在天星觀遣策簡中有一「衡」字如「衡」、「衡」等形，〔註189〕從中反映出一件事實：如果所舉兩字例均可視爲「衡」字的話，那麼，在天星觀簡書寫者的認知裡，「角」形的寫法可與「目」形的寫法通用！這種文字異形現象如果放在此處來看，是否可以說〈孔子詩論〉的「角」字所從的「角」形可以隸定成「目」形呢？結合包山楚簡「解」字「解」（包2.144）、「解」（包2.157）兩形所從「角」形與天星觀遣策簡「衡」字「衡」、「衡」兩形所從「角」形的現象，或可以下圖示之：

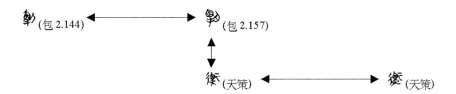

當然，也可以認爲天星觀簡的書寫者在寫「衡」字時，「衡」字中間本應從「角」形，因爲其一時的疏忽而寫成「目」形，這種可能性的原因當然有存在的可能，但是儘管如此，這也反映了當時文字異形的特色，值得我們加以留意。

另外，關於「目」形寫法，大多數的楚簡字形作「目」形，同時，「目」形亦存在著不同的異體，如「目」（郭7.26）形，又如「目」（02-19-39）、「目」（郭7.11）、「目」（郭6.23）、「目」（郭7.28）等字所從的「目」形。

（4）以他系文字作為比對的對象

根據何琳儀《戰國古文字典》〔註190〕所收錄「角」字的各系文字比較，大部分形體與楚簡如「角」（包2.18）、「角」（包180）等形並無太大的差異，其中晉系文字部分，何琳儀引用了「角」（貨系337布空）、「角」（古錢642）等兩形，正可作爲「角」（01-29-13）形與「角」字所從的「角」形可以互用的旁證。

綜上所述，「角」字所從的「角」形，透過字形的相互比對，如隸定成「角」

〔註189〕見《楚系簡帛文字編》，頁354。《說文》云：「衡，牛觸，橫大木其角。從角，從大、行聲。」關於「衡」字解說，參見季師旭昇：《說文義證》（上冊），台北：藝文印書館，2002年10月初版，頁357～358。

〔註190〕何琳儀：《戰國古文字典》，北京：中華書局，頁335。

則較「目」爲佳，但也不排除隸定爲「目」的可能性。又，「✍」形與「因」形亦有相似之處，見本文第四章第一節「說『荅』」下。

2. 「睪」字下半部所從的「イ」形

「睪」字下半部所從的形體，主張「イ」形爲「干」形者，如《上博楚竹書》（一）、李零、何琳儀、周鳳五、廖名春等人；主張「イ」形爲「主」形者，如張桂光；主張「イ」形爲「牛」形者，如魏宜輝、王志平、曹峰等人；主張「イ」形爲「虫」形者，如俞志慧。

以下，本文將分別對於「干」、「主」、「牛」、「虫」等形作字形的比對工作。

關於「干」字的形體，甲骨文如✙（鄴三下‧三九‧一一）、✙（前二‧二七‧五）等形，金文如✙（𠫑簋）、✙（干氏弔子盤）等形，何琳儀以爲「象木梃上有分歧之形，或爲單之省文。」〔註191〕《說文》云：「干，犯也。從反入，從一。」（三上二）

楚系文字如✙（包2.269）或✙（曾61）字所從的「干」形，基本上承襲著早骨、金文而來。因此，「睪」字下半部所從的「イ」形是否爲「干」形？值得注意的是，在《上海博物館藏戰國楚竹書（二）》（以下簡稱爲《上博楚竹書》（二）當中〔註192〕所公布的〈子羔〉與〈魯邦大旱〉二篇竹書，就其書風而言，將其視爲與〈孔子詩論〉的書者是同一個人所寫的是不會有太大的問題的，其中〈子羔〉第十二簡中有一「啙」形，左邊所從「干」形寫成「✙」形，與「✙（包2.269）」相似，唯一不同的是「✙」形在中間豎筆當中多了一圓點飾筆；在〈魯邦大旱〉第一簡當中則有二個偏旁當中具有「干」形的「旱」字，分別寫作「旱」、「旱」二形，其中「旱」形下所從的「イ」形上端依稀可見左右開叉之形，至於「旱」形下面所從的「イ」形，似乎是由上而下貫穿中間筆畫的一個豎筆，並且「旱」形所從「イ」形與「睪」形所從「イ」形十分相近，根據這個現象來看，「睪」形所從「イ」形被隸定成「干」形的可能性便提高了許多。又，在〈性情論〉中有「燁（03-18-30）」字的出現，《上博楚竹書》（一）隸定成「燁」，如果隸定成「燁」，那麼右下角的「干」形便被視爲「干」。於此可供參考。

〔註191〕何琳儀：《戰國古文字典》，頁992。

〔註192〕馬承源主編：《上海博物館藏戰國楚竹書（二）》，上海古籍出版社，2002年12月第1版。

關於「主」字目前還有爭議，〔註193〕《說文》云：「㞢，鐙中火主也。从

㞢，象形；从丶，丶亦聲。」(卷五上)

季師旭昇在《說文義證》中對於「主」字的釋形，提供一個演變序列：

〔註194〕

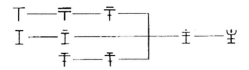

根據這個序列來看，無論是「主」形是「鐙中火主」還是「主、示為一

字分化」，到了楚簡文字當中，「主」形多半如「亍」、「亍」等形(分別見參

見「宝」字中的「今(包 2.219)」或「今(包 2.202)」)，在最上端有一短橫

畫的存在，而這個短橫畫或許正代表著「火柱」，正是「示」字分化成「主」

字最主要的區別之處，因此它並不是飾筆，而是具有實際意義的筆畫。如果

以上說法可以成立的話，那麼，「彡」字下半部所從的「亻」形如果要釋成「主」

形，可能還要再找到更強而有力的證據。

關於「牛」字，甲骨文如㞢(甲695)、㞢(後1.5.8)等形，金文如㞢(卯

簋)、㞢(友簋)等形。《說文》云：「㞢，大牲也、牛件也──件、事理也。

象角頭三、封、尾之形。凡牛之屬皆从牛。」(卷二上)

《上博楚竹書》(一)的文字隸定中並沒有「牛」字以及被隸定從「牛」

之字。楚系簡帛文字中的「牛」字，如㞢(包2.125)、㞢(包2.214)等形，

由於牛最大的特色便是頭上的角，因此在楚簡文字當中，象角形之處一定會

被保留並寫為書寫的最基本條件。準此，「牛」字最上面的橫筆必為左右兩端

向上高揚之勢，並且中間的豎筆會貫串最上面的橫筆。從這個角度來看，「彡」

字下半部所從「亻」形又與「牛」形相似。

關於「虫」字，甲骨文如㞢(乙8718)、㞢(鐵46.2)等形，金文如㞢(甲

虫爵)、㞢(史昏鼎)等形。《說文》云：「㞢，一名蝮，博三寸，首大如擘指，

象其臥形。物之散細，或行或飛，或毛或贏，或介或鱗，以虫為象。凡虫之

屬皆从虫。」(卷十三)

在《上博楚竹書·孔子詩論》中雖無「虫」字，但有從「虫」之字，如

〔註193〕季師旭昇：《說文義證》(上冊)，頁420。

〔註194〕季師旭昇：《說文義證》(上冊)，頁421。

下所示：

（01-03-15）　（01-08-48）　（01-11-02）　（01-16-17）　（01-28-16）

根據以上諸字，所從的「虫」形基本上承襲著甲骨、金文而來，但並沒有如「🔲」字下半部所從的「彳」形。

如果再從《上博楚竹書》（一）中的〈緇衣〉與〈性情論〉兩篇中從「虫」之字來看，如下所示：

（02-18-10）　　　（02-18-27）　　　（03-19-19）　　　（03-23-27）

經由上面所列字形，從中可以看到在〈緇衣〉第十八簡中出現了「🔲（02-18-10）」、「🔲（02-18-27）」兩字，此二字均隸定爲「虽（雅）」是沒有問題的。值得注意的是，此二字下面所從的「虫」形則有所不同，分別爲「ㄟ」形與「丁」形，根據這種現象，「丁」形即爲「虫」形。那麼，「🔲」字下半部所從的「彳」形可以將其等同於「丁」形嗎？換句話說，「彳」形可以隸定成「虫」嗎？單就字形來看，「彳」形上面的橫畫兩端上揚，中間豎筆有圓點；「丁」形上端橫筆則兩端下垂，中間豎筆沒有圓點。由於「彳」形的書者與「丁」形的書者應爲不同人，所以兩者之間的橫畫兩端上揚或下垂的差異，或可視爲是書者個人風格所致，而圓點的存在與否如將其視爲飾筆，這樣的話，「彳」形與「丁」形便可能同爲一形。然而就楚簡文字來看，「同形異字」的情形不是沒有；並且，〈孔子詩論〉的書寫者與〈緇衣〉的書寫者應該是不同人，所以「彳」形能否隸定爲「虫」形，似乎還有進一步討論的空間。

如果再進一步查看其他楚系簡帛文字，到目前爲止，絕大多數從「虫」形的偏旁，幾乎都寫成「ㄟ」形，而將「虫」形寫成如「🔲（02-18-27）」字所從的「丁」形，目前只有這個例子，還沒有到達足以說服眾人的地步。

透過以上對於「干」、「主」、「牛」、「虫」的偏旁探討，可見「🔲」字下半部所從的「彳」形具有許多的討論空間，無怪乎到目前爲止還沒有定論出現。

值得注意的是，戰國時期「觸」字形體有作「🔲（齊·陶彙3.820）」、「🔲

（晉・璽彙 664）」等形，與「」形亦十分的接近。又，何琳儀在《戰國古
文字典》當中，有立一字頭「觟」，裡頭收錄了一個字形，作「（陶彙 5.287）」
形。〔註195〕以爲「觟，從角，干聲。」並言：

> 秦陶觟，讀犴。《引荀子・宥坐》「獄犴不治」，注「犴，亦獄也。」
> 亦作岸。《詩・小雅・小宛》「宜岸宜獄」，釋文「岸，韓詩作犴，音
> 同。云，鄉亭之繫曰犴，朝廷曰獄。」《說文》作豻。

從字形方面來看，「（陶彙 5.287）」形與「」形最大的差別便在於下面所
從的形體，如果按照戰國時期圓點飾筆可以寫作一短橫畫的這個現象來看，「
（陶彙 5.287）」形與「」形似乎可以視爲同形，雖是如此，還有一些問題
存在：第一，「（陶彙 5.287）」形爲秦系文字，而「」形則爲楚系文字，
不同地域的文字風格不盡相同，因此雖然這二個形體頗爲接近，還必須要有
其他的相關資料加以佐證；第二，戰國時期頗多形近相訛的情形，此二字是
否也是屬於這種情形？職是之故，在此本文暫持保留的態度，以待將來更多
資料來進行更深入的說明。

九、說「尺」

根據《上博楚竹書》（一）的隸定，被隸定成「𠬝」的原簡字形如下所示：

（02-01-31）

原簡　　　　　　　　　　　　　摹本

其相對的文例如下：

02-01　告（詩）員（云）：「毣（儀）型文王，薑（萬）邦复（作）𠬝■。」

「尺」字在〈緇衣〉中出現一次。《上博楚竹書》（一）在注釋中提到：
〔註196〕

> 𠬝，有省筆，郭店簡和今本皆作「孚」。

由此可見《上博楚竹書》（一）將此字直接隸定爲「𠬝」，以爲「尺」字有省

〔註195〕何琳儀：《戰國古文字典》，頁 994。
〔註196〕《上博楚竹書》（一），頁 175。

筆，但沒有明言所省之筆為何。

（一）學者對於「𧿹」字的看法

1. 李零之說

李零在〈上博楚簡校讀記（之二）：緇衣〉一文中提到：〔註197〕

> 「孚」，原書釋「𠬝」，此字與胡鐘〔註198〕銘文「南國𠬝子」的「𠬝」
> 有些相像，但並不一樣。我懷疑，它也許是「包」字的誤寫，而
> 以音近讀為「孚」（「孚」是並母幽部字，「包」是幫母幽部字，讀
> 音相近）。

關於「𠬝」字形體，李零以為與𣪠鐘「南國𠬝子」的「𠬝」字有些相像，並
懷疑也許是「包」字的誤寫，而以音近讀為「孚」。

2. 黃錫全之說

黃錫全在〈讀上博楚簡札記〉一文中提到：〔註199〕

> 上海《緇衣》簡1「萬邦作𧿹」，郭店簡和今本《緇衣》作「萬邦作
> 孚」。上海簡注釋𧿹為𠬝，「𠬝有省筆」。

> 今按，服字右旁有省「又」者，見於金文和《說文》古文。但「舟」
> 形未見省作「丿」。所以，我們懷疑此字有可能為「伏」字變省。伏
> 本作𠆢、𘡁等，象人側面俯伏之形。〔註200〕伏、服可通。如匍匐，
> 又作匍伏或匍服是其證。〔註201〕《說文》紱或作韍。

關於「𧿹」字形體，黃錫全懷疑此字有可能為「伏」字變省。

3. 林素清之說

〔註197〕李零：〈上博楚簡校讀記（之二）：緇衣〉，（http://www.bamboosilk.org/Wssf/2002/liling02.htm）（2002/01/12）。另見《上博楚簡三篇校讀記》，台北：萬卷樓出版有限公司，2002 年 3 月初版。另見《上博館藏戰國楚竹書研究》，上海書店出版社，2002 年 3 月。

〔註198〕李零在簡帛研究網站上所言為「胡鐘」，在《上博楚簡三篇校讀記》一書中則作「頪鐘」，本文查核其說及所引銘文「南國𠬝子」，發現應為「頪鐘」之誤。

〔註199〕黃錫全：〈讀上博楚簡札記〉，《新出楚簡與儒學思想國際學術研討會論文集》（北京清華大學思想文化研究所、台北輔仁大學文學院聯合主辦，2002 年 3 月 31 日～4 月 2 日）；另見（http://www.bamboosilk.org/Wssf/2002/huangxiquan01.htm）（2002/04/08）

〔註200〕說詳於省吾《甲骨文字釋林》374 頁，中華書局，1979 年。裘錫圭《釋𪕸》，《古文字論集》，中華書局，1992 年。金文鬱字從此，見《金文編》356 頁。

〔註201〕可參考高亨《古字通假會典》439 頁，齊魯書社，1989 年。

林素清在〈讀上博楚簡札記〉一文中提到：〔註202〕

> 「🢯」，郭店簡從手、從子，上博簡似作手抑人使屈膝形之「服」
> 字，而手之偏旁略有變化，此字即　　從其得聲，〔註203〕讀爲「伏
> （讀如庖）」。「服」、「伏」古之部字，「庖」、「孚」古幽部字，聲母
> 皆爲唇音，古音近。李零則懷疑爲「包」字之誤寫，而以音近讀爲
> 「孚」。黃錫全〈讀上博楚簡札記〉讀爲「伏」。

關於「🢯」字形體，林素清則以爲上博簡「🢯」似作手抑人使屈膝形之「服」
字，而手之偏旁略有變化，此字即從其得聲，讀爲「伏（讀如庖）」。

（二）關於「🢯」字的形體分析

透過對於學者們說法的陳述，對於「🢯」字，或以爲「包」字誤寫，或
以爲「伏」字變省，或隸定爲「厵」，或以爲「服」字。

1.「🢯」與「包」字誤寫的可能性

李零懷疑「🢯」可能爲「包」字誤寫。然而並沒有進一步對於他的看法
作相關的字形的陳述與說明。

關於「包」，就本文所見，到目前爲止並未看到楚系文字有單獨出現者，
至於從「包」形的字，如《郭店楚墓竹簡・尊德義》簡24與簡26分別有「貟」
（10.24）、「貟」（10.26）等形，其所從的「包」形便是「包」形，根據這個
形體來看，此形左邊爲一由右上至左下的撇筆，而右邊一般單就字形來看，
隸定成「卬」應該是沒有太大的問題，這麼說來，此形似乎與「🢯」形相似。
因此李零的說法，存在著些許的可能性。

2.「🢯」與「伏」字變省的可能性

關於「伏」，黃錫全引于省吾及裘錫圭等人的說法，以爲「伏」本作ㄗ、
ㄗ等，象人側面俯伏之形。在甲骨文字當中，這是十分正確的看法。在金文當
中，「伏」字則作「ㄗ（史伏尊）」之形，從人，從犬，會犬伺人之意，與甲

〔註202〕黃錫全：〈讀上博楚簡札記〉，《新出楚簡與儒學思想國際學術研討會論文集》
（北京清華大學思想文化研究所、台北輔仁大學文學院聯合主辦，2002年3
月31日～4月2日）；另見（http://www.bamboosilk.org/Wssf/2002/
huangxiquan01.htm）（2002/04/08）

〔註203〕在「新出土文獻與古代文明研究國際學術研討會」該篇的會議論文當中，此
處約空白二格，似乎忘了將字形補上，或者原來的文句便作「此字即從其得
聲」，待查。

骨文的「伏」字造字方法不同。到了戰國時代，楚系文字如「𧾷（廿八宿漆書）」之形，或承襲金文而來。

透過對於「伏」字的簡單說明，如果從字形的相似性來推想，楚系文字的「𧾷（廿八宿漆書）」形與「𠬝」形似乎不太容易有「變省」的關聯性出現；如果從𠂤、𠬝等形來與「𠬝」形作字形聯想，似乎較有可能存在著「變省」的情形。可惜的是，在黃錫全的文章當中看不到其針對「變省」的問題作進一步說明。

3. 「𠬝」隸定成「𠬝」的可能性

關於「𠬝」，甲骨文如𠬝（燕 753）、𠬝（佚 198）等形，從卩，從又，會制服之意，又亦聲。〔註204〕金文如「𠬝（獣鐘）」之形。《說文》云：「𠬝，治也。從又，從卩。卩，事之節也。」（卷三下）

《上博楚竹書》（一）將「𠬝」隸定成「𠬝」，並言「𠬝，有省筆」。但並沒有進一步說明其「省筆」的部分究竟爲何。

就字形來看，「𠬝」字如隸定成「𠬝」，其所從的「𠬝」形被視爲「卩」形問題不大。問題是，「𠬝」字所從的「丿」形可以被視爲「𠬝」字所從的「又」形嗎？這就是其所謂的「𠬝，有省筆」的地方嗎？至於林素清則以爲「𠬝」字似作手抑人使屈膝形之「服」字，而手之偏旁略有變化。其所謂的「手之偏旁略有變化」所指的是「丿」形嗎？果眞如此的話，本文以爲「丿」形如被視爲「又」形的「省筆」或「手之偏旁略有變化」，存在著一定的困難度。

綜上所述，「𠬝」隸定成「𠬝」，似乎還有一些問題存在。

4. 「𠬝」與「服」字的關係

根據李零、黃錫全、林素清等學者的說法，李零提到「此字與胡（本文按：應爲「獣」之訛）鐘銘文「南國𠬝子」的「𠬝」有些相像，但並不一樣。」黃錫全提到「服字右旁有省『又』者，見於金文和《說文》古文。但『舟』形未見省作『丿』」，林素清提到「上博簡似作手抑人使屈膝形之『服』字」。據此，「𠬝」與「服」或有一定程度的關聯性。以下本文進一步探討一下「服」字。

關於「服」，甲骨文如「𦩍（林 1.24.25）」之形，金文如𦩍（盂鼎）、𦩍（毛公鼎）、𦩍（駒父盨）等形，黃錫全提到金文的「服」字有省「又」者，但翻查《金文編》「服」字所收錄的十三個字形中，並沒有省略「又」形者。

〔註204〕何琳儀：《戰國古文字典》，頁 15。

〔註 205〕《說文》云：「䑺，用也。一曰，車右騑所以舟旋。从舟，𠬝聲。，古文服，从人。」（卷八下）另外，郭忠恕《汗簡》有收錄「服」字，作「」，〔註 206〕此形與《說文》古文「」形可謂相同，均从舟从人。《說文》古文與《汗簡》的「服」字提供了一個關鍵的線索。

本文以爲，〈緇衣〉中的「」形可視「服」字的省形，或可視爲「从舟从人」。理由如下：

第一，關於「」字所从的「」形，本文以爲此乃「舟」形所从的「月」形〔註 207〕與「卩」形的合體。就《上博楚竹書・緇衣》簡六被隸定成「命」字的「（02-06-16）」形及被隸定成「令」字的「（02-06-26）」形，根據季師旭昇的分析，此二字均从「肙」，至於下部的「」、「」等形乃爲「肉」形訛成「卩」形。〔註 208〕根據這個現象來看，可以推測「」字所从的「」形不見得要被視爲「卩」形，或許也可能爲「月」形、「肉」形或「舟」形所從的右邊形體。

第二，關於「」字所從的「」形，本文以爲或可視爲「舟」形左邊所從的「　」形與「人」形之省的合體。「」字所从的「」形如果視爲「舟」形所從的右邊形體，那麼「」字所从的「」形也可視爲「舟」形所從的左邊形體。此外，如果仔細查看「」形，將可發現這個筆畫並不是直接的一個由右上至左下的一個撇筆，而是在筆畫的運行過程當中產生了些許的變化，起筆的部分先寫豎筆然後再由右上至左下撇出，如「（02-23-07）」字所從的「」形，根據這種情形，如果將「」形視爲「人」形之省，亦有其存在的可能性。

綜上所述，在《說文》古文「」形與《汗簡》「」形的啓發下，服字可以「从舟从人」，如將此二形的人形與舟形左右互換，再反過來看「」

〔註 205〕見《金文編》1428「服」，頁 612。

〔註 206〕郭忠恕：《汗簡》，卷中之一第三，頁四十四。（四庫善本叢書子部）又，黃錫全《汗簡注釋》在「服」字條下云：「金文服字作（盂鼎）、（毛公鼎）、（駒父盨），並从舟从𠬝。粺鐘以爲服。此形省又，與今本同。（本文按：「今本」不知所指何本？）」（黃錫全：《汗簡注釋》，武漢大學出版社，1990 年 8 月第 1 版，頁 308。）

〔註 207〕楚簡文字中「月」形、「肉」形與「舟」字右邊的形體寫法有相互類化的情形，在此姑且將「舟」字右邊的形體稱之爲「月」形。

〔註 208〕季師旭昇：〈由上博詩論「小宛」談楚簡中幾個特殊的從肙的字〉，《漢學研究》第 20 卷第 2 期（2002 年 12 月），頁 383。

字，那麼，將「丿」形視爲「舟」形的左邊撇筆與「人」形之省的合體，「ㄗ」形視爲「舟」形右邊的「月」形與「卩」形的合體，相加起來，「尸」字便包含「舟」形、「人」形、「卩」形等三個偏旁，「人」形與「卩」形在古文字的偏旁當中，本來就存在著互用的情形。因此，將「尸」字視爲「服（𠬝）」字的變省是有可能的。又，黃錫全所言「舟」形沒有省作「丿」形者，其實「受」字所從的「舟」形便是如此。因此，此字左邊的撇筆如果視爲「舟」形之省，而右邊的「卩」形則爲「服」字的其中一部分，且省略「又」形，這樣似乎也說得通。

透過以上的形體分析，可以推測「尸」字可能包含「舟」形、「人」形、「卩」形等三個偏旁，與「服」字相較，最大的差異之處在於「又」形的有無，而根據「服」字的《說文》古文形體來看，「又」形的存在與否並不會影響對於「服」字的理解。

關於音韻問題，林素清提到：

> 「服」、「伏」古之部字，「庖」、「孚」古幽部字，聲母皆爲唇音，古
> 音近。

由於郭店簡和今本《緇衣》作「萬邦作孚」，因此，如將上博簡的「服」字讀爲「孚」，在聲韻及意義方面，均不會有太大的問題。

十、說「𢾅」

根據《上博楚竹書》（一）的隸定，被隸定成「𢿱」的原簡字形如下所示：

（02-19-39）

原簡　　　　　　　　　　　　　　摹本

其相對的文例如下：

02-19　古（故）君子多聞（聞），齊而守之，多𢿱（志），齊而罦（親）
　　　　之，青（精）銛（知）墜而行之。

「𢾅」字在〈緇衣〉中出現一次。《上博楚竹書》（一）在注釋中提到：〔註209〕

〔註209〕《上博楚竹書》（一），頁195。

> 𪘁 「齒」字異體，與《中山王𪘁方壺》銘文「齒」字形近，讀作
> 「志」。郭店簡和今本皆作「志」。

根據《上博楚竹書》（一）的說法，其將「𪘁」形隸定爲「𪘁」，爲「齒」之異
體，讀作「志」。

（一）學者對於「𪘁」字的看法

對於「𪘁」字的解說，學者們的說法或有差異。在此，本文先羅列學者們
對於「𪘁」字的看法。

1. 李零之說

李零在〈上博楚簡校讀記（之二）：緇衣〉一文中提到：

> 「志」，上從止，下爲「目」字的或體，字形與中山王方壺的「齒」
> 字不同，並不是「齒」字的異體。〔註210〕

根據李零的說法，「𪘁」字並不是「齒」字的異體，而是「上從止，下爲「目」
字」的「志」的或體。

2. 陳偉武之說

陳偉武在〈新出楚系竹簡中的專用字綜議〉一文中，將「𪘁」字置於「表
示行爲動作的專用字」條下，並言：〔註211〕

> 字見〈紂衣〉簡19：「多𪘁，齊而親之。」〈緇衣〉作「志」。「𪘁」
> 從「目」，「之」聲，當是「志」之異體，以「目」易「心」，與「賕」
> 即「惑」字情形相似，從見從目之字每互作，例繁不備舉。「齒」爲
> 「𪘁」之訛，說詳另文（陳偉武：〈上博藏簡識小錄〉，第一屆中國
> 語言文字國際學術研討會論文，香港大學，2002年3月）。

據上可知，陳偉武亦將「𪘁」字隸定成「𪘁」，從「目」「之」聲，當是「志」
之異體。

3. 黃錫全之說

〔註210〕〈上博楚簡校讀記（之二）：緇衣〉，（http://www.bamboosilk.org/Wssf/2002/
liling02.htm）（2002/01/12）。另見《上博楚簡三篇校讀記》，台北：萬卷樓出
版有限公司，2002年3月初版，頁59。

〔註211〕陳偉武：〈新出楚系竹簡中的專用字綜議〉，《新出楚簡與儒學思想國際學術研
討會論文集》（北京清華大學思想文化研究所、台北輔仁大學文學院聯合主
辦，2002年3月31日～4月2日）。

黃錫全在〈讀上博楚簡札記〉一文中提到：〔註212〕

> ⋯⋯上海《緇衣》簡 19「志」從「目」作齒，注釋認為是「齒」字異體，與中山王方壺銘文「齒」字形近，讀作「志」。核方壺齒作齒，與簡 19 不同，而與簡 2 之形類同。簡 19 實從目，如下列目或從目之字：
>
> 視中山兆域圖視　目親郭店楚簡目、親　目盲古璽目、盲
>
> 目與心義近，皆可能為志之異構。侯馬盟書「質」字從貝，或從目，或從心。〔註213〕有可能是貝省從目，目與心義近，故又從心。

據上可知，黃錫全以為「齒」字下面從「目」，目與心義近，可能為「志」之異構。

4. 徐在國、黃德寬之說

徐在國、黃德寬兩人在〈《上海博物館藏戰國楚竹書（一）緇衣・性情論》釋文補正〉一文中提到：〔註214〕

> 「皆」字簡文作皆，隸作「皆」是正確的，但此字並非「齒」字異體。此字應分析為從「目」「之」聲，在簡文中讀為「志」。

根據上面的敘述，徐在國、黃德寬兩人同意《上博楚竹書》（一）的隸定，將「齒」字隸作「皆」。至於此字應分析為從「目」「之」聲，在簡文中讀為「志」。

（二）「齒」字偏旁字形比對

根據以上所引學者的看法，關於「齒」字上面所從的形體，或以為「止」形，或以為「之」形；「齒」下面所從的形體，或以為象齒之形，或以為「目」形。以下本文則針對「齒」字的字形作進一步的分析與說明。

1.「齒」字上半部所從的「止」形

就字形來看，「齒」字上半部所從的形體，主張「止」形為「止」形者，如《上博楚竹書》（一）、李零；主張「止」形為「之」形者，如陳偉武、徐

〔註212〕黃錫全：〈讀上博楚簡札記〉，《新出楚簡與儒學思想國際學術研討會論文集》（北京清華大學思想文化研究所、台北輔仁大學文學院聯合主辦，2002 年 3 月 31 日～4 月 2 日）另見（http://www.bamboosilk.org/Wssf/2002/huangxiquan01.htm）（2002/04/08）

〔註213〕《侯馬盟書》348 頁，文物出版社，1976 年。

〔註214〕徐在國、黃德寬：〈《上海博物館藏戰國楚竹書（一）緇衣・性情論》釋文補正〉，《古籍整理研究學刊》，2002 年第 2 期（2002 年 3 月）。

在國、黃德寬等人。至於黃錫全則沒有明言「🔲」字上半部所從的形體爲何。

關於「止」形與「之」形的討論，本文在「說『🔲』」之處已作過說明，〔註215〕在此，筆者贊同陳偉武、徐在國、黃德寬等人的說法，以爲「🔲」形應爲「之」形而非「止」形。

2. 「🔲」字下半部所從的「🔲」形

「🔲」字下半部所從的形體，主張「🔲」形爲「齒」形者，如《上博楚竹書》（一）；主張「🔲」形爲「目」形者，如李零、陳偉武、徐在國、黃德寬等人。

關於「目」形，我們在「說『🔲』」之處已作過討論，〔註216〕在此，本文贊同陳偉武等人的說法，以爲「🔲」形應隸定成「目」形。

綜上所述，本文以爲「🔲」字在據形隸定的原則下，隸定成「睧」比隸定成「𣄴」合理。

值得注意的是，學者們都贊同「睧」字可讀爲「志」，由於可以和今本〈緇衣〉相互參照，這種看法是可以成立的。其中，李零以爲「睧」爲「志」的或體，陳偉武以爲「睧」當是「志」之異體，黃錫全以爲「睧」字可能爲「志」之異構，所謂「或體」、「異體」、「異構」，則替「睧」字作了字形上的說明。

關於從「目」與從「心」兩者之間的關係，陳偉武提到「以『目』易『心』，與『𧼨』即『惑』字情形相似，從見從目之字每互作，例繁不備舉。」然而就其所言，筆者看不到從「目」與從「心」偏旁直接互作的例子。至於黃錫全則言「目與心義近」，然而何謂「目與心義近」？從「目」與從「心」在意義上的相近之處究竟爲何？可以解釋的空間實在很大，使人不明其指稱之所在。

古文字偏旁每每有互作的情形，高明在《中國古文字學通論》一書中整理「義近形旁通用」共有三十二例，如「人」與「女」、「口」與「言」、「巾」與「衣」等，〔註217〕其中並沒有「目」與「心」偏旁通用的情形；至於何琳儀在《戰國文字通論》一書中談論「形符互作」、「形近互作」等部分，〔註218〕也不見「目」與「心」偏旁的互用例子。職是之故，對於陳偉武及黃錫全兩

〔註215〕參見本文第四章第一節「說『🔲』」之處。

〔註216〕參見前文討論「又」字之處。

〔註217〕高明：《中國古文字學通論》，北京大學出版社，1996年6月第1版，頁129～159。

〔註218〕何琳儀：《戰國文字通論》，北京：中華書局，1989年4月，頁205～210。

人對於「」字形構的解說，本文暫持保留的態度。

　　附帶提及一點：在戰國楚文字的使用上，如《郭店楚墓竹簡‧性自命出》
及《上博楚竹書‧性情論》當中，現在我們通用的「性」字在這兩篇竹書中
均寫成「眚」形或「生」形，而沒有寫成「性」形。關於「眚」字，本義爲
「視察」之意，與「省」本爲一字，至於將「眚」作「性」用，則是一種無
本字的假借用法。〔註219〕又，《說文》收有「性」字。《說文》云：「𢛳，人之
陽氣性善者也，從心生聲。」（卷十下）至於《說文》此字的來源究竟爲何？
也是十分值得關注的焦點。

十一、說「𦥯」

　　根據《上博楚竹書》（一）的隸定，被隸定成「齒」的原簡字形如下所示：

（02-02-31）

原簡　　　　　　　　　　　　　　　　　摹本

　　其相對的文例如下：

02-02　　子曰：爲上可棄而菬（知）也，爲下可槓而齒（志）也。則君不
　　　　　恳（疑）丌（其）臣＿（臣，臣）不或（惑）於君。〔註220〕

　　此簡中有一「𦥯」字，《上博楚竹書》（一）釋文隸定成「齒（志）」，文
例爲「爲下可槓而齒（志）也」。並且在注釋的部分提到：

　　　槓而齒　槓，從頁，木聲。齒，從因、止聲。《說文》皆無。郭店簡
　　　作「頪而𩇕」，「頪」即「類」字，今本作「述而志」。〔註221〕
根據《上博楚竹書》（一）的說法，其將「𦥯」形隸定爲「齒」，「從因、止聲」，
讀作「志」。

（一）學者對於「𦥯」字的看法

　　對於「𦥯」字的解說，學者們的說法或有差異。在此，本文先羅列學者

〔註219〕「眚」作「性」用是一種無本字的假借，蒙季師旭昇點破。另，關於「眚」
　　　　之解說，參見季師旭昇：《說文新證》（上冊），頁256～257。
〔註220〕《上博楚竹書》（一），頁176。
〔註221〕《上博楚竹書》（一），頁176。

們對於「」字的看法。

1. 李零之說

李零在〈上博楚簡校讀記（之二）：緇衣〉一文中提到：

子曰：爲上可望而知也，爲下可述而志也。〔註222〕

關於「」字，李零逕釋爲「志」字，並沒有進一步的說明。

2. 黃錫全之說

黃錫全在〈讀上博楚簡札記〉一文中，對「」字作了一番說明：

上海《緇衣》簡 2「爲下可槙而齒（志）也」之，郭店簡作從口從等，今本作志。上海簡注釋認爲從因，止聲，《說文》所無。

今按，此字從「因」費解。所謂的「因」當是「齒」形寫變。郭店楚簡的「齒」作、等形，止下寫成連筆便似「因」了。此假齒爲志。〔註223〕

據上可知，黃錫全將「」字下面所從的形體當成「『齒』形寫變」，並引郭店簡的「齒」的形體如（7.5）、（16.19），以爲「止下寫成連筆便似『因』了」，最後得到的結論是「此假齒爲志」。換言之，在黃錫全的看法中，「」字應隸定爲「齒」，讀爲「志」。

（二）「」字偏旁字形比對

根據以上所引用的資料來看，「」字上面的「」形，《上博楚竹書》（一）及黃錫全認爲是「止」；「」字下面的「」形，《上博楚竹書》（一）則視爲「因」，黃錫全則以爲是「齒」形寫變。下面將進一步分析「」字的字形問題。

1.「」字上半部所從的「」形

就字形來看，「」字上半部所從的「」形眞的是「止」形嗎？根據《戰國楚竹書》（一）中對於〈緇衣〉的文字隸定來分析，其中「止」字或從「止」

〔註222〕〈上博楚簡校讀記（之二）：緇衣〉，（http://www.bamboosilk.org/Wssf/2002/liling02.htm）（2002/01/12）。另見《上博楚簡三篇校讀記》，台北：萬卷樓出版有限公司，2002 年 3 月初版，頁 49。

〔註223〕黃錫全：〈讀上博楚簡札記〉，《新出楚簡與儒學思想國際學術研討會論文集》（北京清華大學思想文化研究所、台北輔仁大學文學院聯合主辦，2002 年 3 月 31 日～4 月 2 日）

另見（http://www.bamboosilk.org/Wssf/2002/huangxiquan01.htm）（2002/04/08）

之字，如下所示：

單字	圖　　　版			
止	（02-16-37）			
正	（02-02-15）	（02-06-01）	（02-13-20）	（02-14-31）
此	（02-10-18）	（02-10-22）	（02-18-19）	（02-19-17）
奎	（02-14-28）			
茵	（02-02-31）〔註224〕			
旹	（02-19-39）〔註225〕			

其中「止」、「正」、「此」、「奎」等字所從之「止」形是沒有問題的，這些「止」形共同的地方在於形體最下面的筆畫作向上之曲筆，這是「止」字的一個特點。另外，「止」字筆畫總數爲三筆，而「之」字筆畫總數爲四筆，因此，根據這兩種現象來看「茵」、「旹」兩形，不得不懷疑此兩形上面所從的形體可能不是「止」形，而應是「之」形。

從《上博楚竹書》（一）中的〈緇衣〉篇來看，其「之」字共有三十五個，其中除了〈緇衣〉第十七簡有一「（02-17-31）」字被《上博楚竹書》（一）

〔註224〕此字《上博楚竹書》（一）隸定爲「茵」，這是有問題的，應改隸爲「𦫼」，詳見下文。

〔註225〕此字《上博楚竹書》（一）隸定爲「旹」，這是有問題的，應改隸爲「旹」，詳見上文。

隸定成「之」字之外，其他的「之」字寫法均如「⿰（02-15-24）」形，最下面的橫畫兩端略為向下，而非作上揚之勢。從書寫風格來看，此點似乎是〈緇衣〉書者在寫「之」字的運筆風格。〔註226〕

關於〈緇衣〉第十七簡有一「⿰（02-17-31）」字，《上博楚竹書》（一）將其隸定為「之」，本文以為此字隸定成「之」是有問題的。根據「之」與「止」的寫法，兩者最大的不同之處在於「之」字最下面的橫筆基本上是兩端微微向下的線條，而「止」字最下面的筆畫則是向上之曲筆。因此，「⿰（02-17-31）」字應該隸定成「止」；此外就文例來看，「於幾義⿰」，郭店本作「於倡遲敬止」，今本作「於緝熙敬止」，最後一字均為「止」字，因此，將「⿰」形隸定為「止」字是沒有問題的。

另外，在〈緇衣〉簡中亦有「志」字的出現：

（02-06-45）　　　　　　　　　　（02-19-23）

這兩個「志」字上面所從的「之」形與「⿰」字上面所從的形體相同。至於「⿰」字學者多贊同將其讀為「志」字，如果從這個角度來看，「⿰」字既然被讀作「志」，應該與同篇的「⿰（02-06-45）」、「⿰（02-19-23）」兩形有一定的相關性，因此將「⿰」字上面視為「之」比視為「止」更好。

2.「⿰」字下半部所從的「⿰」形

「⿰」字下半部所從的形體，《上博楚竹書》（一）中以為「因」，以下來看一下「因」字的形構。

「因」，甲骨文如⿰（商・餘 15.3《甲》）、⿰（商・合 12359）等形，從人在衣中，因而有「就也」意思。〔註227〕金文如⿰（蠆鼎）、⿰（陳侯因資錞）等形。《說文》云：「⿴，就也，從□大。」（卷六下）

至於楚系簡帛文字的「因」，季師旭昇提到「戰國楚文字保留甲骨文字形，齊、晉系則外形異化為□。」〔註228〕何琳儀則以為「戰國文字承襲甲骨文，

〔註226〕在〈孔子詩論〉中六十一個「之」字，每一個「之」字最後一筆也是如此；換句話說，這種特色應為「之」字與「止」字最大的不同之處。
〔註227〕季師旭昇：《說文義證》（上冊），頁 519。
〔註228〕季師旭昇：《說文義證》（上冊），頁 519。

楚系文字承襲金文。」〔註229〕

在《上博楚竹書》（一）中亦有「因」字，一見於〈孔子詩論〉，一見於〈性情論〉，如下所示：

（01-18-01）　　　　　　　　　　（03-11-08）

其中〈孔子詩論〉的「因」字，上半部殘，所存留的下半部字形，外面所從的「囗」形基本上隨著裡面的形體詰詘變化，文例爲「因木芯之保（報）」，隸定爲「因」應該是沒有問題的；至於〈性情論〉的「因」字，外面所從的「囗」形左右兩筆亦有些許隨著裡面的「矢」形作曲筆的現象存在，文例爲「堂（當）事因方而裚（制）之」。

至於在《郭店楚墓竹簡》中，有下列幾個「因」字：

（郭 9.18）　　　　（郭 10.17）　　　　　　（郭 11.19）

（郭 12.14）　　　　（郭 13.31）

這些「因」字裡面所從或爲「大」或爲「矢」，但最大的特色則在於外面的「囗」形均是隨著裡面的形體詰詘變化而作曲筆之形。根據《上博楚竹書》（一）與《郭店楚墓竹簡》的形體來看，或許「囗」形作曲筆之形乃是楚系簡帛文字「因」字的一個區別之處。

此外，根據《楚系簡帛文字編》所收錄的「因」字與從「因」之字，字形、文例如下所示：

字形	（曾七六）	（望二策）	（天卜）	（包 2.83）	（信 2.019）

〔註229〕何琳儀：《戰國古文字典》，頁 1106。

文例	紫因之篚	一丹緅之因	執事人行詬癮	羅之瓛里人湘瘖	袻若
字形	（信 2.021）	（信 2.011）	（信 2.019）	（信 2.07）	
文例	一柜頁因	白膚	一草罷膚	一繡緅衣	

根據上面所引的字形來看，第一列的「因」字或從「因」之字，其形隸定爲「因」符合本文在前面對於「因」字的分析。然而值得注意的是，上面第二列所引的字形中，其中信陽長臺關楚簡有一「 （信 2.021）」形，被隸定成「因」，文例爲「一柜頁因」；另外還有「 （信 2.011）」、「 （信 2.019）」、「 （信 2.07）」等字，分別被隸定成「膚」、「膚」、「繡」，這些字所從的「 」形均與「角」形相類，如果原書釋文正確的話，那麼，「 」形便有隸定成「因」形的可能。

另外，黃錫全則提到「所謂的『因』當是『齒』形寫變……，止下寫成連筆便似『因』了」。如果查看楚系簡帛文字對於「齒」字或從「齒」之字的寫法，如「 （仰 25.25）」、「 （信 2.02）」等，〔註230〕其中「 」形的左右兩端到目前爲止尚未看到將其連筆相合者，職是之故，黃錫全對於「齒」字的釋形在沒有明確的字形與字例作爲旁證之前，本文暫不探信。

綜上所述，本文以爲「 」字下半部所從的「 」形或可隸定爲「角」，〔註231〕而「 」字應隸定爲「嵩」，至於「從角、之聲」或「從之、從角」何者爲佳，下文將進一步說明。

（三）「 」音義的探討

對於字形有了清楚的了解之後，以下則進一步分析音義。

1. 讀音的審定

《上博楚竹書》（一）以爲「 」字「從因、止聲」。黃錫全以爲「所謂的『因』當是『齒』形寫變……，止下寫成連筆便似『因』了」，並言「此假齒爲志」，換句話說，黃錫全以爲「 」形應爲「齒」字的訛變，至於「假齒爲志」，則以讀音的通假來說明「 」之所以讀爲「志」的原因。

〔註230〕可參看滕壬生：《楚系簡帛文字編》（湖北教育出版社，1995 年 7 月，頁 170
～171）及陳嘉凌：《楚系簡帛字根研究》（國立臺灣師範大學國文研究所碩士
論文，2002 年 6 月，頁 160～161。）所引有關「齒」字及從「齒」字之形。
〔註231〕關於「角」形的相關字形引證，請參閱本文第四章第一節「說『嵩』」的部分
說明。

　　首先，本文以爲將「」字解釋成「从因、止聲」是可以再討論的。〔註232〕根據上文對於「」字的字形分析，如以會意字的造字角度來看，應爲「从之、从角」，但此種釋形方式對於了解「」字的讀音問題幫助不大；如以形聲字的造字角度來看，可將「」字視爲「从之、角聲」或「从角、之聲」，隸定成「𧢲」，就聲韻上來看，學者多將「」字讀爲「志」，從這個角度來看，「志」亦爲章紐之韻，「角」爲見紐屋韻，「之」爲章紐之韻，因此，將「」字視爲「从角、之聲」較爲妥當。

2. 語義的說明

　　就語義來看，《上博楚竹書》（一）、李零與黃錫全等均將「」字讀爲「志」，主要的依據，根據本文的推測應該是從今本而加以推論的。今本相應於《上博楚竹書‧緇衣》的「」字之處爲「志」字，在沒有其他的新的證據出現之下，本文也贊同這種看法，因爲「」字所從的「之」聲，與今本的「志」字聲韻相同，因此將「」字視爲「志」字的假借並無不妥之處。

　　然而這個「𧢲」字還有一些問題存在：第一，爲何「𧢲」字下面所從的爲「角」形，有無可能本非「角」形，因形近相訛或其他原因而訛寫成「角」形？第二，《郭店楚墓竹簡‧緇衣》中相應於今本「志」字與《上博楚竹書‧緇衣》「𧢲」字之處則寫成「𦙨」，唯一可能有關的地方便是「𦙨」字所從的「寺」形爲「之」聲，「之」與「志」爲同音，因此也可以將「𦙨」字視爲「志」字的假借。換句話說，「𧢲」、「𦙨」、「志」三字由於聲音的相同而可相互借用；然而如此解讀雖可暫時解決文字通讀問題，但對於形構而言，似乎說服的證據不夠強而有力。以上二個問題，目前暫時放在此處，有待將來其他材料以資證明。

十二、說「」

　　根據《上博楚竹書》（一）的隸定，被隸定成「惄」的原簡字形如下所示：

（03-37-32）

原簡　　　　　　　　　　　　　　摹本

其相對的文例如下：

03-37　又（有）丌（其）爲人之柬＝（柬柬）女（如）也，不又（有）
夫恆悥（忻）之志則曼■〔註233〕

此外，在注釋中提到：

「悥」字待考，疑「忻」之別體。……恆悥，《郭店楚墓竹簡‧性自
命出》作「丞怡」。〔註234〕

由於在《說文》及後世字書中未曾出現過「悥」字，因此《上博楚竹書》（一）
並未作出肯定的看法。

（一）學者對於「𢖶」字的看法

1. 李零之說

李零在〈上博楚簡校讀記（之三）：性情〉一文中提到：〔註235〕

「忻」，原從心從彳從斤，這裏讀爲「忻」，郭店本從心從台省，釋
爲「怡」，二字含義相近。

據此可知，李零遵從《上博楚竹書》（一）的看法，將「𢖶」字分析成從心從
彳從斤，讀爲「忻」。

2. 徐在國、黃德寬之說

徐在國、黃德寬在〈《上海博物館藏戰國楚竹書（一）緇衣‧性情論》釋
文補正〉一文中提到：〔註236〕

272 頁第三十七簡「不又夫恒悥（忻）之志則曼」。

按：「恒」後一字簡文作𢖶，上部所從當爲「近」字異體。彳、辵
二旁古通，例不備舉。此字當分析爲從「心」「近」聲，讀爲「忻」
是正確的。《郭店‧性自命出》45 與之相對的字「怡」。《玉篇‧心
部》：「忻，喜也。」《爾雅‧釋詁上》：「怡，樂也。」《廣雅‧釋詁
一》：「怡，喜也。」「忻」、「怡」二字義近而互換。

〔註233〕《上博楚竹書》（一），頁 272。
〔註234〕《上博楚竹書》（一），頁 272。
〔註235〕李零：〈上博楚簡校讀記（之三）：性情〉，（http://www.bamboosilk.org/Wssf/2002/
liling03.htm）（2002/01/14）。另見《上博楚簡三篇校讀記》，台北：萬卷樓出
版有限公司，2002 年 3 月初版，頁 82。
〔註236〕徐在國、黃德寬：〈《上海博物館藏戰國楚竹書（一）緇衣‧性情論》釋文補
正〉，《古籍整理研究學刊》，2002 年第 2 期（2002 年 3 月）。

據其所言，「🐦」字當分析爲從「心」「近」聲，讀爲「忻」。

3. 丁原植之說

丁原植在《楚簡儒家性情說研究》一書中提到：〔註237〕

「互怡」，〔註238〕上博簡作「恆忻」，上博簡《校讀記》〔註239〕云：
「『恆』，原從心從亟，屬形近混用。『忻』，原從心從彳從斤，這裏
讀爲『忻』，郭店本從心從台省，釋爲『怡』，二字含義相近。」

又，在頁244中提到：

「又其爲人之柬柬女也，不又夫互怡之志則縵」，「互」字，郭店簡
釋文讀爲「恆」。趙建偉認爲「恆」，即「極」，終也。

「怡」字，郭店簡《校讀記》讀爲「始」，廖名春認爲疑讀爲「殆」，
指危險，云：「這是說爲人寬大，但如果沒有常危之志，沒有憂患意
識，就會輕慢而不上心。」李天虹《集釋》認爲「怡」當讀作本字。

「怡」字，上博簡作「忻」。「忻」，指啓發，《說文·心部》：「忻，
闓也。」段玉裁注：「忻，謂心之開發。」《史記·周本紀》：「姜原
出野，見巨人跡，心忻然說，欲踐之。」

「縵」，疑讀爲「漫」。《玉篇·水部》：「漫，散也。」《論語·爲政》
云：「子曰：學而不思則罔，思而不學則殆。」「罔」，指「茫然而無
所得」。

簡文此數句，似謂：……〔但〕若是個性質樸信實，而無啓發的心
志，則終必散漫而無所得。

據其所言，其贊同《上博楚竹書》（一）及李零等的說法，以爲「🐦」讀爲「忻」，
「啓發」之意。

（二）關於「🐦」字形構問題

就形體的偏旁來看，「🐦」字「從彳從斤從心」是沒有問題的，至於徐在
國、黃德寬二人以爲「🐦」字「從心近聲」，「🐦」字上部所從爲「近」字異
體，則進一步替「🐦」字「從彳」作了一番解說。

〔註237〕丁原植：《楚簡儒家性情說研究》，台北：萬卷樓圖書有限公司，2002年，頁
242。
〔註238〕本文按：「互怡」爲郭店簡文句。
〔註239〕本文按：此爲李零之見。

到目前爲止，甲、金文中並未出現「⿰彳⿱斤心」形，《說文》也未見此字。如暫且不論所從「彳」形的形構意義爲何。除了「彳」形之外，「從斤從心」的字形則見於〈性情論〉第二十簡，作「⿱斤心」之形。以下我們先討論這個字形。

1. 論「從斤從心」的「⿱斤心」形

〈性情論〉第二十簡有「⿱斤心」字，就字形本身來看，可視爲「從心從斤」或「從心斤聲」。《上博楚竹書・性情論》相關釋文如下所示：

　　樂思而句（後）忻（忻）。〔註240〕

並且在注釋中提到：

　　樂思而句忻　與上簡「悥（憂）思而句（後）悲」成對句。〔註241〕

關於「⿱斤心」，甲、金文中未見此形。《說文》中則收錄了「忻」字。《說文》云：「忻，闓也。从心，斤聲。《司馬法》曰：『善者，忻民之善，閉民之惡。』」（卷十下）段玉裁注：「忻，謂心之開發。」如贊同「⿱斤心」即「忻」，那麼依《說文》之說，將「⿱斤心」視爲從心斤聲是沒有問題的。至於「忻」是否如段玉裁所言是「心之開發」呢？如根據〈性情論〉本身的文句來看「忻」字的意義，「凡悥（憂）思而句（後）悲，凡樂思而句忻」，「憂」與「樂」相對，「悲」與「忻」亦應屬於相對的關係，由此推論，「忻」的意義或爲「歡」、「喜」一類的釋義。

丁原植在《楚簡儒家性情說研究》一書中提到：〔註242〕

> 「凡樂思而句忻」，「樂思」，指對「樂」的思索，在「樂」的情境中，思索人價值的企盼。郭沂云：「忻，《說文》：『闓也。』段注：『闓者，開也。』……忻謂心之開發，與欠部欣謂笑喜也異義。」「忻」，並非一般歡欣的情緒，而是指「忻」的本義，簡文之義似謂：在人義建構的要求中，領會「忻」的實存眞義。

根據丁原植的說法來看，其言「『忻』，並非一般歡欣的情緒，而是指『忻』的本義」，所謂的「忻」的本義是指段玉裁的「心之開發」嗎？待考。

另外，在《郭店楚墓竹簡》中「忻」形共出現三次，相關字形及文例如

〔註240〕《上博楚竹書》（一），頁249。

〔註241〕《上博楚竹書》（一），頁250。

〔註242〕丁原植：《楚簡儒家性情說研究》，台北：萬卷樓圖書有限公司，2002年，頁158。

下所示：〔註243〕

　　（郭11.32）　　凡樂思而句（後）忻

　　（郭11.41）　　唯宜（義）衍（道）爲忻（近）忠

　　（郭11.41）　　唯亞（惡）不悬（仁）爲忻（近）宜（義）

眾所皆知，《郭店楚墓竹簡・性自命出》與《上博楚竹書・性情論》二篇竹書的內容原則上是互見的，因此我們透過竹書文本互對可以看到，在《郭店楚墓竹簡・性自命出》中相對於《上博楚竹書・性情論》第二十簡「　」形之處亦寫作「　（郭11.32）」形。

　　值得注意的是，與《郭店楚墓竹簡・性自命出》「　（郭11.41）」形相對的《上博楚竹書・性情論》的字形寫作「　（郭03-34）」形，此形被隸定成「近」。關於「近」字，甲、金文中未見此字，《說文》云：「　，附也，从辵斤聲。　，古文近。」（卷二下）我們看《說文》古文「　」字從斤從止，與「　（03-34）」形唯一的差別只在於上下偏旁互作，因此《上博楚竹書・性情論》「　（03-34）」形隸定爲「近」是沒有問題的。

　　據上所述，《郭店楚墓竹簡・性自命出》「　（郭11.41）」與《上博楚竹書・性情論》「　（郭03-34）」形所指的意義或爲相同的意義，那麼在字形結構上的意義，或許代表著楚簡文字偏旁「從心」與「從止」出現了互用的可能性。

　　又，何琳儀在《戰國古文字典》一書中有「忑」字，裡面收錄以下字形：〔註244〕

燕系	（璽彙2321）				
晉系	（璽彙3275）				
楚系	（璽彙0275）	（包34）	（包39）	（包91）	（包28）

〔註243〕《郭店楚簡研究・第一卷・文字編》，頁188。
〔註244〕何琳儀：《戰國古文字典》，頁1317。

關於《璽彙》0275、2321、3275 等均爲私璽，作爲人名之用，吳振武均隸定爲「忻」。〔註245〕而包山楚簡的「忻」字亦均作爲人名。〔註246〕

據上所述，從斤從心的「忎」或「忻」在戰國時代是一個常見的文字，至於其義爲何則必須根據上下文加以判斷。到目前爲止的文例，「𢛡」或爲「歡」、「喜」一類的釋義，或可通假爲「近」。

2. 再論「從彳從斤從心」的「𢛡」形

關於「𢛡」形，本文贊同《上博楚竹書》（一）的隸定，作「愬」。此外，透過《郭店楚墓竹簡·性自命出》與《上博楚竹書·性情論》文本的比對，相對於《上博楚竹書·性情論》「𢛡」形之處的《郭店楚墓竹簡·性自命出》的字形作「�☐（郭 11.45）」形，即「怡」字；換句話說，「愬」與「怡」的意義相近，因此可以相互通假。又，《爾雅·釋詁上》：「怡、懌、悅、欣、衎、喜、愉、豫、愷、康……，樂也。」據此，〈性情論〉第三十七簡的「愬」字亦有「樂」之意。根據這個解釋，我們發現〈性情論〉第二十簡的「忎」字釋義與「愬」字相同。在這個基礎之上，我們有理由相信〈性情論〉第二十簡「忎」字與第三十七簡「愬」字或爲一字之異體。

至於徐在國、黃德寬二人以爲「彳、辵二旁古通，例不備舉。此字當分析爲從『心』『近』聲，讀爲『忻』是正確的。」前面提到「近」字的形構，在楚系簡帛文字當中，到目前爲止所看到的「近」字均是「從斤從止」，而沒有「從彳從斤」的形體出現。那麼古文字當中「從止」與「從彳」有相通之例嗎？楊樹達在〈新識字之由來〉一文中提出金文「走」字從彳與從止有互通的情形，〔註247〕依此來看，「𢛡」形上面所從的「從彳從斤」之形，或當如徐在國、黃德寬二人可分析爲從「心」「近」聲，讀爲「忻」。

十三、說「𢠃」

根據《上博楚竹書》（一）的隸定，被隸定成「𢠃」的原簡字形如下所示：

（01-09-41）

原簡

摹本

其相對的文例如下：

01-09　黃鼩則困而谷（欲）反丌（其）古也，多恥者丌（其）忎之虖（乎）？

〔註248〕

此簡中有一「」字，《上博楚竹書》（一）釋文隸定成「忎」，但對此字並沒有進一步的解說。

（一）學者對於「忎」字的看法

對於「忎」字的解說，學者們的說法或有差異。在此，我們先羅列學者們對於「忎」字的看法。

1. 龐樸之說

龐樸在〈上博藏簡零箋〉一文中提到：〔註249〕

《詩論》第九簡「天保」、「黃鳥」條，釋文爲：

……

黃鳥則困而欲反其古也，多恥者其忎之乎？

……

《黃鳥》篇歎此邦之人不可與處，而言旋言歸復我邦族。《詩論》謂其困而欲返，良是。果如此，則「反其古也」宜作「返其故也」。下句從方從心之忎字，疑爲「怨」字筆誤，怨彼欺負外來戶的此邦之人也。

據上所述，其以爲「忎」疑爲「怨」字筆誤，怨彼欺負外來戶的此邦之人也。

2. 李零之說

〔註248〕《上博楚竹書》（一），頁137。

〔註249〕龐樸〈上博藏簡零箋〉，《上博館藏戰國楚竹書研究》，上海書店出版社，2002年3月。另見於〈上博藏簡零箋（一）〉，（http://www.bamboosilk.org/Wssf 2002/pangpu01.htm）（2002/01/01）；〈上博藏簡零箋（二）〉，（http://www. bamboosilk.org/Wssf/2002/pangpu02.htm）（2002/01/04）；〈上博藏簡零箋（三）〉，（http://www.bamboosilk.org/Wssf/2002/ pangpu03.htm）（2002/01/04）。

李零在〈上博楚簡校讀記（之一）：〈子羔〉篇「孔子詩論」部分〉一文中將第九簡隸定為：〔註250〕

《黃鳴》則困天欲，恥其故也，多恥者其病之乎？

此外，在相關的注釋中提到：〔註251〕

《黃鳴》，原書指出，即今《秦風·黃鳥》。此詩手心評秦穆公以三良從葬，屢言「彼蒼者天，殲我良人」，恥其故而傷其情，故曰「則困天欲，恥其故也，多恥者其病之乎」。「鳴」，寫法同下簡《鹿鳴》之「鳴」，應是「鳥」字的誤寫。

關於「$\overline{\overline{\mathcal{P}}}$」字的形構，李零則逕自讀為「病」，可惜的是，並未見其進一步的說明。

3. 周鳳五之說

周鳳五在〈《孔子詩論》新釋文及注解〉一文中提到：〔註252〕

簡九「多恥者其方之乎」：簡文從心，方聲，原缺釋。按，當讀為「方」。《論語·憲問》：「子貢方人」《釋文》引鄭本作「謗」，訓「言人之過惡」。〈黃鳥〉共三章，反覆申言「此邦之人，不我肯穀」、「此邦之人，不可與明」、「此邦之人，不可與處」，而思「言旋言歸，復我邦族。」所謂「困而欲反其故」是也。或讀為「妨」，害也；其人為多恥者所害，憂讒畏譏而思歸也，亦通。

據上所述，「$\overline{\overline{\mathcal{P}}}$」字，從心，方聲，當讀為「方」，「謗」也，訓「言人之過惡」；或讀為「妨」，害也；其人為多恥者所害，憂讒畏譏而思歸也。

4. 姚小鷗之說

姚小鷗在〈《孔子詩論》第九簡黃鳥句的釋文與考釋〉一文中提到：〔註253〕

〔註250〕李零：〈上博楚簡校讀記（之一）：〈子羔〉篇「孔子詩論」部分〉，（http://www.bamboosilk.org/Wssf/2002/liling03.htm）（2002/01/14）。另見《上博楚簡三篇校讀記》，台北：萬卷樓出版有限公司，2002年3月初版，頁35。

〔註251〕李零：〈上博楚簡校讀記（之一）：〈子羔〉篇「孔子詩論」部分〉，（http://www.bamboosilk.org/Wssf/2002/liling03.htm）（2002/01/14）。另見《上博楚簡三篇校讀記》，台北：萬卷樓出版有限公司，2002年3月初版，頁37。

〔註252〕周鳳五〈《孔子詩論》新釋文及注解〉，（http://www.bamboosilk.org/Wssf/2002/zhoufengwu01.htm）（2002/01/16）；另見《上博館藏戰國楚竹書研究》，上海書店出版社，2002年3月。

〔註253〕姚小鷗〈《孔子詩論》第九簡黃鳥句的釋文與考釋〉，《新出楚簡與儒學思想國際學術研討會論文集》（北京清華大學思想文化研究所、台北輔仁大學文學院

我們釋爲「恦」字的這個字，〈詩論〉整理本僅作隸定，未作考釋。范毓周教授釋爲「防」，（范毓周：〈上海博物館藏楚簡〈詩論〉的釋文、簡序與分章〉載 www.bamboosilk.org）恐與文意有隔。李學勤先生釋爲「病」，（李學勤：〈〈詩論〉簡的編聯與復原〉，《中國哲學史（季刊）》2002 年 1 期）給我們以很大的啓發。「病」從「丙」得聲，「丙」、「方」同爲幫母字，音近可通。《周禮・大宰》：「大宰之職，……以八柄詔王馭群臣。」《周禮・内史》：「内史掌王之人枋之法以詔王治。」孫詒讓《周禮正義》卷五十二：「枋，《釋文》作柄，云『本又作枋』。按：《大宰職》亦作柄。《說文木部》云：『枋，木可作車。』與柄義別。古音方聲丙聲同部，故柄或借枋爲之。」由上可知，該字釋「病」合於音理，又較「防」字接近該句文意，是較好的釋文，然而可能不若本文釋「恦」更爲恰當。

我們說釋「病」未若釋「恦」恰當，首先因爲從兩字的字形構成來說，病字從疒，恦字從心，後者更接近原字形。而且從我們對「黃鳥句」的理解來說，該字從心更爲合理。另一個重要的理由是，恦爲《詩經》用字，而〈詩論〉恰爲討論《詩經》的文獻。從文獻的性質方面來說，兩者有著直接的關係。可見此字釋爲「恦」，無論從字的形義還是它在文獻中的用法來說，都較釋「病」爲優。

……

據上所述，姚小鷗將「𢖒」字釋爲「恦」。至於「病」從「丙」得聲，「丙」、「方」同爲幫母字，音近可通。

5. 劉信芳之說

劉信芳在〈楚簡〈詩論〉釋文校補〉一文中提到：[註254]

「忢」字整理者照摹字形而不出注，是不知此爲何字。按字讀爲「病」，包山簡「病」字即從「方」作。古文字從「心」之字或從「疒」作，如古璽「亡瘇」即「無憂」。

從〈黃鳥〉一詩的實際內容看，「此邦之人，不我肯穀」，此邦之人

聯合主辦，2002 年 3 月 31 日～4 月 2 日）；另見於《北方論叢》2002 年第 4 期（總 174 期）。

〔註254〕劉信芳：〈楚簡〈詩論〉釋文校補〉，《江漢考古》2002 年第 2 期（總 83 期），頁 79。

既待「我」不善，是我「困」也。「言旋言歸，復我邦族」，是「反其故」也。

所謂「多恥者」，從構詞上說，是與「無恥者」相對而言。無恥是不知恥，多恥是知恥也。此邦之人既「不我肯穀」，則我知恥，以爲「病」也。「病」亦困也，《戰國策‧衛策》：「樗里子知蒲之病也。」注：「病，困也。」

另外，劉信芳在〈楚簡《詩論》試解五題〉一文中亦有論及「享」字：

《詩論》簡 9：「《黃鳥》則困，天谷（欲）反亓（其）古也，多恥者亓（其）病之乎？」

馬承源先生認爲：黃鳥，「《小雅‧黃鳥》詩句云：『此邦之人，不可與明』、『不可與處』，『言旋言歸，複我諸兄』、『諸父』。似與本篇有關。」〔註255〕

李零先生云：「《黃鳴》，原書指出，即今《秦風‧黃鳥》。此詩批評秦穆公以三良從葬，屢言『彼蒼者天，殲我良人』，恥其故而傷其情，故曰『則困天欲，恥其故也，多恥者其病之乎』。『鳴』，寫法同下簡《鹿鳴》之『鳴』，應是『鳥』字的誤寫。」〔註256〕

李學勤先生云：「『《黃鳥》則困而欲反其故也』，這顯然是指《小雅‧黃鳥》所言：

黃鳥黃鳥，無集於穀，無啄我粟。此邦之人，不我肯穀。言旋言歸，複我邦族。

與《秦風‧黃鳥》述三良殉死之事無關。」〔註257〕

關於簡文「病」字，姚小鷗先生認爲：

簡文從心方聲之字，范毓周釋爲「防」，恐與文意有隔。李學勤釋爲「病」，是較好的釋文，「然而可能不若本文釋『恑』更爲恰當」。《小雅‧鳲弁》二章：「未見君子，憂心炳炳」。《毛傳》：

〔註255〕馬承源主編：《上海博物館藏戰國楚竹書（一）》，上海：上海古籍出版社，2001年，第 138 頁。
〔註256〕李零：《上博楚簡校讀記》（之一），hppt:www.bamboosilk.org，2002 年 1 月 4日；又，《〈上海博物館戰國楚竹書〉（一）釋文校訂》，《中國哲學》第二十四輯，第 186 頁，其釋文爲：「《黃鳴》則困天欲，恥其故也，多恥者其病之乎？」
〔註257〕李學勤：《〈詩論〉與〈詩〉》，《中國哲學》第二十四輯，頁 125。

「恂恂，憂盛滿也。」《爾雅》：「恂恂，弈弈，憂也。」《説文·心部》：「恂，憂也。從心，丙聲。」

《易繫辭下》：「《易》曰：『困于石，據於蒺藜，入于其宮，不見其妻，凶。』子曰：『非所困而困焉，名必辱；非所居而居焉，身必危。』」《易系辭下》又説：「子曰：『小人不恥不仁，不畏不義。』」由此可知，在孔子的思想中，「多恥」與「無恥」，是君子與小人的重要分界線。《黃鳥》篇主人公之致困，即屬於「非所困而困」之類。故「多恥者」即眞正的君子必當爲之「恂」即爲之憂。〔註258〕

按：簡文從心方聲之字，訓爲「憂」是也。讀「病」讀「恂」均可資參考。若釋爲「病」，楚簡「病」字多見，無一例作是形者。若釋爲「恂」，論者未能舉出經典「恂」單字句例。是簡文該字有不可替代之處。包山簡146有「恂」字，用作人名，無助於討論。若依古文字從心之字或從疒作，如古璽「憂」字例，則讀「病」爲義長。

《黃鳥》，整理者屬之《小雅》，自是一家之言。《詩論》列舉《詩》篇名之例，同名者或舉邦名以別之，簡26「北白舟」是也；或兼指同題數作，簡17「湯之水」、簡26「谷風」是也（別有説）；或由文例、句義自顯，此《黃鳥》是也。然世異語隔，繪朽簡殘，歧説自不可避免。即以《黃鳥》爲例，若屬之《小雅》，勢必以簡文「天」爲「而」字之誤；設若原簡「天」字不誤，則其解若何？

嘗試論之，將有關文句讀爲：「《黃鳥》則困，天欲反其古也。多恥者其病之乎！」屬之《秦風》，亦是文從字順。所謂「困」者，三良從葬，「臨其穴，惴惴其栗」是也。「天」者，「彼蒼者天」是也。「反其古」者，復「古之王者」之制也。「多恥者其病之乎」，國人哀之，爲之賦《黃鳥》是也。《左傳》文公六年：「秦伯任好卒，以子車氏之三子奄息、仲行、鍼虎爲殉，皆秦之良也，國人哀之，爲之賦《黃鳥》。君子曰：秦穆之不爲盟主也宜哉，死而棄

〔註258〕姚小鷗：《〈孔子詩論〉第九簡黃鳥句的釋文與考釋》，《新出楚簡與儒學思想國際學術研討會論文集》，清華大學，2002年3月，第235頁。以上引姚氏説，乃筆者綜合其義述之。

民。先王遺世，猶詒之法。而況奪之善人乎！《詩》曰：人之云
亡，邦國殄瘁。無善人之謂。若之何奪之？古之王者，知命之不
長，是以並建聖哲，樹之風聲。分之采物，著之話言，爲之律度，
陳之藝極，引之表儀，予之法制，告之訓典，教之防利，委之常
秩，道之以禮，則使毋失其土宜，眾隸賴之，而後即命。聖王同
之。今縱無法以遺後嗣，而又收其良以死，難以在上矣。君子是
以知秦穆之不復東征也。」良臣爲殉，其事慘烈，國人呼天，是
惟天能反古王法制也。非獨國人哀之，「君子」亦爲之陳辭，豈非
多恥者乎！〔註259〕

根據其說，可見劉信芳在〈楚簡〈詩論〉釋文校補〉一文中其將「享」字讀爲
「病」，乃爲「困」之意。在〈楚簡《詩論》試解五題〉一文中，則將「享」
字訓爲「憂」，讀「病」讀「怲」均可資參考，但以「病」義爲長。

6. 顏世鉉之說

顏世鉉在〈上博楚竹書散論（一）〉一文中提到：〔註260〕

《孔子詩論》簡九：「《黃鳥》，則困而欲反其故也，多恥者其忞之乎？」
「忞」讀爲「謗」，《說文》：「謗，毀也。」段注：「謗之言旁也。旁，
溥也。大言之過其實。《論語》『子貢方人。』假方爲謗。」簡文末句
讀爲「多恥諸其謗之乎？」〔註261〕此段文意爲：詩人身處困境而思
歸故國，此乃因多爲毀謗之言所辱乎？朱熹《詩集傳》：「民適異國，
不得其所，故作此詩，託爲呼其黃鳥而告之曰：爾無集于穀，而啄我
之粟；苟此邦之人，不以善道相與，則我亦不久於此而將歸矣。」

由此可見顏世鉉將「享」讀爲「謗」。

7. 汪維輝之說

汪維輝在〈上博楚簡《孔子詩論》釋讀管見〉一文中提到：〔註262〕

〔註259〕筆者（註：筆者爲劉信芳自稱詞）亦曾以爲簡文「天」爲「而」字誤書（《楚
簡〈詩論〉釋文校補》，《江漢考古》2002年2期，第79頁），經慎重考慮，
還是應依據原簡字形作解，謹此訂正。

〔註260〕顏世鉉〈上博楚竹書散論（一）〉（http://www.bamboosilk.org/Wssf/2002/
yanshixuan01.htm）（2002/04/14）

〔註261〕「恥諸」文例，如《周禮・地官・司救》：「恥諸嘉石。」鄭注：「嘉石，朝士
所掌，在外朝之門左，使坐焉以恥辱之。」

〔註262〕汪維輝：〈上博楚簡《孔子詩論》釋讀管見〉，（http://www.bamboosilk.org/Wssf/

第九簡：「黃䳡則因而欲反其古也，多恥者其忘之乎？」

「黃䳡」，馬承源云：「篇名，即『黃鳴』。簡本從鳥之字，鳥皆在字之左旁。篇名疑即今本《毛詩》之《黃鳥》。《小雅·黃鳥》詩句云：『此邦之人，不可與明』、『不可與處』、『言旋言歸，復我諸兄』、『諸父』。似與本篇有關。」按，此篇名即《黃鳥》，殆無可疑。……

「忘」字馬承源無說。按，此字疑當讀作「仿」。「仿」爲人的一種行爲，與心理活動有關，故可從心作。

據上所述，汪維輝將「𢛳」讀爲「仿」。

8. 臧克和、王平之說

臧克和、王平在〈上海博物館藏《戰國楚竹書》中的「詩論」（三）〉一文中，對「𢛳」字作了一番說明：〔註263〕

「多恥者丌（其）妨之乎」。按「妨」字原簡文圖片是上「方」下「心」符的結構，編者也如此隸定，但於字義無釋。按《玉篇·心部》有一個左從「心」符、右從「方」符的字形，解釋其字義是「忌」；而《集韻》所引《說文》在「妨」下注明該字形是「或體」，字義同現在看到的「大徐本」的解釋：「害也。」意思就是「妨害」。其，大概是表示推測之詞，金文裡這種用法是比較多見的。

據上可知，臧克和、王平以爲「𢛳」字爲「妨」，意思是「妨害」。

9. 晁福林之說

晁福林在〈上博簡〈詩論〉與《詩經·黃鳥》探論〉一文中提到：〔註264〕

簡文「忘」字，專家或釋爲「病」，似可再議。郭店楚簡《老子》甲本第36簡有「𠨚」字，從方從刀，〔註265〕可讀爲「病」，但上博簡此字不從刀而從心。如眾所知，楚簡中表示某種心理狀態之字，常附加心旁。所以此字當從以方爲音的表示心理活動的諸字中考慮其意，如訪、謗、仿、妨等，意皆可通。然而，愚以爲簡文「忘」字，

2002/wangweihui01.htm〕

〔註263〕臧克和、王平：〈上海博物館藏《戰國楚竹書》中的「詩論」（三）〉，《學術研究》，2002 年第 8 期，頁 155。

〔註264〕晁福林：〈上博簡〈詩論〉與《詩經·黃鳥》探論〉，《江海學刊》2002 年第 5 期，頁 141～142。

〔註265〕晁福林文章此字缺漏，本文於此根據上下文補之。

可以逕讀如《詩・鵲巢》「維鳩方之」之方，毛傳「方，有之也」，

得之。〔註266〕

根據晁福林之說，其將「𢛔」字隸定成「忘」，讀作「方」。

（二）「𢛔」字偏旁分析

根據以上所引用的資料來看，絕大多數的學者同意「𢛔」字上從「方」形，下從「心」形，本文亦贊同這種看法。至於龐樸則以爲從方從心之忘字，疑爲「忿」字筆誤。關於這種說法，本文以爲不妥。查看《郭店楚簡研究・第一卷・文字編》中，分別出現了「分」字與「方」字，〔註267〕這兩個形體就本文所見，似未曾有相混的情形，因此逕言「忘」爲「忿」字筆誤並不恰當。

（三）「𢛔」字通讀的探討

關於「𢛔」字的形構可分析成「從方從心」或「從心方聲」。如言「從方從心」，則是從會意的角度對「𢛔」字進行分析，然而「從方從心」所會何意？似乎也無法得到進一步的意義推理，學者們於此也無所推論。如言「從心方聲」，則是從形聲的角度對「𢛔」字進行分析，且將「𢛔」字所從「方」形視爲聲符，我們便可以進一步從中再予以考慮字義的問題，學者們對於「𢛔」字均是從這個角度作字義的推理。如將「𢛔」字讀爲「病」者，有李學勤、李零、劉信芳等人；將「𢛔」字讀爲「方」者，有周鳳五、晁福林等人；將「𢛔」字讀爲「謗」者，有顏世鉉；將「𢛔」字讀爲「防」者，有范毓周；將「𢛔」字讀爲「妨」者，周鳳五、臧克和、王志平等人；將「𢛔」字讀爲「仿」者，有汪維輝；將「𢛔」字讀爲「恦」者，有姚小鷗。

根據上面簡單的歸納，可見學者通假的情形主要有兩條思考路線：第一

〔註266〕晁福林在此處加注，以爲：「《鵲巢》的這個『方』字，戴震謂『古字方、房通。房之，猶居之也』（《毛詩補傳》卷二），王引之謂其說非是。王引之云『方，當讀爲放』意爲依（見《經義述聞》卷五）。今按，王氏之說雖甚辨，但毛傳之說並不因此而廢。即今讀若放，意爲依，可是其與『有』之意亦相涵。『維鳩有之』與『維鳩依之』之意並不矛盾。簡文此字，周鳳五先生謂『當讀爲"方"。《論語・憲問》："子貢方人。"《釋文》引鄭本作"謗"，訓"言人之過惡"。……或讀爲"妨"，害也；其人爲多恥者所憲，憂讒畏譏而思歸也，亦通』（〈《孔子詩論》新釋文及注解〉，《上博館藏戰國楚竹書研究》，上海書店出版社2002年版，第159頁）。按，周鳳五先生此說比釋「病」爲優，然亦未達一間，不若逕讀爲「方」。

〔註267〕關於「分」字與「方」字，參見《郭店楚簡研究・第一卷・文字編》頁80、頁227～228。

是從「方」得聲者，有「方」、「謗」、「妨」、「防」、「仿」等；第二是從「丙」得聲者，有「病」、「怲」等。至於「方」與「丙」古音可通，學者已明言之，此不贅述。

至於「𢽠」字當讀何字？本文較贊同周鳳五、晁福林等人的看法，將其讀爲「方」。周鳳五、顏世鉉等引用《論語‧憲問》：「子貢方人」，以爲「方」爲「謗」之意；晁福林則引用《詩‧鵲巢》：「維鳩方之」之「方」，《毛傳》：「方，有之也。」透過經典「方」字的使用情形作爲「𢽠」字讀爲「方」的旁證。

在此，本文則從楚系簡帛文字的使用情形來進一步推論「𢽠」或讀爲「方」。其實在楚系簡帛文字當中，論者或以爲「楚簡中表示某種心理狀態之字，常附加心旁。」此說在某一定的程度上是有道理的，然而卻也同時存在著一種情形，便是：「心」旁的添加與否，有時則作爲詞性轉化的運用，如〈性情論〉中有「交」、「恔」二形，其中「交」或爲「名詞」的用法，相關文例如下所示：〔註268〕

03-25　上交近事君，下交尋（得）眾近𡡾（從）正（政）▬

03-26　……交，目（以）道者也。

03-26　不同方而交，目（以）古（故）者也。

03-26　□□而交，目（以）惪（德）者也。

03-26　不同悅而交，目（以）戀（猷）者也。

03-30　凡交毋剌（拔），必叟（使）又（有）末▬。

「恔」或爲「動詞」的用法，相關文例如下所示：

03-04　凡眚（性），或敱（動）之▬，或逆之▬，或恔（交）之，或蕙（厲）之，……

03-05　凡敱（動）眚（性）者，勿（物）也▬；逆眚（性）者，兌（悅）也；恔（交）眚（性）者，古（故）也；……

職是之故，本文以爲「𢽠」可讀爲「方」，作爲動詞之用。

（四）「𢽠」字所從文例判讀的問題
由於「𢽠」字所從文例太過簡略，存在著太多的解釋空間。以下將學者們

〔註268〕所用引文乃據《上博楚竹書》（一）之釋文。

對於此段文例與釋讀表列如下：

《上博楚竹書》（一）	黃鳥則困而谷（欲）反丌（其）古也，多恥者丌（其）忞之虐（乎）？
龐樸	黃鳥則困而欲反其古也，多恥者其忞之乎？
李零	《黃鳴》則困天欲，恥其故也，多恥者其病之乎？
周鳳五	〈黃鳥〉，則困而欲反其故也，多恥者其方之乎
姚小鷗	《黃鳥》則困而欲反其故也，多恥者其怲之乎？
李學勤〔註 269〕	《黃鳥》則困而欲反其故也，多恥者其病之乎？
劉信芳	《黃鳥》則困，天欲反其古也。多恥者其病之乎！
顏世鉉	《黃鳥》，則困而欲反其故也，多恥諸其謗之乎？
臧克和、王平	黃鳥則困而谷（欲）反丌（其）古也，多恥者丌（其）妨之乎
濮茅左〔註 270〕	《黃鳴》則困而慾，反其故也，多恥者其忞之乎？
晁福林	《黃鳥》則困而谷（欲）反（返）其古也，多恥者其忞之乎？

就上表所列學者對於「」字所在的文例的看法，主要問題的爭論點當然是「」字究竟該如何通讀，其次還有一些問題：

第一，「黃鳥」指的是《詩經・小雅・黃鳥》還是《詩經・秦風・黃鳥》呢？

第二，「困」字後面的那一個「（01-09-31）」形是「天」字還是「而」字？

第三，「谷」形要讀爲「欲」還是「慾」？

第四，「谷（欲）」字後面的那一個字是「恥」字還是「反」字？

第五，「古」字要如何解釋？

第六，何謂「多恥」？

第七，「多恥」後面的那一個字要讀爲「者」還是「諸」？

第八，關於「黃鳥則困而谷（欲）反丌（其）古也多恥者丌（其）忞之虐（乎）」，到底要如何句讀才是合理的？

關於第一個問題，究竟本句所言「黃鳥」是指《小雅・黃鳥》還是《秦

〔註 269〕李學勤：〈〈詩論〉分章釋文〉，《經學今詮三編》（中國哲學第二十四輯），遼寧教育出版社，2002 年 4 月，頁 137。

〔註 270〕濮茅左：〈〈孔子詩論〉簡序解析〉，《上博館藏戰國楚竹書研究》，頁 41。

風・黃鳥》？所持者各有所見，似未有定論。

關於第二個問題，「天（01-09-31）」形究竟是「天」字還是「而」字？在楚系簡帛文字當中，「天」與「而」由於形體相近，因此常有訛混的現象出現。林清源在《楚系文字構形演變研究》當中，以爲「楚簡『天』字與『而』字主要的區別特徵，確實在於下垂筆畫的走向。根據筆者上文歸納的結果顯示，『天』字垂筆外放，『而』字垂筆內收。楚簡『而』字垂筆內收現象，並非只能表現在最裏面的左一筆上，有時也可以表現在外側兩筆，或是最裏面的右一筆上。」〔註271〕其說大體可從。只是當楚簡文字材料愈來愈豐富的時候，我們發現這種辨析「天」字與「而」字的方式則出現了模糊地帶。如果從統計的觀點來看，根據《上博楚竹書》（一）的隸定，在〈孔子詩論〉一文中，「天」字共出現四次，如下所示：

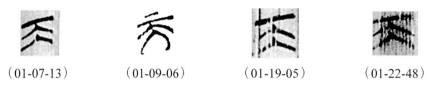

（01-07-13）　　　（01-09-06）　　　（01-19-05）　　　（01-22-48）

其中「秀（01-09-06）」形與其他三者差異最大，其他三者下垂處作外放之形，與「秀（01-09-06）」形下垂處作內收之形不類，根據「天」與「而」字形體的基本判斷標準，「秀（01-09-06）」形應視爲「而」字；然而就文例上來看，「秀（01-09-06）」形所從文例爲「天保其得祿蔑疆矣」，「天保」被視爲是《詩經・小雅・鹿鳴之什・天保》篇名，已被學界所接受，從這個角度來看，「秀（01-09-06）」形則不可能是「而」字，只能是「天」字，換句話說，「而」字與「天」字在此產生了訛混的情形。另外，「秀（01-09-06）」形有無可能作爲「天保」的「天」的專用字？如果此言得以成立的話，那麼「秀（01-09-06）」形則是書者爲了別嫌而有意爲之的形體。

此外，根據《上博楚竹書》（一）的隸定，在〈孔子詩論〉一文中，「而」字共出現十九次，如下所示：

〔註271〕林清源：《楚國文字構形演變研究》，東海大學中文系博士論文，1997 年 12 月，頁 193。

（01-02-18） （01-02-23） （01-02-28） （01-03-05） （01-04-10）

（01-09-31） （01-10-31） （01-19-16） （01-20-25） （01-20-31）

（01-22-08） （01-23-06） （01-23-13） （01-25-16） （01-26-19）

（01-28-03） （01-28-11） （01-29-02） （01-29-11）

　　從上面十九個被《上博楚竹書》（一）隸定爲「而」字的形體，「🔲」形共出現五次，「🔲」形共出現十三次，「天（01-09-31）」形只出現一次。其中「🔲」形與「🔲」形下垂之處或一筆內收，或兩筆內收，這些共十八個形體被隸定成「而」字，符合基本「而」字與「天」字的基本判斷條件。其中有問題的便是「天（01-09-31）」形，如將此形隸定爲「而」字，則是認爲此乃「而」字誤爲「天」形之例，主要的贊同論點或依據上下文加以判斷，然而亦有學者以爲「天（01-09-31）」形本爲「天」字，不需要說爲「而」字之誤，如李零、劉信芳等人。

　　在此，本文透過「天」字與「而」字的形體歸納，發現出現爭論的字形均在第九簡當中，分別是「天保」的「🔲（01-09-06）」形與「困」字後的「天（01-09-31）」形。扣除這兩個形體，〈孔子詩論〉書者未曾混淆「天」形與「而」形，職是之故，本文以爲〈孔子詩論〉書者的書寫嚴謹度較高。然而加入第九簡「🔲（01-09-06）」形與「天（01-09-31）」形，或許是書者百密一疏之處，或許是書者有意爲之，或許是書者所據底稿本爲如此。

　　關於「谷」形讀爲「欲」或「慾」的問題，本文以爲楚簡「谷」形多爲「欲」之意，「欲」與「慾」意近，可通。

　　關於「🔲（01-09-33）」形，《上博楚竹書》（一）定爲「反」，可從。然而李零讀爲「恥」。我們看〈孔子詩論〉中有二個「恥」字，分別作「🔲（01-08-20）」、「🔲（01-09-38）」，與「🔲（01-09-33）」形不類，不知李零所據爲何？

　　至於「古」，學者多讀爲「故」，本文贊同此說；至於「多恥」，或與「無

恥」相對；至於「者」，應作爲「代詞」之用，至於顏世鉉引《周禮・地官・司救》：「恥諸嘉石。」而迻讀爲「多恥諸其謗之乎」，就句法而言，「恥諸嘉石」與「多恥諸其謗之乎」並不相類，因此將「者」讀爲「諸」並不恰當。

　　關於句讀問題，本文以爲從《上博楚竹書》（一）句讀即可，其他斷句則可作爲參考。

　　綜上所述，我們看到關於「黃鮈則困而谷（欲）反丌（其）古也，多恥者丌（其）忐之虐（乎）？」一句，論者頗多，且各有所見。本文經由上述的分析，就「𣎆」字而言，本文較贊同周鳳五、晁福林等人的說法，將其讀爲「方」，乃作爲動詞使用。至於其他疑點，則有待於將來。

第二節　論「偏旁分析法」的文字考釋問題

　　本文在此針對《上博楚竹書》（一）中十三個字體進行文字分析，可歸結如下：第一，原書說明不夠清楚，本文徵引學者之見並參以己意以申述之，如「𢎨」字。第二，原書隸定無誤，但學者或有異見，本文引證相關資料以明其文字形構，如「荣」、「忑」等字。第三，原書隸定不嚴謹，本文整理學者之見，並加以嚴格隸定者，如「薦」、「募」、「翻」、「旹」、「嵩」等字。第四，原書未說明字體形構，本文徵引學者之見，並加以論證者，如「悤」字。第五，竹簡字體有殘缺，本文整理學者之見，以求其可能之合理解釋者，如「莪」字。第六，或爲新出字頭，學者意見不一，本文整理諸家之說，並進行形構解析，以求可能之合理解釋者，如「𤕝」、「釬」、「軸」等字。

　　以上所述，主要實行的方法及步驟如下：第一，首列原書隸定、釋文、及相關注釋，以作爲文章論述的基礎條件；第二，列舉學者之說並探索其中的相關問題及爭論點；第三，對於文字進行偏旁分析法的比對；第四，配合相關聲韻及訓詁的知識以求其可能之合理解釋。在這四個步驟當中，本文所強調的是「偏旁分析法」的使用問題，透過以上十四例的文字考釋，發現這種方法有其功能性但同時也有其侷限性：

一、偏旁分析法的功能性

　　「偏旁分析法」在古文字的研究領域當中，一直是學者們常用的方法，透過偏旁的比對，往往能將一個未知的形體進行某種程度的了解，因此也成

爲一個重要的方法論。在此，本文透過《上博楚竹書》（一）十三個形體的分析，以爲偏旁分析法對於楚系簡帛文字而言，有以下幾項功能：

（一）比對未知偏旁，釐清未知字形

對於未知形體進行偏旁比對，有助於釐清未知的字形。如「菣」字，陳劍以爲左下所從形體爲「丰」形，《上博楚竹書》（一）等以爲左下所從形體爲「束」形。問題的關鍵點則在於「菣」字左下所從形體並不清楚。細審原簡字形，陳劍以爲乃四撇一豎，似較符合原簡字形的寫法，與楚簡「束」形上端多寫成「屮」形並不相類。然而到目前爲止所出現的從「丰」之形還沒有寫成四撇者，在此暫且從陳劍之說。

以較寬鬆的標準來看，與「菣」字左下最接近的形體或爲「丰」形，較「束」形合理些。這種判斷的過程，然不見得是正確的，但仍有助於釐清未知的形體究竟可能爲何。這是偏旁分析法的其中一項特色。

（二）比對已知形體，幫助了解形構

對於已知形體進行偏旁比對，有助於了解偏旁所具有的形構意義。如「萬」字，《上博楚竹書》（一）共出現三次，其「艸」形下面的形體與楚簡「害」字形上端形體變化方式相同。因此本文透過偏旁分析法，以爲應當遵從裘錫圭的分析，「萬」字「艸」形下面應爲「歯」形。因此，《上博楚竹書》（一）原先隸定成「蒿」或「蒿」，則於形構本身的意義或有所隔。

（三）書者個人書風，影響偏旁筆畫

書者個人書寫習慣在偏旁分析當中，具有一定的重要程度。如「茱」字，出現在〈孔子詩論〉一文當中，下面所從「木」形中間豎筆上縮，似寫成「土」形，有學者則昧於此形而有不同的看法出現。本文則透過偏旁分析，歸納〈孔子詩論〉一文中「木」形的寫法，以爲〈孔子詩論〉的書者在「木」形的書寫方式上，存在著將「木」形中間豎筆上縮的情形，這種現象亦同時存在於《上博楚竹書・子羔》與《上博楚竹書・魯邦大旱》中，論者已明言〈孔子詩論〉、〈子羔〉、〈魯邦大旱〉等三篇本爲同一位書者所寫，本文透過「木」形寫法的比較，亦可作爲這種論點的有力證據之一。

因此，書者個人的書寫風格，透過偏旁分析法則更能彰顯出這種個人書寫風格現象的重要性。

二、偏旁分析法的侷限性

偏旁分析法功能雖然強大，但亦存在著一些侷限性：

（一）形體比對功能強，須合聲韻及訓詁

只能進行形體的比對，但形體所承載的意義則必須配合相關聲韻及訓詁知識。如「毓」字，關於左旁所從的形體，學者們透過形體的比對，以為釋為「尋」是合理的，但亦有釋為「兆」者；至於右旁所從的形體則或釋為「古」、或釋為「由」，於形均可從，何琳儀便提到戰國文字「古」與「由」多相混。因此，偏旁分析法雖然能夠將形體做出適當合理的解釋，可是如果不與相關的聲韻及訓詁知識加以配合的話，則有如進入五里迷霧之中，問題只解決了其中一部分而未能有較為宏觀的視野。

（二）字例不多資料少，比對結果待商榷

在字例不多、資料不足的情況下，比對的結果不具有足夠的說服力。如「悆」字，到目前為止，似乎首次出現在《孔子詩論・性情論》當中，並且此字不見於《說文》及後世字書。因此學者們則或從文本比對的角度切入，發現在《郭店楚墓竹簡・性自命出》一文中相對之處則讀作「怡」，因此或以為「悆」字讀為「忻」，與「怡」意義相通。在字形問題上則有徐在國、黃德寬二人以為「悆」字「從心近聲」。本文則進一步查考「忻」、「近」字與「悆」字之間的關係，以為徐、黃二人之說是可信的。然而此二人所持的論點是「悆」字所從的「忻」形與「近」形兩者，屬於古文字偏旁中「從彳」與「從辵」互用的情形。我們進一步查考楚系簡帛文字所寫的「近」形寫作「從斤從止」的「歫」形，還沒有出現寫作「從辵從斤」的「近」形，換句話說，徐、黃二講得不夠周全。

綜上所述，問題的關鍵點便在於「悆」字所從的「忻」形與「近」字所從的「歫」形之間的關係。此二形的問題則是「從彳」與「從止」二形在古文字當中有互用的情形嗎？本文在閱讀資料的過程，發現楊樹達以為古文字「從彳」與「從止」二形有互用者，如金文的「走」字，然而在楚系簡帛文字當中，這種「從彳」與「從止」二形偏旁互用的情形本文尚未得見。因此，本文雖然較為贊同徐、黃二人的說法，以為「悆」字「從心近聲」，然而說服力尚有不足之處。主要的原因則是由於字例不多、資料不夠所致。

（三）原簡字形如殘缺，比對意義有侷限

限於原簡字形的模糊或殘缺，進行比對的實質意義有限。如「菣」字，

此字左下所從形體究竟是「丰」形還是「束」形，本文前面已經簡單的說明過了。然而我們從前面的說明過程來看，憑心而論，意義並不太大。因為除了字形不夠清楚之外，「莍」字所在的文例也不甚明確，因此本文以爲關於此字的各種推論，只能看其推論的過程是否周全，其餘的問題，均有待於來者。這種問題，也是偏旁分析法中無法克服的難點。

第五章　結　論

第一節　本文研究成果總結

　　科際整合的時代已經來臨。本研究在這個學術風潮之下，嘗試透過結合其他學科的知識與概念，進行古文字資料庫的實際建構，並以《上博楚竹書》（一）為主，成功的建構了一個古文字資料庫的設計模式。主要成果有以下幾點：

一、運用知識管理的概念設計古文字資料庫模組

　　知識之所以需要管理，在於將無機的概念變成有機的活體；當我們對知識進行實際的管理手段的同時，知識已經開始在進行轉變與昇華，並透過分享的機制，以達到知識的流通與再利用。在古文字資料庫——以《上博楚竹書》（一）為例，如何進行知識的分享？

（一）透過查詢的方法以達到知識的傳播

　　一個成功的查詢，在於讓知識的研究者獲得所需資訊，以利知識的再創造。以往學者透過閱讀、作筆記、雜記、卡片等過程標誌自己的知識判斷，最後或以紙本、書本等形式進行知識的傳播與分享，這是基礎、必要的紮實工夫，然而其中所花費的時間十分可觀；當這些資料成為資料庫的其中一個環節，我們便可透過資訊科技的輔助進行相關查詢，從中擷取有效的資料，相對於以往學者而言，現代學者如能利用資料庫的便利性，在時間上的花費可謂大大的減少許多。因此，本研究建構了一個《上博楚竹書》（一）知識管理系統，將相關資

料進行建檔，並利用查詢的方式將資料庫的內容呈顯出來，以達到知識的傳播。例如：在本系統「竹書內容」裡，其中〈孔子詩論〉部分可透過簡次的查詢顯示出「相關學者釋文比較」的結果；在〈緇衣〉當中可透過篇章的查詢進行不同文本的相互比較；在〈性情論〉當中則可顯示出《上博楚竹書・性情論》與《郭店楚墓竹簡・性自命出》二個不同出土文獻的字形比較。以上這些查詢系統的建構，所具有的實際意義便是一種知識的傳播。

（二）透過知識社群以達到知識的溝通

溝通要有媒介，而知識社群便是網際網路世界中的一個絕佳橋樑。至於知識社群的概念與實際運用，背後的意義則是進行知識的溝通。在本系統當中，具有知識社群概念的設計部分，有下列幾項：第一，「最新公告」。這個部分是一種單向溝通的形式，主要目的是讓管理者將一些資訊提供給使用者，使用者在此處無法與管理者進行溝通。第二，「與我聯絡」。這個部分是透過電子郵件的方式，如果使用者有任何意見要告知管理者，且不想公開自己的意見給除了管理者之外的第三者知道，便可應用這項功能。第三，「資訊交流」當中的「訪客留言」。這個部分是任何使用者均可發表自己的看法，其他使用者如想要回應，亦可使用這個功能，這是一種雙向的溝通模式。第四，「資訊交流」當中的「檔案上傳」。這個部分主要是利用會員制的概念所設計的。由於本系統的網路空間有限，不可能讓來路不明的使用者隨意運用上傳功能，所以必須透過會員制的管理機制來管控使用者。這是一種有限制的雙向溝通模式。第五，「查詢系統」當中「上博單字」裡按下任一圖版所呈現的「評論文章」、「發表評論」、「報告錯誤」等。這個部分與前面第一項至第四項的功能與使用對象較爲不同。第一項至第四項是屬於一般性的網站設計概念的運用，而第五項則是較爲學術性，較屬於古文字研究者的即時討論園地。當我們對於《上博楚竹書》（一）的字形圖版有所意見時，便可透過這個系統即時將自己的心得與看法作一個簡單的陳述；或者看看其他人對於此字的相關討論；如發現資料有誤，也可進行回報，以便管理者進行改善。

以上這五項設計，便是應用知識社群的概念所進行的古文字資料庫建構的成果。

（三）透過知識管理系統以達到知識的整合

資料庫的整合，便是一種知識的整合模式。本研究建構的《上博楚竹書》

（一）知識管理系統便是整合了與《上博楚竹書》（一）相關的資訊，例如：相關期刊論文目錄資料、釋文資料、圖版（字形）資料等。其中相關期刊論文目錄資料收錄了學者對於《上博楚竹書》（一）所發表的文章目錄，這是一種目錄學的電子化應用。釋文資料基本上以《上博楚竹書》（一）為主，主要的目的在於提供學者討論的共同基準點。圖版（字形）資料則是根據《上博楚竹書》（一）作為分析的對象，實際成果的展現則是本系統「查詢系統」當中的「上博單字」，這是一種電子文字編的形式，同時也是本系統最具功能性的設計。

二、結合 ASP、XML 等完成古文字資料庫的分享

本系統以 Web-Base 的方式進行建構，並且結合 ASP 與 XML 等技術，讓使用者透過網際網路便可加以使用。就目前的資料庫設計來看，這是一種新興的建構模式，因為 XML 的文件格式具有「擴展性」、「獨特性」、「動態性」、「易讀性」、「共通性」等優點，所以非常適合描述網際網路的資料格式。在本系統當中，則實際驗證 XML 資料格式是否適合古文字相關資料的建構，發現這是十分可行的方案。例如：本系統「竹書內容」當中「性情論」的部分，便是利用 XML 資料格式配合 HTML 相關語法來建立〈性情論〉與〈性自命出〉的圖版比較。另外，本系統「查詢系統」當中的「上博單字」部分，則是將資料建構在 Microsoft Access 2000 裡，並且配合 ASP 這個動態網頁程式所設計而成，亦是一種成功的模式。至於本系統同時運用了 ASP、XML 等不同的資訊科技技術，目的均是為了建立一個成功的古文字資料庫，透過這個系統達到知識的分享，在此，我們已經成功的建構出《上博楚竹書》（一）知識管理系統。

三、利用電子文字編進行古文字的相關研究

本系統「查詢系統」當中的「上博單字」部分，是一種電子文字編的形式。在這個部分當中，如經由「所有字形」、「孔子詩論」、「緇衣」、「性情論」等選項查詢，基本上提供二項查詢條件：第一是「單字」，第二是部首（以康熙字典為主）。例如：在「單字」的查詢項目下，輸入「百」，共可查到五個「百」字，其中〈孔子詩論〉出現一次，〈緇衣〉出現四次；又，在「部首」的查詢項目下，輸入「匕」，可查到「北」、「北」、「比」等字。如點選「所有字頭」這個選項，可提供「單字」、「字根」、「筆畫數」、「說文卷次」等查詢

方式：透過「單字」查詢，可知《上博楚竹書》（一）有無某字的存在；透過「字根」查詢，可進行形體偏旁比較，提供本研究在進行相關文字考釋的一個重要參考；透過「筆畫數」、「說文卷次」等查詢，提供查詢時的多層次面向。在這些功能的輔助之下，本文則於第四章當中進行文字考釋的工作，並藉此探討偏旁分析法在古文字考釋中的功能性與侷限性。

綜上所述，本研究建構的《上博楚竹書》（一）電子文字編，具有其便利性與實用性，且為可行的方案。

第二節　研究價值與展望

本研究透過古文字資料庫系統建構先備理論的說明、古文字資料庫系統的實際建構與《上博楚竹書》（一）知識管理系統的設計完成，成功的架構出一套古文字資料庫系統模式；此外，並實際運用這個知識管理系統進行古文字考釋的相關研究，且獲得了不錯的成效。雖是如此，在古文字資料庫的建構上、在《上博楚竹書》（一）相關研究課題方面，還有很多需要學者們群策群力、共同努力的地方：

一、在古文字資料庫建構方面

季師旭昇在〈從「金文資料庫」談到理想中的漢文資料庫〉一文中，提到釋文資料庫所需處理的問題約有「銘文隸定的格式問題」、「銅器銘文隸定的寬式、窄式問題」、「隸定銘文和拓片、摹本的連結」、「銅器銘文寬式和窄式隸定與銘文檢索的關係」、「銅器銘文隸定假借的問題」、「銅器銘文隸定中的缺字、殘字、漏字、銘文不清楚等問題」、「銅器銘文中不識字的問題」、「銅器銘文隸定中的疑問問題」、「銅器銘文隸定的標點符號問題」、「銅器銘文隸定的斷句問題」、「銅器銘文隸定的行款問題」、「銅器銘文隸定的分段問題」、「成組銅器銘文隸定銜接的問題」、「銅器銘文隸定中電腦造字的問題」、「銅器銘文隸定中的器名問題」等共十五種。〔註1〕黃沛榮先生則在〈古文字形庫的研發與應用〉一文中則提到：〔註2〕

〔註1〕 季師旭昇：〈從「金文資料庫」談到理想中的漢文資料庫〉，《文傳論叢——2002 "第二屆漢文化資料庫國際學術研討會" 論文集》，頁66～69。

〔註2〕 黃沛榮：〈古文字形庫的研發與應用〉，《文傳論叢——2002 "第二屆漢文化資料庫國際學術研討會" 論文集》，頁104。

研發古文字形資料庫，以內容豐富、資料正確、使用方便爲最重要的考量。從層次較高的要求而言，資料庫所收的古文字字種，應包括陶文、甲骨文、金文、璽印、封泥、泉幣、簡牘、帛書、石刻，以及盟書、符節等文字，而且字形須齊全，新出資料亦得隨時補充。此外，還須對應古文字的標準釋文，更須檢索諸家解釋上的異說。如果對字形的釋讀有疑義，又可聯結到照片、拓片及摹本等原始圖象；金文方面更要提供器形、花紋、出土資料。當然，還需要提供各種參考文獻及周邊資料。這種需求，從幾年前來說，根本就像天方夜譚；即使到現在，學者也只能就其中的某些項目去作重點突破，不可能有人在十年內全部完成。主要原因有三：1.經費需求極大，2.基礎研究不足，3.學術人力缺乏。

職是之故，我們看到古文字資料庫的建構絕非一朝一夕之事，它是一個需要大量人力與財力才能夠持續推動的一項偉大工程。因此，本研究在此所作的一個重要的工作，便是建立一套古文字資料庫建構模式，希望透過這個模式的運用與推動，發揮個人與組織之間的知識管理的力量，這是本研究對於未來的期許之處。

二、在《上博楚竹書》（一）相關研究課題方面

本研究建立了一套《上博楚竹書》（一）知識管理系統，透過這個系統可以對《上博楚竹書》（一）進行單字查詢、釋文查詢、圖版（字形）查詢、相關學者期刊論文資料查詢等。此外，在〈孔子詩論〉部分，設計了學者釋文比較查詢系統；在〈緇衣〉部分，設計了文本比較對照系統；在〈性情論〉部分，設計了〈性情論〉與〈性自命出〉的圖版比較。以上這些以《上博楚竹書》（一）爲主的相關設計，對於學者在進行《上博楚竹書》（一）的研究有相當程度的助益，然而在人力與財力的限制之下，還有很多可做但還未做的部分，例如：以〈孔子詩論〉來說，由於文本未見於傳世文獻，所以學者對於簡序的排列問題有著不同的看法，這些不同的簡序究竟何者爲是？〔註3〕著實令人困擾不已。這個問題，其實我們可從竹簡本身所提供的資訊進行分析、比對，亦即透過 Metadata、Dublin Core 等資料描述方式進行資料重

〔註 3〕〈孔子詩論〉簡序的歸納，可參考黃人二：《上海博物館藏戰國楚竹書（一）研究》（武漢大學博士論文，2002 年），頁 94。

組，〔註4〕然而這項工作必須透過資料的收藏者進行建構才具有說服力，否則如我之輩，所看到的材料僅限於圖版這一類的二手資料，透過二手資料再進行資料重組，所得到的結果雖有一定的可信度，然而終究尚有一隔之憾。又如，〈孔子詩論〉第一簡，根據原書的隸定有一個「言」字，然而此字下面有所殘缺，所以李學勤等人則以爲此字亦有可能爲「意」字。「言」與「意」在楚簡文字當中，其上半部的確是幾近相同的，專家學者累積多年的經驗，對於這個部分尚且還有所爭論。究竟這個問題有無可能解決呢？其實，如果運用現代的資訊科技技術，還有不同的切入角度可以提供參考，例如運用模式辨認（Pattern Recognition）的方法〔註5〕來進行圖版影像處理，且不失爲一個可行的方案。然而這種概念與實際運用，就目前古文字學者的相關研究成果當中，尚未得見，此乃一新興的古文字學研究領域，因爲除了必須具備足夠的古文字基礎之外，還須結合相關的資訊科技技術，關於這個部分，如果沒有龐大的研究群以及足夠的經費，絕非一人之力能夠在短時間內完成。

綜上所述，本研究建立了一套《上博楚竹書》（一）知識管理系統，也成功的運用這個知識管理系統進行文字考釋的相關研究，但終究還有很大的改進空間，這也是本研究的價值與展望之所在。「學，然後知不足」，尚祈博雅君子，時賢方家，不吝正之！

〔註4〕 如香港中文大學黃潘明珠、劉得光、易文等人在〈從《郭店楚簡》、《走馬樓三國吳簡》建庫，看竹簡原數據規劃設計及電子計算機使用漢字的問題〉一文中對於竹簡原數據（即 Metadata）初擬的情形（見《文傳論叢──2002 "第二屆漢文化資料庫國際學術研討會" 論文集》，頁85。）透過這種後設資料的初擬方式，能夠盡可能重新還原資料本身的面貌。

〔註5〕 關於「模式辨認」的實際運用例子，如指紋辨識、人臉辨識等。

附錄一　上博簡相關期刊論文資料

本表排序原則乃據筆者收集資料之先後順序予以流水號，流水號則爲「附錄二」之主要依據，特此說明。

流水號	作　者	出版年	篇　名　及　出　處
001	呂紹剛、蔡先金	2002	〈楚竹書孔子詩論「類序」辨析〉，《新出土文獻與古代文明研究國際學術研討會會議論文》，上海：上海大學，2002年7月28日～30日。
002	胡平生	2002	〈讀上博藏戰國楚竹書《詩論》箚記〉，（http://www.bamboosilk.org/Zzwk/2002/H/hupingsheng01.htm）。另見北京語言文化大學「戰國楚竹書孔子詩論與先秦詩學」學術研討會，2002年1月12日。；另見《上博館藏戰國楚竹書研究》，上海書店出版社，2002年3月。
003	高華平	2002	〈上博簡〈孔子詩論〉的論詩特色及其作者問題〉，《華中師範大學學報》（人文社會科學版）第41卷第5期（2002年9月）。
004	曹　峰	2002	〈對《孔子詩論》第十六號簡以後簡序的再調整〉，（http://www.bamboosilk.org/Wssf/2002/caofeng01.htm）（2002/01/08）
005	曹　峰	2002	〈試析上博楚簡孔子詩論中有關「木苽」的幾支簡〉，《新出土文獻與古代文明研究國際學術研討會會議論文》，上海：上海大學，2002年7月28日～30日。另見於（http://www.bamboosilk.org/Wssf/2002/caofeng02.htm）
006	曹　峰	2002	〈試論孔子詩論的留白簡、分章等問題〉，中國出土資料學會所編《中國出土資料研究》第六號，2002年7月。
007	曹　峰	2002	〈試析上博楚簡《孔子詩論》中有關「關雎」的幾支簡〉，（http://www.bamboosilk.org/Wssf/Caofeng3.htm）。另見郭店楚簡研究會所編《楚地出土資料與中國古代文化》，2002年3月。
009	張啓成	2001	〈對孔子詩論報導的再思考〉，《詩經研究叢刊》第一輯，北京：學苑出版社，2001年7月。

010	馬銀琴、王小盾	2002	〈上博簡詩論與詩的早期形態〉，北京語言文化大學「戰國楚竹書孔子詩論與先秦詩學」學術研討會，2002 年 1 月 12 日。另見於（http://www.bamboosilk.org/Wssf/2003/mayinqin01.htm）
011	馬承源	2002	〈詩論講授者爲孔子之說不可移〉，《中華文史論叢》2001年第 3 輯，上海：上海古籍出版社，2002 年 3 月第 1 版。
012	許全勝	2002	〈從上博楚簡談子夏之文學〉，《圖書館學情報學青年文叢》第一輯，上海：上海科學技術文獻出版社，2001 年 4 月。
013	馬承源	2000	〈竹書孔子詩論兼及詩的有關資料〉，北京達園賓館新出簡帛國際學術研討會，2000 年 8 月 19 日。
014	許全勝	2002	〈《孔子詩論》零拾〉，《新出楚簡與儒學思想國際學術研討會論文集》（北京清華大學思想文化研究所、台北輔仁大學文學院聯合主辦，2002 年 3 月 31 日～4 月 2 日）；另見《上博館藏戰國楚竹書研究》，上海書店出版社，2002 年 3 月。
015	范毓周	2000	〈關於文匯報公布上海博物館所藏詩論第一枚的釋文問題〉，（http://www.bamboosilk.org/Wssf/Fanyizhou.htm）
016	范毓周	2002	〈詩論留白問題的再探討〉，（http://www.bamboosilk.org/Wssf/2002/fanyuzhou10.htm）
017	范毓周	2002	〈上海博物館藏楚簡《詩論》的釋文、簡序與分章〉，（http://www.bamboosilk.org/Wssf/2002/fanyuzhou01.htm）（2002/02/03）。另見《上博館藏戰國楚竹書研究》，上海書店出版社，2002 年 3 月。
018	范毓周	2002	〈上海博物館藏楚簡詩論第三、四兩枚簡釋讀〉，《新出土文獻與古代文明研究國際學術研討會會議論文》，上海：上海大學，2002 年 7 月 28 日～30 日。
019	范毓周	2002	〈關於上海博物館藏楚簡《詩論》的留白問題〉，（http://www.bamboosilk.org/Wssf/2002/fanyuzhou02.htm）（2002/02/09）
020	范毓周	2002	〈關於《詩論》簡序和分章的新看法〉（http://www.bamboosilk.org/Wssf/2002/fanyuzhou04.htm）（2002/02/17）
021	范毓周	2002	〈關於上海博物館藏簡《詩論》文獻學的幾個問題〉（http://www.bamboosilk.org/Wssf/2002/fanyuzhou05.htm）（2002/02/21）
022	范毓周	2002	〈上海博物館藏楚簡《詩論》第二簡的釋讀問題〉（http://www.bamboosilk.org/Wssf/2002/fanyuzhou06.htm）（2002/03/06）

023	范毓周	2002	〈關於上海博物館藏楚簡《詩論》第二枚簡「茖」字釋讀問題的一點補證〉（http://www.bamboosilk.org/Wssf/2002/fanyuzhou07.htm）（2002/05/01）
024	范毓周	2002	〈《詩論》第三枚簡釋讀〉（http://www.bamboosilk.org/Wssf/2002/fanyuzhou08.htm）
025	江林昌	2002	〈楚簡詩論與早期經學史上的有關問題〉，《經學今詮三編》（《中國哲學史》第二十四輯），瀋陽：遼寧教育出版社，2002年3月。
026	呂文郁	2002	〈讀《戰國楚竹書・詩論》札記〉，《新出土文獻與古代文明研究國際學術研討會會議論文》，上海：上海大學，2002年7月28日～30日。
027	江林昌	2002	〈由上博簡詩說的體例論其定名與作者〉，《新出土文獻與古代文明研究國際學術研討會會議論文》，上海：上海大學，2002年7月28日～30日。
028	楊澤生	2002	〈「既曰'天也'猶有怨言」評的是《柏舟》〉（http://www.bamboosilk.org/Wssf/2002/yangzesheng03.htm）（2002/02/07）
029	楊朝明	2002	〈《孔叢子》「孔子論詩」與上博《詩論》〉，《新出楚簡與儒學思想國際學術研討會論文集》（北京清華大學思想文化研究所、台北輔仁大學文學院聯合主辦，2002年3月31日～4月2日）
030	楊朝明	2001	〈上海博物館竹書〈詩論〉與孔子刪詩問題〉，《孔子研究》2001年第2期。
031	楊春梅	2002	〈「上博竹書《詩論》研究」編校箚記〉（http://www.bamboosilk.org/Wssf/2002/yangchunmei01.htm）（2002/03/31）
032	楊仲義、梁葆莉	2001	〈上博論詩竹簡與詩的本質和編集〉，第五屆詩經國際學術討論會（張家介）提交論文，2001年8月。
033	黃錫全	2001	〈「孔子」乎？「卜子」乎？「子上」乎？〉http://www.bamboosilk.org/Wssf/Huangxiquan.htm
034	黃錫全	2002	〈讀上博楚簡札記〉，《新出楚簡與儒學思想國際學術研討會論文集》（北京清華大學思想文化研究所、台北輔仁大學文學院聯合主辦，2002年3月31日～4月2日）；另見（http://www.bamboosilk.org/Wssf/2002/huangxiquan01.htm）（2002/04/08）
035	黃人二	2002	〈上海博物館藏孔子詩論簡「孔子曰詩亡離志樂亡離情文亡離言」句跋〉，http://www.bamboosilk.org（2002/01/25）；另見《上博館藏戰國楚竹書研究》，上海書店出版社，2002年3月。

036	黃人二	2002	〈從上海博物館藏《孔子詩論》簡之《詩經》篇名論其性質〉（http://www.bamboosilk.org/Wssf/2002/huangrener02.htm）（2002/02/11）；另見《上博館藏戰國楚竹書研究》，上海書店出版社，2002 年 3 月。
037	馮勝君	2002	〈讀上博簡〈孔子詩論〉札記〉,（http://www.bamboosilk.org/Wssf/2002/fengshengjun01.htm）（2002/01/11）；另見《古籍整理研究學刊》，2002 年第 2 期。
038	許全勝	2002	〈孔子詩論逸詩說難以成立——與馬承源先生商榷〉,《文匯報》2002 年 1 月 12 日。（另見於 http://www.whb.com.cn/20020327/xl/.%5C200201120108.htm）
039	程二行	2002	〈上博楚竹書《孔子詩論》關於「邦風」的二條釋文〉,《新出楚簡與儒學思想國際學術研討會論文集》（北京清華大學思想文化研究所、台北輔仁大學文學院聯合主辦，2002 年 3 月 31 日～4 月 2 日）；另見《武漢大學學報》（人文科學版），2002 年 9 月（第 55 卷第 5 期）。
040	胡平生	2002	〈做好詩論的編聯與考釋〉,《文藝研究》2002 年第 2 期。
041	彭　浩	2002	〈《詩論》留白簡與古書的抄寫格式〉,《新出楚簡與儒學思想國際學術研討會論文集》（北京清華大學思想文化研究所、台北輔仁大學文學院聯合主辦，2002 年 3 月 31 日～4 月 2 日）
042	彭　林	2002	〈關於上海博物館藏《戰國楚竹書·孔子詩論》的篇名與作者〉,《清華簡帛研究》第二輯：北京：清華大學思想文化研究所，2002 年 3 月，另同於〈關於戰國楚竹書孔子詩論的篇名與作者〉,《孔子研究》2002 年第 2 期。
043	傅道彬	2002	〈孔子詩論與先秦時代的用詩風氣〉,《文藝研究》2002 年第 2 期。
044	江林昌	2002	〈上博竹簡《詩論》的作者及其與今傳本《毛詩序》的關係〉,（http://www.bamboosilk.org/Zzwk/2002/J/jianglinchang01.htm）；另見《上博館藏戰國楚竹書研究》，上海書店出版社，2002 年 3 月。
045	竹　木		〈上海楚簡的「詩亡離志」說商兌〉（http://www.bamboosilk.org）
046	陳　劍	2002	〈孔子詩論補釋一則〉,《國際簡帛研究通訊》第二卷第三期，2002 年 1 月。另見《經學今詮三編》（《中國哲學》第二十四輯），瀋陽：遼寧教育出版社，2002 年 3 月。；另見《上博館藏戰國楚竹書研究》，上海書店出版社，2002 年 3 月。
047	何琳儀	2002	〈滬簡〈詩論〉選釋〉,（http://www.bamboosilk.org/Wssf/2002/helinyi01.htm）（2002/01/17）；另見《上博館藏戰國楚竹書研究》，上海書店出版社，2002 年 3 月。

048	陳美蘭	2002	〈上博簡「讒」字芻議〉 （http://www.bamboosilk.org/Wssf/2002/chenmeilan01.htm） （2002/02/17）
049	陳　立	2002	〈《孔子詩論》的作者與時代〉（http://www.bamboosilk.org/Zzwk/2002/C/chenli01.htm）；另見《上博館藏戰國楚竹書研究》，上海書店出版社，2002 年 3 月。
050	許抗生	2002	〈談談孔子詩論中的性、命思想〉，《國際簡帛研究通訊》第二卷第四期，2002 年 3 月。
051	許全勝	2002	〈宛與智──上博《孔子詩論》簡二題〉，《新出楚簡與儒學思想國際學術研討會論文集》（北京清華大學思想文化研究所、台北輔仁大學文學院聯合主辦，2002 年 3 月 31 日～4 月 2 日）
052	馮　時	2002	〈論「平德」與「平門」──讀詩論札記之二〉，《新出土文獻與古代文明研究國際學術研討會會議論文》，上海：上海大學，2002 年 7 月 28 日～30 日。
053	李學勤	2000	〈再說「卜子」合文〉，清華大學簡帛講讀班第 13 次研討會論文，2000 年 11 月 11 日。
054	范毓周	2002	〈《詩論》第四枚簡釋讀〉 （http://www.bamboosilk.org/Wssf/2002/fanyuzhou09.htm）
055	周鳳五	2002	〈論上博《孔子詩論》竹簡留白問題〉，（http://www.bamboosilk.org/Wssf/2002/zhoufengwu02.htm　　　　　　　）（2002/01/19）；另見《上博館藏戰國楚竹書研究》，上海書店出版社，2002 年 3 月。
056	汪維輝	2002	〈上博楚簡《孔子詩論》釋讀管見〉（http://www.bamboosilk.org/Wssf/2002/wangweihui01.htm）
057	李學勤	2002	〈《詩論》與〈詩〉〉（附：詩論分章釋文），中國社會科學院歷史所「楚簡詩論學術研討會」，2002 年 1 月 14 日。另見《經學今詮三編》（《中國哲學》第二十四輯），瀋陽：遼寧教育出版社，2002 年 3 月；《清華簡帛研究》第二輯，北京：清華大學思想文化研究所，2002 年 3 月。
058	李學勤	2002	〈談〈詩論〉「詩亡隱志」章〉，《清華簡帛研究》第二輯，北京：清華大學思想文化研究所，2002 年 3 月。另更名為〈談詩無隱志章〉，《文藝研究》2002 年第 2 期。
059	李學勤	2000	〈《詩論》說〈關雎〉等七篇釋義〉，《清華簡帛研究》第二輯，北京：清華大學思想文化研究所，2002 年 3 月。另見：《齊魯學刊》2002 年第 2 期（總第 167 期）。
060	李學勤	2002	〈《詩論》簡的編聯與復原〉附錄《〈詩論〉分章釋文》，清華大學簡帛講讀班第 20 次研討會論文，2001 年 12 月 29 日。另見《中國哲學史》2002 年第 1 期；《清華簡帛研究》第二輯，北京：清華大學思想文化研究所，2002 年 3 月。

061	李學勤	2002	〈《詩論》說《宛丘》等七篇釋義〉，《新出楚簡與儒學思想國際學術研討會論文集》（北京清華大學思想文化研究所、台北輔仁大學文學院聯合主辦，2002 年 3 月 31 日～4 月 2 日）
062	李學勤	2002	〈《詩論》的體裁和作者〉，《清華簡帛研究》第二輯，北京：清華大學思想文化研究所，2002 年 3 月。另見（http://www.bamboosilk.org/Zzwk/2002/L/lixueqin01.htm）；另見《上博館藏戰國楚竹書研究》，上海書店出版社，2002 年 3 月。
063	李學勤	2002	〈上海博物館藏竹書《詩論》分章釋文〉《國際簡帛研究通訊》第 2 卷第 2 期，2002 年 1 月。另見（http://www.bamboosilk.org/Wssf/2002/lixueqin01.htm）（2002/01/16）
064	孟蓬生	2002	〈《詩論》字義疏證〉，《新出楚簡與儒學思想國際學術研討會論文集》（北京清華大學思想文化研究所、台北輔仁大學文學院聯合主辦，2002 年 3 月 31 日～4 月 2 日）
065	李學勤	2000	〈卜子與子羔〉，清華大學簡帛講讀班第 14 次研討會論文，2000 年 11 月 25 日。
066	季旭昇	2002	〈由上博詩論「小宛」談楚簡中幾個特殊的從冐的字〉（摘要），（http://www.bamboosilk.org/Wssf/2002/jixusheng01.htm）（2002/02/13）；另見《漢學研究》第 20 卷第 2 期（2002 年 12 月）。
067	李學勤	2000	〈釋詩論簡兔及從兔之字〉，清華大學簡帛講讀班第 12 次研討會論文，2000 年 10 月 19 日。（稿本）
068	李學勤	2000	〈續說詩論簡葛覃〉，清華大學簡帛講讀班第 12 次研討會論文，2000 年 10 月 19 日。
069	李學勤	2000	〈詩論簡「隱」字說〉，清華大學簡帛講讀班第 12 次研討會論文，2000 年 10 月 19 日。
070	李學勤	2000	〈子夏傳詩說〉，清華大學簡帛講讀班第 10 次研討會論文，2000 年 9 月 2 日。
071	李守奎	2002	〈楚簡《孔子詩論》中的《詩經》篇名文字考〉，（http://www.bamboosilk.org/Zzwk/2002/L/lishoukui01.htm）；另見《上博館藏戰國楚竹書研究》，上海書店出版社，2002 年 3 月。
072	李 銳	2002	〈上海簡《詩論》新序〉（http://www.bamboosilk.org/Wssf/2002/lirui01.htm）（2002/04/24）
073	李 銳	2001	〈詩論簡箚記〉，2001 年 12 月，待刊。（見黃人二：《上海博物館藏戰國楚竹書（一）研究》，頁 263。）

074	李　銳	2001	〈上海簡「懷爾明德」探析〉,《中國哲學史》2001 年第 3 期。另見《清華簡帛研究》第二輯,北京:清華大學思想文化研究所,2002 年 3 月。原爲〈卜子詩論「懷爾明德」考〉,清華大學簡帛講讀班第 13 次研討會論文,2000 年 11 月 11 日。
075	李守奎	2002	〈《戰國楚竹書・孔子詩論・邦風》釋文訂補〉,《古籍整理與研究學刊》,2002 年第 2 期。
076	李　零	2002	〈上博楚簡校讀記（之一）:子羔篇孔子詩論部分〉,（http://www.bamboosilk.org/Wssf/2002/liling01-1.htm）（2002/01/04）。另見《上博楚簡三篇校讀記》,台北:萬卷樓出版有限公司,2002 年 3 月初版。
077	李添富	2002	〈上博楚簡《詩論》馬氏借說申議〉,《新出楚簡與儒學思想國際學術研討會論文集》（北京清華大學思想文化研究所、台北輔仁大學文學院聯合主辦,2002 年 3 月 31 日～4 月 2 日）
078	李學勤	2000	〈孔子、卜子與詩論簡〉,清華大學簡帛講讀班第 16 次研討會論文,2001 年 4 月 14 日。
079	姜廣輝	2002	〈古《詩序》章次〉,（http://www.bamboosilk.org/Wssf/2002/jiangguanghui02.htm）（2002/01/17）。另見《國際簡帛研究通訊》第二卷第三期,2002 年 1 月。
080	施宣圓	2001	〈按樂譜吟唱古已有之〉,《文匯報》2001 年 12 月 15 日。
081	施宣圓	2000	〈孔子有沒有刪過詩〉,《文匯報》2000 年 8 月 26 日。
082	李　山	2002	〈關於《卷耳》不知人──《孔子詩論》札記之二〉（http://www.bamboosilk.org/Wssf/2002/lishan03.htm）
083	姚小鷗	2002	〈《孔子詩論》第九簡黃鳥句的釋文與考釋〉,《新出楚簡與儒學思想國際學術研討會論文集》（北京清華大學思想文化研究所、台北輔仁大學文學院聯合主辦,2002 年 3 月 31 日～4 月 2 日）;另見於《北方論叢》2002 年第 4 期（總 174 期）。
084	姚小鷗	2002	〈《孔子詩論》第六簡釋文考釋的若干問題〉,（http://www.bamboosilk.org/Wssf/2002/yaoxiaoou01.htm）。另見北京語言文化大學「戰國楚竹書孔子詩論與先秦詩學」研討會,2002 年 1 月 12 日。;另見《上博館藏戰國楚竹書研究》,上海書店出版社,2002 年 3 月。
085	姚小鷗	2002	〈孔子詩論與先秦詩學〉,《文藝研究》2002 年第 2 期。
086	姚小鷗	2002	〈《孔子詩論》第二十九簡與古代社會的禮制與婚俗〉,（http://www.bamboosilk.org/Wssf/2002/yaoxiaoou02.htm）
087	姜廣輝		〈三讀〈古詩序〉〉,《國際簡帛研究通訊》第 2 卷第 4 期
088	姜廣輝	2002	〈釋爵〉,《國際簡帛研究通訊》第二卷第四期,2002 年 3 月。

089	姜廣輝	2002	〈《孔子詩論》宜稱「古《詩序》」〉，（http://www.bamboosilk. org/Wssf/Jiang4.htm）（2001/12/26）
090	周鳳五	2002	〈《孔子詩論》新釋文及注解〉，（http://www.bamboosilk.org/ Wssf/2002/zhoufengwu01.htm）（2002/01/16）；另見《上博館藏戰國楚竹書研究》，上海書店出版社，2002 年 3 月。
091	姜廣輝	2002	〈初讀古詩序〉，《國際簡帛研究通訊》第二卷第二期，2002 年 1 月。
092	彭　林	2002	〈「詩序」、「詩論」辨〉（http://www.bamboosilk.org/Zzwk/ 2002/P/penglin01.htm）；另見《上博館藏戰國楚竹書研究》，上海書店出版社，2002 年 3 月。
093	姜廣輝	2002	〈古《詩序》留白簡的意含暨改換簡文排序思路〉，（http://www.bamboosilk.org/Wssf/2002/jiangguanghui03.htm）（2002/01/19）
094	姜廣輝	2002	〈古《詩序》復原方案〉，（http://www.bamboosilk.org/Wssf/ 2002/jiangguanghui04.htm）（2002/01/25）
095	姜廣輝	2002	〈釋「動而皆賢于其初」——解讀關雎等七首詩的詩教意含〉，（http://www.bamboosilk.org/Wssf/2002/ jiangguanghui05.htm）（2002/01/30）
096	李　山	2002	〈《漢廣》古義的重彰——《孔子詩論》札記之三〉（http://www.bamboosilk.org/Wssf/2002/lishan02.htm）
097	姜廣輝	2002	〈關於古《詩序》的編連、釋讀與定位諸問題研究〉，（http://www.bamboosilk.org/Zzwk/2002/J/jiangguanghui02. htm）。另見《經學今詮三編》（《中國哲學》第二十四輯），瀋陽：遼寧教育出版社，2002 年 3 月。
098	李　山	2002	〈舉賤民而躅之——《詩論》札記之一〉（http://www.bamboosilk.org/Wssf/2002/lishan01.htm）
099	李天虹	2000	〈葛覃考〉，清華大學簡帛講讀班第 12 次研討會論文，2000 年 10 月 19 日。另見《國際簡帛研究通訊》第二卷第二期，2002 年 1 月。
100	俞志慧	2002	〈《戰國楚竹書·孔子詩論》校箋（上、下）〉，（http://www.bamboosilk.org/Wssf/2002/yuzhihui01-1.htm）（2002/01/17）；（http://www.bamboosilk.org/Wssf/2002/ yuzhihui01-2.htm）
101	俞志慧	2002	〈竹書《孔子詩論》芻議〉（ http://www.bamboosilk.org/Wssf/2002/yuzhihui02.htm ）（2002/03/02）
102	邴尚白	2002	〈上博〈孔子詩論〉札記〉，《新出土文獻與古代文明研究國際學術研討會會議論文》，上海：上海大學，2002 年 7 月 28 日～30 日。

103	邱德修	2002	〈上博簡詩論「閔」若「隱」字考〉,《新出土文獻與古代文明研究國際學術研討會會議論文》,上海:上海大學,2002 年 7 月 28 日~30 日。
104	姜廣輝	2002	〈再論古詩序〉,《國際簡帛研究通訊》第二卷第三期,2002 年 1 月。
105	饒宗頤	2002	〈竹書《詩》小箋(一)〉(http://www.bamboosilk.org/ Wssf/2002/raozongyi01.htm)(http:/Wssf/2002/raozongyi01. htm)(2002/02/22);另見《上博館藏戰國楚竹書研究》,上海書店出版社,2002 年 3 月。
106	蔡哲茂	2002	〈上海簡孔子詩論「讒」字解〉,(http://www.bamboosilk.org/ Wssf/2002/caizhemao01.htm)(http://www.bamboosilk.org/ Rmht/caizhemao01.htm)(2002/03/06)。另見《新出土文獻與古代文明研究國際學術研討會議論文》,上海:上海大學,2002 年 7 月 28 日~30 日。
107	王廷洽	2002	〈詩論與毛詩序的比較研究〉,《新出土文獻與古代文明研究國際學術研討會會議論文》,上海:上海大學,2002 年 7 月 28 日~30 日。
108	俞志慧	2002	〈〈孔子詩論〉五題〉,《上博館藏戰國楚竹書研究》,上海書店出版社,2002 年 3 月。
109	邱德修	2002	〈《上博簡》(一)「詩無隱志」考〉,《上博館藏戰國楚竹書研究》,上海書店出版社,2002 年 3 月。
110	曹　峰	2002	〈對〈孔子詩論〉第八簡以後簡序的再調整──從語言特色的角度入手〉,《上博館藏戰國楚竹書研究》,上海書店出版社,2002 年 3 月。
111	李　銳	2002	〈〈孔子詩論〉簡序調整芻議〉,《上博館藏戰國楚竹書研究》,上海書店出版社,2002 年 3 月。
112	彭裕商	2002	〈讀《戰國楚竹書》(一)隨記〉,www.bamboosilk.org
113	王志平	2002	〈《詩論》發微〉,《新出楚簡與儒學思想國際學術研討會論文集》(北京清華大學思想文化研究所、台北輔仁大學文學院聯合主辦,2002 年 3 月 31 日~4 月 2 日)
114	王志平	2002	〈《詩論》箋疏〉,《上博館藏戰國楚竹書研究》,上海書店出版社,2002 年 3 月。另名為〈《詩論》札記〉(Http://www.bamboosilk.org/Zzwk/2002/W/wangzhiping01 .htm)
115	王初慶	2002	〈由上海博物館所藏《孔子詩論》論孔門詩學〉,《新出楚簡與儒學思想國際學術研討會論文集》(北京清華大學思想文化研究所、台北輔仁大學文學院聯合主辦,2002 年 3 月 31 日~4 月 2 日)

116	毛　慶	2002	〈戰國楚竹書與中國詩學的復興〉，北京語言文化大學「戰國楚竹書孔子詩論與先秦詩學」學術研討會，2002 年 1 月 12 日。另見《中國藝術報》2002 年 3 月 15 日。
117	饒宗頤	2002	〈竹書《詩序》小箋（二）〉（http://www.bamboosilk.org/Wssf/2002/raozongyi02.htm）（http:/Wssf/2002/raozongyi01.htm）（2002/02/22）；另見《上博館藏戰國楚竹書研究》，上海書店出版社，2002 年 3 月。
118	方　銘	2002	〈《孔子詩論》與孔子的文學價值論〉，《新出楚簡與儒學思想國際學術研討會論文集》（北京清華大學思想文化研究所、台北輔仁大學文學院聯合主辦，2002 年 3 月 31 日～4 月 2 日）
119	彭　林	2000	〈卜子論詩釋文〉，清華大學簡帛講讀班第 10 次研討會論文，2000 年 9 月 2 日。
120	魏啓鵬	2002	〈楚簡〈孔子詩論〉雜識〉，《新出土文獻與古代文明研究國際學術研討會會議論文》，上海：上海大學，2002 年 7 月 28 日～30 日。
121	楊澤生	2002	〈關於竹書「詩論」中的篇名《中氏》〉，（http://www.bamboosilk.org/Wssf/2002/yangzesheng01.htm）（2002/01/21）另見《上博館藏戰國楚竹書研究》，上海書店出版社，2002 年 3 月。
122	顏世鉉	2002	〈上博楚竹書散論（一）〉（http://www.bamboosilk.org/Wssf/2002/yanshixuan01.htm）（2002/04/14）
123	石川三佐男	2002	〈戰國中期諸王國古籍整備及上博竹簡《詩論》〉，（http://www.bamboosilk.org/Zzwk/2002/S/shichuan01.htm）
124	刑　文	2002	〈風、雅、頌與先秦詩學〉，《經學今詮三編》（《中國哲學》第二十四輯），瀋陽：遼寧教育出版社，2002 年 3 月。
125	濮茅左	2002	〈《孔子詩論》簡序解析〉，（http://www.bamboosilk.org/Wssf/2002/pumaozuo01.htm）（2002/04/06）；另見《上博館藏戰國楚竹書研究》，上海書店出版社，2002 年 3 月。
126	濮茅左	2001	〈關於上海戰國竹簡中「孔子」的認定——論〈孔子詩論〉中合文是「孔子」而非「卜子」「子上」〉，見李國章、趙昌平主編《中華文史論叢》2001 年第 3 輯，上海：上海古籍出版社，2002 年 3 月第 1 版。
127	戴晉新	2002	〈上海博物館藏楚簡《詩論》的歷史認識問題〉，《新出楚簡與儒學思想國際學術研討會論文集》（北京清華大學思想文化研究所、台北輔仁大學文學院聯合主辦，2002 年 3 月 31 日～4 月 2 日）
128	刑　文	2002	〈說《關雎》之「改」〉，《新出楚簡與儒學思想國際學術研討會論文集》（北京清華大學思想文化研究所、台北輔仁大學文學院聯合主辦，2002 年 3 月 31 日～4 月 2 日）

129	鄭任釗	2002	〈對《孔子詩論》釋讀的一點意見〉，（http://www.bamboosilk.org/Wssf/2002/zhengrenzhao01.htm）（2002/02/19）
130	張桂光	2002	〈《戰國楚竹書‧孔子詩論》文字考釋〉，《上博館藏戰國楚竹書研究》，上海書店出版社，2002 年 3 月。
131	魏啓鵬	2002	〈簡帛〈五行〉直承孔子詩學──讀《楚竹書‧孔子詩論》札記〉，《中華文化論壇》2002 年第 2 期。
132	王齊洲	2002	〈孔子、子夏詩論比較──兼論上海博物館藏戰國楚竹書〈詩論〉之命名〉，《華中師範大學學報》（人文社會科學版）第 41 卷第 5 期（2002 年 9 月）。
133	程亞林、黃鳴	2002	〈楚竹書〈詩論〉在先秦詩論史上的地位〉，《武漢大學學報》（人文科學版）第 55 卷第 5 期（2002 年 9 月）。
134	黃　鳴	2002	〈上博楚簡〈詩論〉在《詩經》批評史上的地位〉，《學術研究》2002 年第 9 期。
135	晁福林	2001	〈上博簡〈詩論〉「〈小旻〉多疑」釋義〉，《鄭州大學學報》（哲學社會科學版）第 35 卷第 5 期（2002 年 9 月）。
136	晁福林	2002	〈上博簡〈詩論〉「以人益」與《詩‧菁菁者莪》考論〉，《齊魯學刊》2002 年第 6 期（總第 171 期）。
137	李天虹	2002	〈釋「餂」、「魎」〉，《古文字研究》第二十四輯，北京：中華書局，2002 年 7 月。
138	姚小鷗	2002	〈關於上海楚簡《孔子詩論》釋文考釋的若干商榷〉，《中州學刊》2002 年第 3 期（總 129 期）。
139	晁福林	2002	〈《上博簡‧孔子詩論》「樛木之時」釋義〉，《古籍整理研究學刊》，2002 年第 3 期。
140	季旭昇	2002	〈〈雨無正〉解題〉，《古籍整理研究學刊》，2002 年第 3 期。
141	劉信芳	2002	〈楚簡〈詩論〉苑丘考〉，《古籍整理研究學刊》，2002 年第 3 期。
142	王小盾、馬銀琴	2002	〈從詩論與詩序的關係看詩論的性質與功能〉，《文藝研究》，2002 年第 2 期。
143	臧克和	2002	〈釋上海博物館藏《戰國楚竹書》中的「詩論」文字〉，《天津師範大學學報》（社會科學版），2002 年第 3 期（總第 162 期）。
144	石川三佐男	2001	〈基於王道論的孔子詩論和基於婦道論的詩經大序〉，第五屆詩經國際學術討論會（張家介）提交論文，2001 年 8 月。（見黃人二：《上海博物館藏戰國楚竹書（一）研究》，頁 270。）

145	黃德寬、徐在國	2002	〈《上海博物館藏戰國楚竹書（一）·孔子詩論》釋文補正〉，《安徽大學學報》（哲學社會科學版），2002 年 3 月（第 26 卷第 2 期）。
146	曹道衡	2002	〈讀戰國楚竹書〈孔子詩論〉〉，《北京大學學報》（哲學社會科學版）2002 年第 3 期。
147	臧克和、王平	2002	〈上海博物館藏《戰國楚竹書》中的「詩論」（三）〉，《學術研究》，2002 年第 8 期。
148	董蓮池	2002	〈上海博物館藏《戰國楚竹書（一）·孔子詩論》解詁（一）〉，《古籍整理研究學刊》2002 年第 2 期。
149	曹建國、張玖青	2003	〈論上博簡〈孔子詩論〉與〈毛詩序〉闡釋差異——兼論〈毛詩序〉的作者〉，http://www.bamboosilk.org/Wssf/2003/caozhang02.htm
150	曹建國	2003	〈論上博〈孔子詩論〉簡的編連〉，http://www.bamboosilk.org/Wssf/2003/caojianguo02.htm
151	劉信芳	2003	《孔子詩論述學》，合肥：安徽大學出版社，2003 年。
152	劉信芳	2002	〈楚簡〈詩論〉釋文校補〉，《江漢考古》2002 年第 2 期（總 83 期）。
153	魏宜輝	2002	〈試析上博簡〈孔子詩論〉中的「蠅」字〉，《東南文化》2002 年第 7 期（總 159 期）。
154	汪祚民	2002	〈竹書〈孔子詩論〉中的《詩經》總評及其學術價值〉，《安慶師範學院學報》（社會科學版）（第 21 卷第 5 期），2002 年 9 月。
155	林素清	2002	〈從吝與文——兼論〈孔子詩論〉簡的文字現象〉，北京清華大學，臺灣輔仁大學合辦「新出楚簡與儒學思想研討會——以上博簡爲中心」（北京：清華大學，2002.3.30-4.2）。
156	晁福林	2002	〈上博簡〈詩論〉與《詩經·黃鳥》探論〉，《江海學刊》2002 年第 5 期。
157	廖名春	2002	〈上博簡〈關雎〉七篇詩論研究〉，《中州學刊》2002 年第 1 期。另見《清華簡帛研究》第二輯（2002 年 3 月）。
158	朱淵清	2002	〈「孔」字的寫法〉（http://www.bamboosilk.org/Wssf/）Zhuyuanqing7.htm）（2001/12/18）
159	裘錫圭	2002	〈關於孔子詩論〉，中國社會科學院歷史所「楚簡詩論學術研討會」，2002 年 1 月 14 日。另見《國際簡帛研究通訊》第二卷第三期，2002 年 1 月；《經學今詮三編》（《中國哲學》第二十四輯），瀋陽：遼寧教育出版社，2002 年 3 月。
160	廖名春	2002	〈上博《詩論》簡的作者和作年〉，（http://www.bamboosilk.org/Wssf/2002/liaomincun02.htm）（2002/01/17）；《齊魯學刊》2002 年第 2 期；中國社會科學院歷史所「楚簡詩論學術研討會」，2002 年 1 月 14 日；《清華簡帛研究》第二輯（2002 年 3 月）。

161	廖　群	2002	〈「樂亡離情」孔子詩論言「情」散論〉，北京語言文化大學「戰國楚竹書孔子詩論與先秦詩學」學術研討會，2002年1月12日。另見於《文藝研究》2002年第2期。
162	虞萬里	2002	〈上博《詩論》簡「其歌紳而蕩」臆解〉，《新出楚簡與儒學思想國際學術研討會論文集》（北京清華大學思想文化研究所、台北輔仁大學文學院聯合主辦，2002年3月31日～4月2日）
163	廖名春	2002	〈上海博物館藏詩論簡校釋〉，《中國哲學史》2002年第1期。另見 http://www.bamboosilk.org、清華大學簡帛講讀班第19次研討會論文，2001年12月8日。
164	朱淵清	2001	〈上博詩論一號簡讀後〉，《詩經研究叢刊》第一輯，北京：學苑出版社，2001年7月 另見（http://www.bamboosilk.org/Wssf/Zhuyuanqing2.htm）
165	朱淵清	2001	〈詩與音——論上博詩論一號簡〉 （http://www.bamboosilk.org/Wssf/Zhuyuanqing3.htm）
166	廖名春	2002	〈上博《詩論》簡的天命論和「誠」論〉，《新出楚簡與儒學思想國際學術研討會論文集》（北京清華大學思想文化研究所、台北輔仁大學文學院聯合主辦，2002年3月31日～4月2日）
167	廖名春	2002	〈上博〈詩論〉簡「以禮說《詩》」初探〉，《清華簡帛研究》第二輯（2002年3月）。
168	廖名春	2002	〈上海簡《性自命出》篇探原〉，《新出楚簡試論》，台北：台灣古籍出版有限公司，2001年5月。另見（http://www.bamboosilk.org/Zzwk/2002/L/liaominchun/xinjian/13zhang.htm）、《清華大學思想文化研究所集刊》第二集（2002年3月，頁32～41）、《清華簡帛研究》第二輯（2002年3月）。
169	廖名春	2002	〈上海詩論簡研究淺見〉，北京語言文化大學「戰國楚竹書孔子詩論與先秦詩學」學術研討會，2002年1月12日。另同於〈上海博物館藏《戰國楚竹書·孔子詩論》研究淺見〉，《文藝研究》2002年第2期。
170	廖名春	2002	〈上博詩論簡的學術史意義〉，《中國藝術報》2002年3月15日。
171	朱淵清		〈釋害、曷〉，待刊。（見黃人二：《上海博物館藏戰國楚竹書（一）研究》，頁270。）
172	廖名春	2001	〈上海博物館藏「詩論」簡「佚「詩」」探原〉，《中國文字》（新27），台北：藝文印書館，2001年12月。
173	朱淵清	2002	〈也談上博簡孔子詩論〉，《中國藝術報》2002年3月15日。

174	楊澤生	2002	〈說「既曰『天也』，猶有怨言」評的是《鄘風・柏舟》〉，《新出楚簡與儒學思想國際學術研討會論文集》（北京清華大學思想文化研究所、台北輔仁大學文學院聯合主辦，2002 年 3 月 31 日～4 月 2 日）。另見 http://www.bamboosilk.org
175	廖名春	2002	〈 上 博 《 詩 論 》 簡 的 形 制 和 編 連 〉（http://www.bamboosilk.org/Wssf/2002/liaomincun01.htm）（2002/01/12）；《孔子研究》2002 年第 2 期；《清華簡帛研究》第二輯（2002 年 3 月）；《齊魯學刊》2002 年第 2 期。
176	廖名春	2002	〈上海簡《詩論》篇管窺〉，（http://www.bamboosilk.org/Zzwk/2002/L/liaominchun/xinjian/17zhang.htm）。另見清華大學簡帛講讀班第 12 次研討會論文，2000 年 10 月 19 日。《新出楚簡試論》，台北：台灣古籍出版有限公司，2001 年 5 月。《詩經研究叢刊》第一輯，北京：學苑出版社，2001 年 7 月。
177	朱淵清	2000	〈上博詩論簡釋商兌〉，《世紀書窗》2000 年第 5 期。
178	董蓮池	2002	〈《上海博物館藏戰國楚竹書（一）・孔子詩論》三詁〉，《新出土文獻與古代文明研究國際學術研討會會議論文》，上海：上海大學，2002 年 7 月 28 日～30 日。
179	朱淵清	2002	〈釋「悸」〉（http://www.bamboosilk.org/Wssf/2002/zhuyuanqing02.htm）（2002/02/15）
180	朱淵清	2002	〈《甘棠》與孔門《詩》教〉（http://www.bamboosilk.org/Wssf/2002/zhuyuanqing01.htm）（2002/01/11）；另見《中國哲學史》2002 年第 1 期。又名〈從孔子論〈甘棠〉看孔門《詩》傳〉，《上博館藏戰國楚竹書研究》，上海書店出版社，2002 年 3 月。
181	劉信芳	2002	〈楚簡詩論述學九則〉（http://www.jianbo.org/Wssf/2002/liuxinfang001.htm）
182	劉信芳	2002	〈楚簡詩論試解五題〉，《新出土文獻與古代文明研究國際學術研討會會議論文》，上海：上海大學，2002 年 7 月 28 日～30 日。
183	虞萬里	2002	〈由詩論「常常者華」說到「常」字的隸定——同聲符形聲字通假的字形分析〉，《新出土文獻與古代文明研究國際學術研討會會議論文》，上海：上海大學，2002 年 7 月 28 日～30 日。
184	廖名春	2002	〈上海博物館藏詩論簡校釋箚記〉（http://www.bamboosilk.org/Zzwk/2002/L/liaominchun/liaominchun01.htm）；另見《上博館藏戰國楚竹書研究》，上海書店出版社，2002 年 3 月。

185	李學勤	2002	〈論楚簡〈緇衣〉首句〉，《清華簡帛研究》第二輯，北京：清華大學思想文化研究所，2002 年 3 月。
186	鄒濬智	2003	〈上博緇衣釋文續貂〉，《思辯集》第六集（第九屆國立臺灣師範大學國文學系研究生論文發表會會議論文集），2003 年 3 月 16 日。
187	馮勝君	2002	〈讀上博簡《緇衣》札記一則〉，（http://www.bamboosilk.org/Wssf/2002/fengshengjun02.htm）（2002/01/21）
188	林素清	2002	〈郭店、上博緇衣簡之比較——兼論戰國文字的國別問題〉，《新出土文獻與古代文明研究國際學術研討會會議論文》，上海：上海大學，2002 年 7 月 28 日～30 日。
189	沈　培	2002	〈上博簡《緇衣》篇「厇」字解〉，《新出楚簡與儒學思想國際學術研討會論文集》（北京清華大學思想文化研究所、台北輔仁大學文學院聯合主辦，2002 年 3 月 31 日～4 月 2 日）
190	馮勝君	2002	〈讀上博簡〈緇衣〉箚記二則〉，《上博館藏戰國楚竹書研究》，上海書店出版社，2002 年 3 月。
191	廖名春	1999	〈上海博物館藏〈孔子閒居〉和〈緇衣〉楚簡管窺〉，《西北大學中國思想史學科建設研討會論文》，1999 年 9 月；另見《中國思想史論集第一輯——中國思想史研究回顧與展望》（桂林：廣西師範大學出版社，2000 年 5 月）、《新出楚簡試論》（台北：台灣古籍出版社，2001 年 5 月）、《清華簡帛研究》第二輯（北京：清華大學思想文化研究所，2002 年 3 月。）
192	饒宗頤	1996	〈緇衣零簡〉，《學術集林》卷 9，上海：上海遠東出版社，1996 年 12 月第 1 版。
193	李　零	2002	〈上博楚簡校讀記(之二)：緇衣〉，（http://www.bamboosilk.org/Wssf/2002/liling02.htm）（2002/01/12）。另見《上博楚簡三篇校讀記》，台北：萬卷樓出版有限公司，2002 年 3 月初版。；另見《上博館藏戰國楚竹書研究》，上海書店出版社，2002 年 3 月。
194	李守奎		〈戰國楚竹書緇衣文字補釋〉，待刊（見黃人二：《上海博物館藏戰國楚竹書（一）研究》，頁 261。）
195	李學勤	1999	〈論上海博物館所藏的一支〈緇衣〉簡〉，《齊魯學刊》1999 年第 2 期。
196	鍾宗憲	2002	〈《禮記・緇衣》的論述結構及其版本差異〉，《新出楚簡與儒學思想國際學術研討會論文集》（北京清華大學思想文化研究所、台北輔仁大學文學院聯合主辦，2002 年 3 月 31 日～4 月 2 日）
197	王　平	2001	〈上博簡〈緇衣〉引《詩》中的「又共惷行，四或川之」〉，《天津師範大學學報（社會科學版）》2002 年第 3 期（總第 162 期）。

198	趙平安	2002	〈上博藏緇衣簡字詁四篇〉，《國際簡帛研究通訊》第二卷第三期，2002 年 1 月。；另見《上博館藏戰國楚竹書研究》，上海書店出版社，2002 年 3 月。
199	李學勤	2002	〈說「茲」與「才」〉，《古文字研究》第二十四輯，北京：中華書局，2002 年 7 月。
200	魏宜輝	2002	〈試析楚簡文字中的「頙」「畠」字〉，《江漢考古》2002 年第 2 期（總第 83 期）。
201	孟蓬生	2002	〈上博簡〈緇衣〉三解〉，《上博館藏戰國楚竹書研究》，上海書店出版社，2002 年 3 月。
202	王金凌	2002	〈《禮記・緇衣》今本與郭店、上博楚簡的比較〉，《新出楚簡與儒學思想國際學術研討會論文集》（北京清華大學思想文化研究所、台北輔仁大學文學院聯合主辦，2002 年 3 月 31 日～4 月 2 日）
203	吳辛丑	2002	〈簡帛典籍異文與古文字資料的釋讀〉，《古文字研究》第二十四輯，北京：中華書局，2002 年 7 月。
204	陳　立	2002	〈試由上博簡緇衣從「虍」之字尋其文本來源〉，《新出土文獻與古代文明研究國際學術研討會會議論文》，上海：上海大學，2002 年 7 月 28 日～30 日。
205	白於藍	2002	〈釋「𩰬」〉，《古文字研究》第二十四輯，北京：中華書局，2002 年 7 月。
206	陳　偉	2002	〈上博、郭店二本《緇衣》對讀〉（http://www.bamboosilk.org/ Wssf/2002/chenwei01.htm）（2002/01/21）；另見《上博館藏戰國楚竹書研究》，上海書店出版社，2002 年 3 月。
207	黃錫全	1998	〈楚簡續貂〉，《簡帛研究》第 3 輯，廣西教育出版社，1998 年 12 月。
208	虞萬里	2002	〈上博簡、郭店簡《緇衣》與傳本合校拾遺〉（ http://www.bamboosilk.org/Wssf/2002/yuwanli01.htm ）（2002/02/28）；另見《上博館藏戰國楚竹書研究》，上海書店出版社，2002 年 3 月。
209	李學勤	2002	〈釋性情論簡「逸蕩」〉，《清華簡帛研究》第二輯，北京：清華大學思想文化研究所，2002 年 3 月。
210	丁原植	2002	〈楚簡儒家佚籍的性情說〉，《新出楚簡與儒學思想國際學術研討會論文集》（北京清華大學思想文化研究所、台北輔仁大學文學院聯合主辦，2002 年 3 月 31 日～4 月 2 日）
211	李學勤	2002	〈釋〈性情論〉簡「逸蕩」〉，《故宮博物院院刊》2002 年第 2 期（總第 100 期）。
212	李　零	2002	〈上博楚簡校讀記（之三）：性情〉，（http://www.bamboosilk. org/Wssf/2002/liling03.htm）（2002/01/14）。另見《上博楚簡三篇校讀記》，台北：萬卷樓出版有限公司，2002 年 3 月初版。

214	潘小慧	2002	〈上博簡與郭店簡《性自命出》篇中「情」意義與價值〉，《新出楚簡與儒學思想國際學術研討會論文集》（北京清華大學思想文化研究所、台北輔仁大學文學院聯合主辦，2002 年 3 月 31 日～4 月 2 日）
215	徐在國	2002	〈上博簡性情論補釋一則〉，《新出土文獻與古代文明研究國際學術研討會會議論文》，上海：上海大學，2002 年 7 月 28 日～30 日。
216	趙中偉	2002	〈性自命出，命自天降——上海戰國竹簡《性情論》與郭店竹簡《性自命出》之人性論剖析〉，《新出楚簡與儒學思想國際學術研討會論文集》（北京清華大學思想文化研究所、台北輔仁大學文學院聯合主辦，2002 年 3 月 31 日～4 月 2 日）
217	郭　沂	2002	〈《性情論》、《性自命出》對校偶得〉（http://www.bamboosilk.org/Wssf/2002/guoyi01.htm）（2002/04/10）
218	丁原植	2002	《楚簡儒家性情說研究》，台北：萬卷樓圖書有限公司，2002 年 5 月初版。
219	陳　來	2002	〈郭店楚簡《性自命出》與上博藏簡《性情論》〉（http://www.bamboosilk.org/Wssf/chenlai1.htm）（2001/12/20）；另見《孔子研究》2002 年第 2 期。
220	周鳳五	2002	〈上博〈性情論〉「金石之有聲也，弗叩不鳴」解〉，《第一屆中國語言文字國際學術研討會論文》（香港大學，2002 年 3 月）
221	陳　偉	2002	〈郭店簡性自命出與上博簡性情對讀〉，稿本，2002 年 1 月。（見黃人二：《上海博物館藏戰國楚竹書（一）研究》，頁 267。）
222	周鳳五	2002	〈上博〈性情論〉小箋〉，《新出楚簡與儒學思想國際學術研討會論文集》（北京清華大學思想文化研究所、台北輔仁大學文學院聯合主辦，2002 年 3 月 31 日～4 月 2 日）。另見於《齊魯學刊》2002 年第 4 期（總 169 期）。
223	陳麗桂	2002	〈性情論說「性」、「情」〉，《新出土文獻與古代文明研究國際學術研討會會議論文》，上海：上海大學，2002 年 7 月 28 日～30 日。
224	李景林	2002	〈讀上博簡《性情論》的幾點聯想〉（http://www.bamboosilk.org/Wssf/lijinglin.htm）（2001/12/26）；另見《吉林大學社會科學學報》2002 年第 6 期。

225	梁　濤	2002	〈《性情論》與《孟子》「天下之言性」章〉，《新出楚簡與儒學思想國際學術研討會論文集》（北京清華大學思想文化研究所、台北輔仁大學文學院聯合主辦，2002 年 3 月 31 日～4 月 2 日）；另見（http://www.bamboosilk.org/Wssf/2002/liangtao02.htm）（http://www.bamboosilk.org/Wssf/2002/liangtao02.htm）（2002/03/02）
226	陳麗桂	2002	〈性情論說「道」〉（http://www.bamboosilk.org/Zzwk/2002/C/chenligui01.htm）；另見《上博館藏戰國楚竹書研究》，上海書店出版社，2002 年 3 月。
227	郭梨華	2002	〈性情論與性自命出中關於「情」的哲學探索〉，《新出土文獻與古代文明研究國際學術研討會會議論文》，上海：上海大學，2002 年 7 月 28 日～30 日。
228	李天虹	2002	〈《性情論》文字雜考（四）則〉，《新出楚簡與儒學思想國際學術研討會論文集》（北京清華大學思想文化研究所、台北輔仁大學文學院聯合主辦，2002 年 3 月 31 日～4 月 2 日）
229	朱淵清	2002	〈《上海博物館藏戰國楚竹書（一）》首發式召開〉（http://www.bamboosilk.org/Xyxw/zhuyuanqing.htm）01/12/11
230	余　瑾	2000	清華大學帛講讀班第十二次研討會綜述（http://www.bamboosilk.org/Xyxw/yujin12.htm）（01/12/23）
231	李家浩	2002	〈對李零先生考釋楚國文字「娩」、「就」二字的有關問題的幾點說明〉（http://www.bamboosilk.org/Xszm/2002/lijiahao01.htm）
232	余　瑾	2000	清華大學帛講讀班第十一次研討會綜述（http://www.bamboosilk.org/Xyxw/yujin11.htm）（01/12/20）
233	朱淵清、廖名春主編	2002	《上博館藏戰國楚竹書研究》，上海：上海書店出版社，2002 年 3 月第 1 版。
234	余　瑾	2000	清華大學帛講讀班第十次研討會綜述（http://www.bamboosilk.org/Xyxw/yujin10.htm）（01/12/20）
235	余　瑾	2002	〈清華大學簡帛講讀班上博簡研究綜述〉，《中國哲學》2002 年第 1 期。
236	余　瑾	2001	上博藏簡（一）討論會綜述（http://www.bamboosilk.org/Xyxw/2002/yujin01.htm）（2002/01/01）

237	李天虹	2002	〈上海簡書文字三題〉 （http://www.bamboosilk.org/Zzwk/2002/L/litianhong01.htm） 另見《上博館藏戰國楚竹書研究》，上海書店出版社，2002年3月。
238	白於藍	2002	〈《上海博物館藏戰國楚竹書（一）》釋注商榷〉 （http://www.bamboosilk.org/Wssf/2002/baiyulan01.htm） （2002/01/08）；另見《中國文字》新28期。
239	余　瑾	2002	清華大學帛講讀班第十三次研討會綜述 （http://www.bamboosilk.org/Xyxw/yujin13.htm） （01/12/23）
240	余　瑾	2002	清華大學簡帛講讀班第十九次研討會綜述 （http://www.bamboosilk.org/Xyxw/2002/yujin03.htm） （http://www.bamboosilk.org/Rmht/yujin03.htm） （2002/01/06）
241	余　瑾	2002	清華大學簡帛講讀班第二十次研討會綜述 （http://www.bamboosilk.org/Xyxw/2002/yujin04.htm） （http://www.bamboosilk.org/Rmht/yujin03.htm） （2002/01/11）
242	余　瑾	2002	清華大學簡帛講讀班第二十一次研討會綜述 （http://www.bamboosilk.org/Xyxw/2002/yujin05.htm） （http://www.bamboosilk.org/Rmht/yujin03.htm） （2002/01/17）
243	王子今	2002	〈楚簡詩論中的德音〉，《中國藝術報》2002年3月15日。
244	余　瑾	2002	清華大學簡帛講讀班第十四次研討會綜述 （http://www.bamboosilk.org/Xyxw/2002/yujin02.htm） （2002/01/06）
245	顏世鉉	2002	〈楚簡「流」、「讒」字補釋〉，《新出土文獻與古代文明研究國際學術研討會會議論文》，上海：上海大學，2002年7月28日〜30日。
246	溫　厲	2002	〈上博藏楚簡詩論學術研討會在社科院歷史召開〉， （http://www.confucius2000.com/scholar/sjsbcjxsyth.htm， 2002年1月16日。）
247	裘錫圭	2002	〈談談上博簡和郭店簡中的錯別字〉，《新出楚簡與儒學思想國際學術研討會論文集》（北京清華大學思想文化研究所、台北輔仁大學文學院聯合主辦，2002年3月31日〜4月2日）
248	廖名春	2002	《《新出楚簡試論》第五章〉 （http://www.bamboosilk.org/Zzwk/2002/L/liaominchun/xinjian/zhang5-01.htm）

249	廖名春編	2002	《清華簡帛研究》第二輯，北京：清華大學思想文化研究所，2002 年 3 月。
250	網　丁	2002	介紹《上海博物館藏戰國楚竹書（一）》（http://www.bamboosilk.org/Xyxw/wangding.htm）（01/12/18）
251	趙平安	2002	〈郭店楚簡與商周古文字考釋〉，《新出楚簡與儒學思想國際學術研討會論文集》（北京清華大學思想文化研究所、台北輔仁大學文學院聯合主辦，2002 年 3 月 31 日～4 月 2 日）
252	劉信芳	2002	〈關於上博楚簡的幾點討論意見〉，《新出楚簡與儒學思想國際學術研討會論文集》（北京清華大學思想文化研究所、台北輔仁大學文學院聯合主辦，2002 年 3 月 31 日～4 月 2 日）；另見（http://www.bamboosilk.org/Wssf/2002/liuxinfang01.htm）（http://www.bamboosilk.org/Wssf/2002/liuxinfang01.）htm）（2002/02/13）
253	劉　釗	2002	〈讀《上海博物館藏戰國楚竹書（一）》箚記（一）〉（http://www.bamboosilk.org/Wssf/2002/liuzhao01.htm）（2002/01/08）；另見《上博館藏戰國楚竹書研究》，上海書店出版社，2002 年 3 月。
254	劉彬徽	2002	〈讀上博楚簡小識〉，《新出土文獻與古代文明研究國際學術研討會議論文》，上海：上海大學，2002 年 7 月 28 日～30 日。
255	劉樂賢	2002	〈讀上博簡箚記〉（http://www.bamboosilk.org/Wssf/2002/liulexian01.htm）（2002/01/01）；另見《上博館藏戰國楚竹書研究》，上海書店出版社，2002 年 3 月。
256	冀小軍	2002	〈釋楚簡中的冊字〉，（http://www.bamboosilk.org）
257	曹錦炎	2002	〈楚簡文字中的「兔」及相關諸字〉，《新出土文獻與古代文明研究國際學術研討會議論文》，上海：上海大學，2002 年 7 月 28 日～30 日。
258	顏世鉉	2002	〈上博楚竹書散論（二）〉（http://www.bamboosilk.org/Wssf/2002/yanshixuan02.htm）（2002/04/18）
259	陳燮君	2001	〈戰國楚竹書的文化震撼〉，《解放日報》2001 年 12 月 14 日。另見於「新華網」http://big5.xinhuanet.com/gate/big5/news.xinhuanet.com/book/2003-03/11/content_770500.htm
260	龐　樸	2002	〈上博藏簡零箋〉，《上博館藏戰國楚竹書研究》，上海書店出版社，2002 年 3 月。另見於〈上博藏簡零箋（一）〉，（http://www.bamboosilk.org/Wssf/2002/pangpu01.htm）（2002/01/01）；〈上博藏簡零箋（二）〉，（http://www.bamboosilk.org/Wssf/2002/pangpu02.htm）（2002/01/04）；〈上博藏簡零箋（三）〉，（http://www.bamboosilk.org/Wssf/2002/pangpu03.htm）（2002/01/04）。

261	顧史考	2002	〈從楚國竹簡論戰國「民道」思想〉，《新出楚簡與儒學思想國際學術研討會論文集》（北京清華大學思想文化研究所、台北輔仁大學文學院聯合主辦，2002 年 3 月 31 日～4 月 2 日）
262	魏宜輝	2002	〈讀上博簡文字箚記〉，《上博館藏戰國楚竹書研究》，上海書店出版社，2002 年 3 月。
263	朱淵清	2002	〈馬承源先生談上博簡〉，《上博館藏戰國楚竹書研究》，上海書店出版社，2002 年 3 月。
264	李　銳	2002	〈讀上博楚簡箚記〉，《上博館藏戰國楚竹書研究》，上海書店出版社，2002 年 3 月。
265	朱淵清	2002	〈讀簡偶識〉，《上博館藏戰國楚竹書研究》，上海書店出版社，2002 年 3 月。
266	白於藍	2002	〈「孚」字補釋〉，《上博館藏戰國楚竹書研究》，上海書店出版社，2002 年 3 月。
267	李若暉	2002	〈由上海博物館藏楚簡重論「衒」字〉，《上博館藏戰國楚竹書研究》，上海書店出版社，2002 年 3 月。
268	王　寧	2002	〈申論楚簡中的「向」字〉（http://www.bamboosilk.org/Xszm/2002/wangning01.htm）
269	黃人二	2002	《上海博物館藏戰國楚竹書（一）研究》，武漢大學博士論文，2002 年 6 月。
270	徐在國、黃德寬	2002	〈《上海博物館藏戰國楚竹書（一）緇衣·性情論》釋文補正〉，《古籍整理研究學刊》，2002 年第 2 期（2002 年 3 月）。
272	馬承源主編	2001	《上海博物館藏戰國楚竹書（一）》，上海：上海古籍出版社，2001 年 11 月第 1 版。
273	李　零	2002	〈上海博物館藏戰國楚竹書（一）釋文校訂〉，《經學今詮三編》（《中國哲學》第二十四輯），瀋陽：遼寧教育出版社，2002 年 3 月。
274	李　零	2002	〈《上博楚簡校讀記》補記〉（http://www.bamboosilk.org/Wssf/2002/liling04.htm）
275	李　零	2002	〈參加新出簡帛國際學術研討會的幾點感想〉，《上博楚簡三篇校讀記》，台北：萬卷樓出版有限公司，2002 年 3 月初版。另見 http://www.bamboosilk.org
276	李　零	2002	〈答李家浩先生兼說「故意隱匿」及其它〉，（http://www.bamboosilk.org/Xszm/2002/liling01.htm）
277	李　銳	2002	〈讀上博楚簡續札〉，《新出楚簡與儒學思想國際學術研討會論文集》（北京清華大學思想文化研究所、台北輔仁大學文學院聯合主辦，2002 年 3 月 31 日～4 月 2 日）

278	季旭昇	2001	〈讀郭店、上博簡五題：舜、河滸、紳而易、牆有茨、宛丘〉，《中國文字》（新 27 期），2001 年 12 月；另見（http://www.bamboosilk.org/Zzwk/2002/J/jixusheng02.htm）
279	邵台新	2002	〈戰國至漢初的儒學傳承——以楚地簡帛爲中心的討論〉，《新出楚簡與儒學思想國際學術研討會論文集》（北京清華大學思想文化研究所、台北輔仁大學文學院聯合主辦，2002 年 3 月 31 日～4 月 2 日）
280	姜小玲	2001	〈上海館藏秘笈「戰國竹簡」解讀成書〉，《解放日報》2001 年 12 月 8 日。
281	姜小玲、范豔	2001	〈上博館藏戰國楚竹簡面世〉，《解放日報》2001 年 12 月 12 日。
282	姜廣輝	2002	〈《上海博物館藏戰國楚竹書》（一）幾個古異字的辨識〉，《新出楚簡與儒學思想國際學術研討會論文集》（北京清華大學思想文化研究所、台北輔仁大學文學院聯合主辦，2002 年 3 月 31 日～4 月 2 日）
283	施宣圓	2000	〈上海戰國楚簡解密〉，《文匯報》2000 年 8 月 16 日。
284	楊澤生	2002	〈上海博物館所藏楚簡文字說叢〉，（http://www.bamboosilk.org/Wssf/2002/yangzesheng02.htm）（2002/02/03）
285	馬承源	2001	〈戰國楚竹書的發現保護和整理〉，《中國文物報》第 973 期，2001 年 12 月 26 日。
286	彭裕商	2002	〈讀《戰國楚竹書》（一）隨記三則〉，《新出楚簡與儒學思想國際學術研討會論文集》（北京清華大學思想文化研究所、台北輔仁大學文學院聯合主辦，2002 年 3 月 31 日～4 月 2 日）；又名〈讀《戰國楚竹書》（一）隨記〉，見（ http://www.bamboosilk.org/Wssf/2002/pengyushang01.htm）（2002/04/12）
287	張立行	1999	〈戰國竹簡露眞容〉，《文匯報》1999 年 1 月 5 日。
288	張立行	1999	〈戰國竹簡漂泊歸來獲新生〉，《文匯報》1999 年 1 月 6 日。
289	曹　峰	1999	〈關於上海博物館展示的竹簡〉，《郭店楚簡的思想史研究》第二卷，東京大學郭店楚簡研究彙編，1999 年
290	曹　峰	2000	〈試析已公布的二支上海戰國楚簡〉，《古典之再構築》（東京大學郭店楚簡研究會《郭店楚簡之思想史的研究》第五卷），2001 年 2 月。另見 http://www.bamboosilk.org/Wssf/Caofeng.htm；http://www.bamboosilk.org/Wssf/Caofeng2.htm
291	○　○	2002	《新出楚簡與儒學思想國際學術研討會論文集》（北京清華大學思想文化研究所、台北輔仁大學文學院聯合主辦，2002 年 3 月 31 日～4 月 2 日）

292	許子濱	2002	〈讀《上海博物館藏戰國楚竹書（一）》小識〉，《新出楚簡與儒學思想國際學術研討會論文集》（北京清華大學思想文化研究所、台北輔仁大學文學院聯合主辦，2002 年 3 月 31 日～4 月 2 日）
293	陳偉武	2002	〈新出楚系竹簡中的專用字綜議〉，《新出楚簡與儒學思想國際學術研討會論文集》（北京清華大學思想文化研究所、台北輔仁大學文學院聯合主辦，2002 年 3 月 31 日～4 月 2 日）
294	陳偉武	2002	〈上博藏簡識小錄〉，《第一屆中國語言文字國際學術研討會論文》（香港大學，2002 年 3 月）
295	陳斯鵬	2002	〈初讀上博楚簡〉（http://www.bamboosilk.org/Wssf/2002/chensipeng01.htm）（2002/02/05）
296	陳熙涵	2001	〈上海博物館藏戰國楚竹書首冊發行〉，《文匯報》2001 年 12 月 12 日。
297	陳　劍	2002	〈據楚簡文字說「離騷」〉，《新出楚簡與儒學思想國際學術研討論文集》（北京清華大學思想文化研究所、台北輔仁大學文學院聯合主辦，2002 年 3 月 31 日～4 月 2 日）
298	李　零	2002	《上博楚簡三篇校讀記》，台北：萬卷樓出版有限公司，2002 年 3 月初版。
299	秦志華	2001	〈中華元典國之重寶──上海博物館戰國楚竹書首刪隆重推出〉，《古籍新書目》第 147 期，2001 年 11 月 28 日。
300	張晨	1999	〈戰國竹簡問世　中國古史大驚奇〉，《中國時報》1999 年 6 月 28 日（第 11 版）。
301	徐尚禮	2002	〈1200 戰國竹簡　解千古歷史之謎〉，《中國時報》2002 年 6 月 24 日（第 12 版）。
302	徐尚禮	2002	〈顛覆古籍太敏感　只能一步一步來〉，《中國時報》2002 年 6 月 24 日（第 12 版）。
303	江林昌	2002	〈由古文經學的淵源再論〈詩論〉與〈毛詩序〉的關係〉，《齊魯學刊》2002 年第 2 期（總第 167 期）。
304	穆虹嵐	2003	〈釋上博簡中的「諐」字〉，第十四屆中國文字學全國學術研討會會議論文，2003 年 3 月 29～30 日。
305	江林昌	2002	〈國學研究步入簡帛時代〉，《中國教育報》2002 年 3 月 28 日第 7 版。
306	劉生良	2003	〈〈詩論〉與「孔子刪詩說」〉，（http://www.guxiang.com/xueshu/others/wenxue/200301/200301170017.htm）
307	史杰鵬	2003	〈談上博楚簡的從「今」從「石」之字〉，（http://www.bamboosilk.org/Wssf/2003/shijiepeng01.htm）

附錄二 《上博楚竹書》（一）相關研究文字考釋一覽表

簡號	單字	流　　水　　號〔註1〕
01-01	孔子	015,033,042,047,148,164,265
01-01	隱	015,047,058,077,090,103,105,108,109,117,120,130,148,159,184,264,274,293,294
01-01	言	015,058,120
01-01	文	143,152,184
01-01	虖	264
01-02	㫄	014,018,022,026,037,039,047,052,054,056,064,077,090,094,097,108,114,130,143,148,184,237,247,252,264,274,282,284
01-02	蕩	014,022,023,047,077,090,094,108,114,130,145,148,162,184,253,278,292
01-02	紳	022,047,056,077,130,145
01-02	寺	148,166
01-02	犀	108,292
01-02	言	148
01-02	逡	022,064
01-02	多	064
01-03	退	018,024,077,090,108,184,264

〔註1〕 爲「附錄一：上博簡相關期刊論文資料」中之流水號。

01-03	專	108
01-03	觀	108
01-03	僉	018,024,039,108
01-03	怨	018,024,077,148,277
01-03	聖	077
01-03	佳	264
01-03	谷	018,024,056
01-03	材	114,148
01-04	饞	018,039,047,054,064,090,094,098,137,145,148,152,184
01-04	戠	018,047,054,077,090,108,112,145,148,152,238,255,286
01-04	惓	018,048,054,090,108,112,145,148,152,238,286
01-04	戔	018,054,064,072,148,264
01-04	巳	129,130,277
01-04	與	098
01-05	業	037,090,102,108,181,182
01-05	有	064,264
01-06	乍	084,102,138,143
01-06	競	084
01-06	敚	077
01-06	后	264
01-07	害	056,077,157,294
01-07	谷	077
01-07	命	056
01-07	已	255
01-08	惎	014,108,152,179,181,182,265,284,292
01-08	昌	014,047,051,057,071,090,114
01-08	諱	002,077,090,145,292
01-08	謹	002,048,077,106,112,122,145,178,245,262,274
01-08	旻	090,184
01-08	弁	130
01-08	害	037

01-08	惫	056,135
01-09	實	002,047,056,145,264
01-09	巽	077,090,097,108,143,178,184,252,260,264,277,284
01-09	寡	097,143,147,178,252,260,277,284
01-09	諄	077,255,264
01-09	棠	077,183
01-09	忑	056,083,090,122,147,152,156,181,182,260
01-09	益	102
01-09	鳴	056
01-09	責	102
01-09	芊	002,102,152
01-09	天	182
01-09	畺	147
01-10	童	014,047,059,090,131,134,157,184
01-10	改	007,059,071,077,094,095,097,105,114,122,128,147,274,282,292
01-10	保	077,090,105,122,157
01-10	俞	071.077
01-10	棟	002,130,145
01-10	智	051,157
01-10	曷	014,027,112,286
01-10	時	059,114,102
01-10	雎	157
01-11	離	002,014,047,059,072,077,090,097,108,114,130,145,260,282
01-11	膃	090,147
01-11	蟋	077
01-11	彔	077
01-12	歸	157
01-13	歺	056,090,145,147
01-13	極	090
01-14	俞	077
01-14	惫	077,090,264,274
01-14	忘	002

01-16	葛	014,026,037,047,057,071,090,108,130,145,274
01-16	尋	026,038,047,071,122,145,253
01-16	蜀	077,090,105,108,152,260
01-16	谷	077
01-16	氏	014,090,114,178,184
01-16	誩	178,184
01-16	丌	004,026,090,108,152,264
01-17	茉	047,071
01-17	秝	072,090,114
01-17	韋	077
01-17	湯	056,077,147
01-18	枕	047,102,145,181
01-18	俞	077,090,184
01-18	悥	072,077,184
01-18	憙	184
01-18	芘	056,264,293
01-19	忎	014,108,130
01-19	燚	047,072,108
01-19	臷	014,108
01-19	悥	005,260
01-19	也	174
01-20	離	005,167,260
01-20	前	114
01-20	俞	005,077,114,184,260,294
01-20	獨	152
01-20	矸	005,090,114,130,145,167,184,262,295
01-20	雀	090,111,129,182,184
01-20	告	077
01-20	慶	145
01-21	美	061
01-21	宛	014,038,047,061,141,237,258,278
01-21	嚣	114,181,182

01-21	丘	141
01-21	贙	145
01-21	鉈	077,090,114,181
01-21	將	181
01-22	宛	057,145,255
01-22	丘	057
01-22	氏	047,061
01-22	甬	077
01-22	洵	061
01-23	教	077,108
01-23	兔	047,257
01-23	罝	257
01-23	訂	090,255
01-24	薪	002,046,108,114,184
01-24	立	077
01-25	腸	057,077
01-25	弄	112
01-25	卒	056
01-26	愳	047,077,260
01-26	浴	077,293
01-26	忑	064,077,110,114,145,253,264
01-26	邺	108
01-26	柏	108
01-27	智	002
01-27	賓	064,184,277
01-27	贈	184,277
01-27	繼	090
01-27	雀	014
01-27	舍	064
01-28	嫜	002,014,026,047,057,071,112,145,184,238,278,286
01-28	薺	047,070,145,184,238,286
01-28	蠱	047,090,153,262

01-28	愼	251
01-29	旛	004,014,037,038,047,090,114,184,262,274
01-29	悉	077,082,086,102
01-29	而	077
01-29	秦	077
01-29	聿	038,072,090,130,181
02-01	緇	199,208
02-01	告	208
02-01	美	182,277
02-01	劵	034,185,186,270
02-01	屯	034,185,201,258,295
02-01	艮	034
02-01	臧	034
02-01	眠	277,294
02-02	弋	208
02-02	槙	206,208,255,262,270
02-02	齒	034,294
02-02	厚	262
02-02	弅	198,270,284
02-03	爰	208
02-04	洣	034
02-04	膚	206,255,270,295
02-04	淫	277
02-05	鴈	190,208,255,284
02-05	台	034,247
02-05	豊	284
02-06	命	238,255,270
02-06	耆	238
02-06	晉	208
02-06	日	253
02-06	息	208
02-06	酉	293

02-06	倪	186,238,270
02-06	卒	186
02-07	道	034,186,247,255,292
02-07	共	195,197,203,277
02-07	或	197
02-07	川	197
02-08	比	206
02-08	訤	238,270
02-09	𩜍	270,295
02-09	藊	253
02-09	菓	282
02-10	戙	201,258,270,295
02-10	縿	206
02-10	仇	206
02-10	各	255
02-10	臂	293
02-11	巳	186,206,270
02-11	貴	238,253,270
02-12	晉	270
02-12	向	255,270
02-12	惛	295
02-13	惌	189,270
02-14	虘	270
02-14	法	238,260,270
02-15	羍	034,190,206,254,270,282
02-15	圂	270,295
02-15	緡	206
02-16	舍	034,198,258,270,284,295,307
02-16	慎	251
02-17	義	247,270
02-17	卒	270
02-17	道	206

02-17	愼	251
02-18	展	186,198,284
02-18	量	200
02-19	皆	034,270,293,294
02-19	氏	247
02-19	格	201
02-20	鼞	205
02-21	厚	262
02-21	匹	258
02-21	裹	255
02-21	鼠	294
02-21	歔	294
02-22	朁	186,258,270
02-22	仇	186,206,252,270
02-22	厚	255,270
02-22	向	198
02-22	贐	293
02-24	龜	247,253
03-01	正	255
03-03	也	220
03-03	逆	034
03-03	愼	251
03-03	敏	293
03-04	悆	294
03-04	蕙	294
03-05	宜	294
03-06	怠	034,228,238,260,270
03-08	皆	034
03-08	并	270
03-13	譴	222
03-13	慶	222
03-13	薄	270

03-15	薦	294
03-18	焊	034,222,270
03-18	變	252
03-19	而	247
03-19	拔	255,270
03-19	流	237,245
03-19	臂	270
03-21	芋	270
03-24	胃	238,255,270
03-26	故	252
03-26	逸	270
03-27	遣	034,222,238,255,270
03-27	茍	260,270
03-28	逸	209,211,222,228
03-28	蕩	209,211,222,228
03-29	臸	058,260
03-29	臍	294
03-30	逸	270,295
03-33	敬	228
03-35	趄	238,270
03-36	佖	270
03-37	佷	215,228,252,270
03-37	愆	270
03-37	悉	252
03-38	紫	252,270
03-38	敄	252
03-38	慧	252
03-39	慮	238